클래식과
인문단상

2

일러두기

1. 곡/오페라명은 〈 〉, 명화명은 『 』, 책/시/영화명은 「 」로 표기했다.

2. 인명 등의 원어 병기는 처음 나올 때 1회를 원칙으로 하고 필요 시 반복 표기했다.

3. 외래어 표기는 국립국어원 외래어표기법을 따르되, 일반적으로 통용되는 경우일때는 그에 따르기도 했다.

4. 일부 저작권자가 불분명한 도판이나 연락을 취했으나 답변이 없는 경우, 저작권자가 확인되나 답변이 오는 대로 절차에 따라 계약을 맺고 그에 따른 저작권료를 지불할 예정이다. 본 출판사는 저작권자를 추적하고 사용 허가를 받기 위해 모든 노력을 기울였으나 혹시 오류나 누락이 발견되면 재쇄 시 수정도록 하겠다.

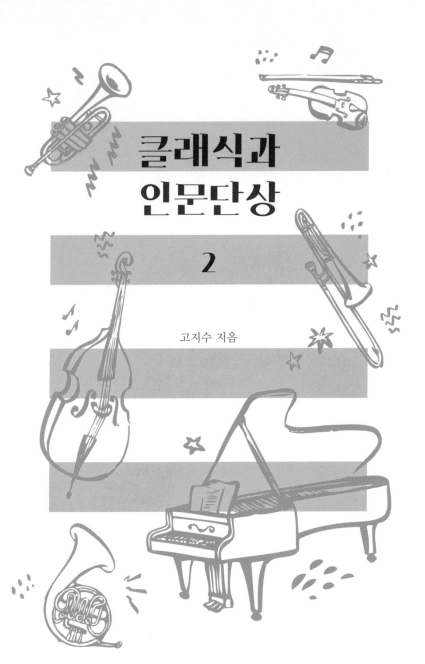

클래식과 인문단상

2

고지수 지음

휴엔스트리

이 책을 쓰게 된 동기부터 이야기하고자 한다. 우리는 면면히 내려온 체면 문화와 압축 성장의 산업화 과정에서 나타난 보여주기식 문화가 혼합되며 삶의 질에 대한 판단의 기준이 자신의 주관적인 판단보다는 타인의 평가에 달려 있곤 하다. 우리나라 사람 대부분은 어느 곳에 살며, 무슨 차를 타며, 자녀가 어느 학교에 입학하였느냐 하는 눈에 보이는 객관적 기준이 삶의 질과 행복도를 판단하는 기준처럼 인식하고, 그 눈높이에 맞추기 위하여 질풍노도처럼 앞만 보고 달려왔다.

물론 가난과 궁핍에 시달리던 시기에 자신만의 행복이니 만족이니 하며 마냥 세월 좋은 베짱이처럼 살 수는 없었다. 자고 나면 쑥쑥 올라가는 아파트, 최신식 TV와 냉장고, 번쩍이는 자가용을 보면 눈이 휘둥그레지는 환경 속에서 마냥 나만 눈감고 있을 수는 없는 노릇이었다. 언젠가는 저런 호사를 누려보아야겠다는 꿈, 또는 가족에게 안락한 생활을 누리게 해주어야겠다는 가장의 희망은 인지상정이었으리라. 그러다 보니 그 길로 가는 가능한 한 가장 빠른 길을 찾게 되었고, 좁은 땅에 인구는 많으니 그 방법은 한정되어 좋은 학교에 입학하여 이름 있는 대기업에 취업하는 방법이 조금이나마 가능성이 있는 기회였다. 당연히 진학은 불꽃 튀는 경쟁이었고, 가장들은 죽어라 일하며 자녀의 학비를 마련하여야 했다.

반면에 대학들은 오직 성적으로 줄을 세워 합격 여부를 판단하였으니, 교육 또한 점수에만 매달리는 암기 위주의 교육이 될 수밖에 없었다. 그리고 치열한 입시와 취업에 성공한 사람들은 자녀에게 똑같은 방법을 대물림하고 있는 것이 현재 우리나라의 자화상이다.

입시지옥과 취업전쟁을 통과하여도 끝은 아니고 사회에 진출하면 피 튀기는 경쟁이 되풀이된다. 죽기 아니면 살기 식으로 경쟁에 내몰린 자신을 돌보고 주위를 돌아볼 여유가 없다. 그렇게 세계적인 부국에 올라섰으나 그에 맞추어 대한민국 국민의 행복지수도 개선되었는가? 이제는 한 번쯤 돌아볼 일이다. 돈과 건강만이 삶의 질을 개선하고 행복도를 높여주지는 않을 것이다. 만일 그렇다면 열심히 일해서 저축하고 매일 운동해서 건강을 유지하면 될 것이기 때문이다.

그러나 삶의 행복은 그렇게 육체·경제적 만족만으로 해결되지 않는다. 선진국의 자살률이 높고, 우리나라 또한 자살률이 높아지고 있는 것도 이러한 방증일 것이다. 인간의 행복은 육체적 건강과 정신적 만족이 균형을 이루어야 한다.

결국 사람의 행복이란 사람의 삶 가운데에서 나오는데, 사람의 삶은 무엇인가? 하고 질문을 던지는 것이 인문학이다. 그럼 인문학에는 어떤 것이 있는가? 쉽게 생각하면 인문대학에서 가르치는 것이 인문학이다. 옛 선인들은 좀 고상하게 '문사철시서화文史哲詩書畵'라 했다. 그런데 우리에게 문사철시서화는 암기의 대상일 뿐이었다. 소설가의 이름과 제목, 줄거리를 외우고, 연대기적 역사를 외우고, 철학자와 그의 사상을 나타 내는 단어나 문장을 외우고, 시인과 시의 주제를 외우고, 글씨체와 창안 자를 외우고, 화가와 그의 대표작을 외웠다. 스스로 느끼고 즐기며 그 가 운데 기쁨을 누리는 것이 아니라 모조리 외워야 할 대상이었다. 그렇지 않으면 정답을 맞힐 수가 없으니 어쩔 수 없는 노릇이었다.

헤밍웨이는 「누구를 위하여 종을 울리나」를 썼고, 한니발은 로마를 침공하여 '칸나이 전투'에서 승리하였고, 소크라테스는 '산파술'을 설파 하였으며, 바흐는 음악의 아버지이며 헨델은 음악의 어머니이고, 서체에 는 왕희지체, 조맹부체, 추사체 등이 있고, 노르웨이의 뭉크는 『절규』를 그렸는데 그것을 그리는 데 사용한 색은 어떠하다느니 오로지 외우고 또 외웠다. 모두 똑같은 생각과 해석만 강요받는다. 인간 개개인은 모두 다르게 생각하고 다른 삶을 영위할진대, 어떻게 인문학을 접하고 같은 생각만 할 수 있다는 말인가. 그나마 그것마저도 시험장을 나서며 모두 그곳에 남겨두고 나온다.

상황이 그러하니 놀 줄도 모른다. 명절에 고생하며 고향을 방문하여 가족과 함께할 때에도 각자 휴대폰만 보다가 돌아오고, 친구와 만나서 도 아무 생각 없이 청소년은 게임방에 가고, 어른은 삼겹살에 소주를 마 시며 부동산이나 주식 얘기, 나라 걱정만 하다가 취해서 돌아온다. 무엇 이 문제인가? 인문학은 외우기만 하는 학문이 아니다. 우리의 삶과 생각 자체이다. 인류의 감정과 생각, 사상이 농축된 삶과 지혜의 보고이다. 우리는 그 안에 스며 있는 감정과 사상을 각자의 방식으로 느끼고 즐겨 야 한다. 이제 우리 삶에서 중요한 요소들의 순서가 바뀌어야 한다. 건 강, 돈, 놀기에서 그 반대로.

우리의 선조들은 시를 외우지 않았다. 그저 운율에 맞추어 읊었다. 내용과 멜로디가 어우러져 하나의 그림이 되고 상대방과 공명하며 주고받았다. 그림으로는 편지를 썼다. 자신의 마음을 담은 그림을 그려 생각을 전하였다. 인문학은 그런 것이다. 절기를 헤아리고 날씨를 얘기하며 농사를 걱정했고, 농한기에는 정자에 앉아 성현의 사상을 논했으며 때때로 먹을 갈며 삶을 즐겼다.

그러나 우리는 아직도 삶의 경쟁에서 벗어났다고 할 수 없다. 새벽별 보며 일터로 향하고 매일 몇 시간을 도로에 뿌리며 저녁에는 파김치가 되어 귀가한다. 대리 되어 결혼하고 과장 되어 아이 낳고 차장, 부장 되어 아이들 학교 보내고, 은퇴하여 자녀 결혼시키고 나면 남은 건 낡은 몸과 빈손, 그리고 주체할 수 없는 시간뿐이다. 놀 줄을 모른다. 이제부터라도 자신을 위하여 놀아봐야 한다.

그런데 노는 재주도 하늘에서 뚝 떨어지는 것이 아니라 연습이 필요하다. 언젠가 언론에서 읽었던 기사가 내게는 충격이었다. 정확히 기억나지는 않지만 요약하면 이렇다. 북유럽에 근무하는 공관원(상사원)이었던 분이었다. 언론에 투고할 때는 이미 은퇴하신 후였다. 그가 북유럽에 근무할 때 이웃으로부터 저녁식사 초대를 받았다. 식사시간에 맞추어 가보니 다른 이웃들도 와 있었다. 저녁 메뉴는 더하고 뺄 것도 없이 그 집에서 평소에 먹는 소박한 음식이었다. 충격은 그다음이었다. 식사가 끝나고 집주인이 조그만 그림을 한 점 들고 나왔다. 잘은 모르지만 평범한 그림처럼 보였다. 그 그림을 세워놓고 식사에 참석한 사람들이 모두 자기 나름대로 그림에 대한 소감을 이야기하였다. 한동안 서로 생각을 나누고 평하는 가운데 밤이 깊어져 헤어졌다. 그 날의 저녁 메뉴는 구입한 그림에 관해 감상을 나누는 것이었다. 그날의 충격으로 그분은 귀국 후 어린이를 위한 그림책을 써서 전국 초등학교에 무료로 배포하였다고 한다. 이 기사 자체가 한 폭의 그림이었다.

　우리도 지금부터라도 노는 연습을 해보자. 자신이 관심 있는 분야로 시작해야 꾸준히 할 수 있다. 일반적으로 클래식에 관한 책을 읽다 보면 작곡자의 생애와 연대기, 그리고 음악사나 음악학적 설명 같은 객관적 지식이 주를 이룬다. 음악은 암기가 아니다. 음악을 듣는다는 것은 곡 자체의 리듬과 선율의 아름다움을 느끼고 또 곡에 내재해 있는 삶의 희로애락과 철학적 깊이를 생각하며 공감하고 즐기는 것이다.

　물론 감상은 작곡자의 생각을 떠나 감상자에 따라 천차만별이다. 심지어 어떤 감상자는 기쁘게 느끼는 것을 다른 감상자는 슬프게 느끼기도 한다. 또한 감상할 때의 감정 상태, 날씨, 시간, 주변 환경에 따라 완전히 다른 음악으로 들리기도 한다. 이럴진대 이 책에 나 자신의 감상을, 그것도 음악을 듣는 순간의 느낌을 쓴다는 것은 어불성설일 것이다. 이 책에 소개된 음악은 대개 작곡가들의 대표곡 중에서 선정하였다. 초보자가 클래식을 처음 접할 때 멜로디와 선율에만 의지해 끝까지 듣기는 쉽지 않다. 긴 음악을 눈 깜빡할 사이에 다 들으려면 몰입해야 하며 그러기 위해서는 감상자 나름의 아름다운 서사나 그림이 그려져야 한다. 그래서 나 자신이 음악을 들을 때 떠올리는 그림이나 서사를 묘사해본 것이다.

　이 책에서는 되도록 나와 같은 비전공자를 위해 음악 기호, 작품번호 등 전문가 영역의 내용은 배제하고 일반적으로 통용되는 내용을 서술하였으며, 작곡가에 대한 내용도 재미있는 에피소드 위주로 담았다. 또한 음악을 들으며 연상되는 내용, 작곡자, 그림, 역사, 신화, 철학, 문학, 종교 등 인문학적 단상들도 함께 기술하였다. 독자가 음악은 물론 여타의 인문학에도 관심을 갖고 각자 삶의 즐거움으로 나아가는 조그만 창을 내주기 위해서이다.

시작할 때는 쉽지 않을 수 있다. 뭐든지 쌓여야 분출할 수 있다. 처음에는 클래식에 입문하기가 다소 어려울 수 있으나 이 책을 참고하다 보면 어떤 깨달음의 순간, 즉 돈오頓悟의 기쁨을 만끽할 수도 있을 것이다. 우리는 보통 운칠기삼運七機三을 말한다. 그렇다고 감나무 아래 입만 벌리고 있어서는 안 된다. 최소한 삿갓이라도 준비한 사람에게 운도 따르는 법이다. 백문百聞이 불여일견不如一見이고 백견百見이 불여일습不如一習이다. 일단 시작해보자. 이제 대화의 주제를 오로지 게임이나 부동산, 주식으로만 삼을 게 아니라 클래식이나 인문학도 섞어보면 좋겠다. 직접 아이들 손잡고 음악당, 미술관도 방문해보면 어떨까? 세상은 온통 놀이터이니까. 너와 나, 어른과 아이가 행복한 세상을 위해 즐겨보자.

어려운 가운데도 이 책의 출간을 도와주신 출판사 대표님께 감사드리며, 항상 걱정과 응원을 함께 보내주신 형님, 아빠가 얘기하면 재미있다며 다른 사람들과 나누어 보면 더없이 좋겠다고 용기를 준 아들과 딸, 끝까지 정성을 다해 원고 정리를 도와준 아내에게 고마운 마음을 전한다.

2022년 만추에 정발산 자락에서
고지수

CONTENTS

PART 2 　　**영미·라틴아메리카**
아일랜드 · 영국 · 미국 · 멕시코

PART 1

북동 유럽

폴란드 · 체코 · 노르웨이 · 핀란드 · 헝가리
루마니아 · 에스토니아 · 조지아 · 러시아

프레데릭 프랑수아 쇼팽

♪ 프레데릭 프랑수아 쇼팽

　피아노의 시인이라 불리는 쇼팽은 1810년 폴란드의 바르샤바 근교 젤라조바볼라에서 태어났다. 그의 아버지는 프랑스 대혁명기에 폴란드로 이주한 프랑스인이었으며 어머니 유스티나 크시자노프스카는 폴란드 귀족 출신이다. 쇼팽은 네 살 때부터 바르샤바 음악학교 교장인 엘스너에게 정식 교육을 받기 시작하였으며, 엘스너는 그의 재능을 알아보고 틀에 박힌 교육보다는 자신만의 독창성을 발휘할 수 있도록 각별히 신경을 썼다. 천재 소년의 등장은 삽시간에 폴란드를 넘어 러시아까지 소문이 났고 마침내 러시아 황제 앞에서 피아노를 연주하여 칭찬을 받기까지 하였다. 쇼팽이 빈을 중심으로 유럽 지역 연주 여행을 하던 중 고국 폴란드에 독립혁명이 일어났으나, 러시아 군대에 진압되었다. 그는 마지못해 1831년 프랑스로 망명한 뒤로는 두 번 다시 조국 땅을 밟지 못했으며, 이후로 러시아에서는 절대로 연주를 하지 않았다.

　그의 음악 인생은 프랑스로 망명한 1831년을 기준으로, 전기 20년은 외세의 압제에 시달리는 폴란드에서, 후기 20년은 자유와 평등, 혁명적 낭만주의가 넘실대던 프랑스에서의 음악 활동으로 구분할 수 있을 것이다. 우선 폴란드 시절의 대표적인 작품으로는 첫사랑 콘스탄치아 그라드코프스카에 대한 마음을 담은 피아노 협주곡 2곡을 들 수가 있다. 특히 〈피아노 협주곡 1번〉의 2악장 〈로망스〉의 흐르는 듯한 선율에서는 애절한 마음이 물씬 묻어난다. 프랑스에서는 주로 작은 규모의 작품들과 고향을 그리는 폴란드 선율의 음악이 주를 이루고 있으나 말년에 접어들면서는 피아노 소나타 같은 내면의 감추어진 열정을 분출하는 듯한 작품을 작곡하기도 하였다.

감수성이 예민하고 세심하여 대중 앞에 나서기를 꺼렸던 쇼팽에게는 살롱에 어울리는 소품 위주의 연주가 편안하고 더 매력적으로 다가왔을 것이다. 쇼팽은 제목만 들어도 글 대신 피아노로 쓴 서정시 같은 부드럽고 아름다움이 느껴지는 200여 곡의 피아노 작품을 남겼다. 24곡의 전주곡, 21곡의 녹턴, 27곡의 연습곡, 20곡의 왈츠, 4곡씩의 즉흥곡과 스케르초, 발라드, 고향 폴란드 민속춤의 멜로디를 주제로 한 마주르카 58곡과 16곡의 폴로네이즈, 그리고 첫사랑의 마음을 담은 2곡의 피아노 협주곡과 격렬하고 뜨거움을 분출하는 3곡의 피아노 소나타 등 아름다움이 뚝뚝 떨어지는 피아노곡들이 그를 대변하고 있다.

쇼팽 기념비

1836년 상드와 헤어진 후 쇼팽의 병은 급속도로 나빠졌다. 경제적 어려움까지 닥쳐 하는 수 없이 떠난 영국 연주 여행에서는 스코
틀랜드의 축축한 기후 때문에 건강이 걷잡
을 수 없이 나빠졌다. 서둘러 파리로 돌아
왔으나 회복하지 못하고 1839년 고국을 그
리며 이국땅 프랑스에서 숨을 거두고 페르
라셰즈 묘지에 안장되었다. 그의 장례식은
들라크루아의 주도하에 당대의 메조소프
라노 폴린 비아르도가 노래를 부르며 전송
하였고, 그의 무덤에는 친구들이 고향에서

외젠 들라클루아

가져온 흙이 뿌려졌다. 그가 떠나고 1년이 되는 날, 영혼의 친구였던 들
라크루아의 기획으로 상드의 딸인 솔랑주의 남편 클레쟁제르가 조각한
기념비가 그의 무덤 앞에 세워졌다.

현재 그를 기념하는 피아노 콩쿠르가 5년 주기로 바르샤바에서 개최
되며, 1회 우승자 레프 오보린 이래로 마우리치오 폴리니, 마르타 아르
헤리치, 크리스티안 지메르만, 윤디 리, 라파우 블레하츠 같은 우승자들
이 세계 무대를 종횡무진 누비고 있으며, 우리나라의 조성진은 2015년
17회 콩쿠르에서 우승하며 대한민국의 문화적 위상을 한껏 드높였다.

피아노 협주곡 1번

쇼팽이 매일 밤 꿈을 꾼 그녀, 반년이 지나도록 말 한마디 건네지 못
한 그녀, 폴란드를 떠날 때 받아 평생 지니고 있었던 리본의 그녀는 누구
였을까? 쇼팽은 1830년 10월 폴란드를 떠나기 직전 바르샤바 국립극장
에서 열린 고별 연주회에서 그의 반주에 맞추어 흰 드레스를 입고 머리
에 장미꽃을 꽂고 노래하였던 그의 첫사랑에 대한 애틋함을 담아 두 개
의 피아노 협주곡을 작곡하였다. 그중 실제로는 1년 늦은 1830년에 작곡

되었으나 먼저 출판되어 번호가 앞선 〈피아노 협주곡 1번〉이 이 공연에서 그의 연주로 초연되었으며, 이 연주회에 그녀가 특별 출연하여 그를 감동케 했다.

이 곡에서는 그녀를 향한 쇼팽의 애틋하고 안타까운 심정이 그대로 묻어난다. 쇼팽의 협주곡을 듣다 보면 관현악은 희미해지고 귓가에는 피아노 선율만이 흐르듯이, 분출하듯이 들린다. 사랑은 이렇게 문을 열고 들어와 젊은이의 마음을 흔들어 놓으며 수줍은 열정이 피어오르게 하나 보다.

가눌 길 없는 희망으로 가슴은 부풀어 오른다. 그러나 애처로운 가락이 가로막으며 수줍음으로 망설이게 하지만, 돌아눕자 이내 그녀에게 고백할 수 있다고 용기가 솟아오른다. 멋진 수트를 입고 그녀가 좋아하는 꽃다발을 준비하여 그녀 앞에 무릎을 꿇고 그녀의 얼굴을 바라보며, 그녀의 팔짱을 끼고 걸으며 뭇시선을 받으며. 상상의 날개를 펴자 영롱한 구슬이 무지개 위를 또르르 구르고 마음은 구름 위를 이리저리 옮겨 다니고, 얼굴은 붉어지고, 가슴은 쿵쾅거린다. 사랑의 마음이 밤하늘의 별처럼 영롱하게 쏟아져 내린다. 그녀와 함께할 아름답고 달콤한 앞날을 상상하니 환상의 세계에 머무는 것 같은 착각이 든다. 상상의 세계가 끝도 없이 수채화처럼 환하게 번져 나간다.

2악장에 들어서자 쇼팽의 상상의 세계가 흐르는 듯한 로망스 선율에 실려 그녀에게로 향한다. 너무나도 아름다워 숨조차도 멈춘다. 쇼팽도 친구에게 보내는 편지에 "이 로망스는 달콤한 기억을 불러일으키는 어떤 곳을 부드러운 눈길로 자아내듯이… 아름다운 달빛 어린 어느 봄날 밤에 꿈을 꾸듯이… 로맨틱하고 평화로운 기분에 젖어 조금은 우울한 기분을 느끼며" 작곡하였다고 썼다. 풋풋한 청년 쇼팽의 숨길 수 없는 연

분홍 감정과 설렘, 부끄러움이 어우러
지며 황홀하리만치 아름다운 사랑이
녹아내리고 있다.

콘스탄치아 글라드코프스카
쇼팽의 첫사랑

　3악장에서는 화려하고 경쾌한 선
율이 승리의 느낌으로 다가온다. 쇼
팽의 간절한 기원과 희망이 담겨 있는
것 같다. 그가 수줍음을 감추고 자신
있고 당당하게 전진하는 모습이 떠오
른다. 힘차게 걷는 발걸음을 뒤로하고 사랑과 희망으로 가득한 가슴은
저만치 앞서가고 있다. 그의 프러포즈가 성공하기만을 바라는 소망으로
가슴이 저려 온다. 그러나 그녀, 콘스탄치아 글라드코프스카는 당시에
는 소심했던 쇼팽의 마음을 눈치채지 못했으며, 그의 사후 발간된 전기
를 보고서야 진실을 알았다고 한다.

◉ 마우리치오 폴리니, 피아노, 폴 클레츠키, 필하모니아 오케스트라, 1960
◉ 마르타 아르헤리치, 피아노, 클라우디오 아바도, 런던 심포니 오케스트라, 1968

예술과 철학의 아지트, 살롱

쇼팽의 시대 살롱은 어떤 곳일까? 그 당시 살롱 문화를 알 수 있다면 쇼팽의 삶과 음악을 이해하는 데 도움이 될 것이다. 단지 곁눈질로 스치듯 훔쳐보는 정도라면 마르셀 프루스트가 폐렴으로 죽을 때까지 14년에 걸쳐 쓴 소설 「잃어버린 시간을 찾아서」에서 간접적으로나마 상상이 가능하다. 소설은 프루스트의 인생관과 철학이 담긴 자전적 소설이며 주인공이자 화자도 마르셀이다. 그러나 이 소설은 7편에 4,000페이지가 넘는 대작이라 도전하기가 만만치 않다. 긴 문장에 두꺼운 분량, 그리고 음악, 미술, 철학, 문학 등 다양한 문화적 요소들이 강하기 때문이다.

이 소설은 처음에는 세계적인 작가들을 배출해낸 갈리마르 출판사가 1편의 출판을 거부하여 프루스트는 자신의 비용으로 그라세 출판사에서 출판하였는데, 나중에야 작품성을 알아본 갈리마르가 1편의 재판을 포함해 전 7편을 출판하였고, 2편 「꽃핀 소녀들의 그늘에서」는 공쿠르상까지 거머쥐었다. 그런데 이 소설을 정복해 보도록 욕망에 불지르는 미운털이 있으니 프랑스 소설가 앙드레 모루아이다. 그는 "세상에는 두 종류의 사람, 프루스트를 읽은 사람과 읽지 않은 사람만 있다"고 하니 다 읽지 못하고 반쪽 사람이 되는 한이 있더라도 도전해보도록 유혹한다.

그럼 살롱이란 곳은 어떤 곳일까? 물론 「잃어버린 시간을 찾아서」에서의 분위기와 19세기 전반부의 쇼팽 시절과는 여러모로 차이가 있을 것이다. 먼저 살롱 하면 프랑스의 사치스럽고 화려한 18세기 귀족문화가 떠오른다. 위로 부풀려 올린 퐁탕주 머리에, 내장이 뒤틀릴 정도로 조여 가슴을 탐스럽게 위로 올리고 어깨를 드러내며 개미허리를 만드는 데콜테, 사생아 가

리개라고 불린 종 모양의 속치마 라이프로크Reifrock를 받쳐서 잔뜩 부풀린 치마, 화룡점정으로 부채나 숄로 가린 눈썹 옆이나 코 밑에 붙인 애교점과 가슴에 눈길을 고정시키는 십자가 펜던트, 그리고 제일 아래쪽에 하이힐로 마무리한 사교계의 여인들.

프랑수아 부셰, 『퐁파두르 후작부인』

살롱의 기원을 좇아 더 거슬러 올라가면 기원전 5세기 그리스로 시간이동을 해 볼 수 있다. 매춘부 아스파시아 집에 소크라테스와 페리클레스가 보이고, 아리스토텔레스의 등에 올라탄 필리스가 보인다. 로마의 상류층 목욕탕에서는 베르길리우스와 오비디우스가 시를 낭송하고 키케로와 세네카가 철학과 정치를 논하고 있다. 13~14세기 피렌체에서는 단테와 페트라르카, 보카치오가 르네상스 인문학의 방향에 대하여 토론하고 있다. 곁에서는 베아트리체와 라우라, 피암메타가 귀 기울이고 있는 모습이다. 15~16세기 이탈리아 만토바의 이사벨라

데스테의 살롱에 자리 잡은 넓고 웅장한 스투디올로에는 마키아벨리와 수많은 시인이 모여있고, 그녀의 우아하고 화려한 신전 그로타에는 다빈치, 티치아노, 만레냐, 페루지노가 모여서 그림에 대해 논하고 있다.

이탈리아에서 시작된 살롱이 정략결혼의 물결을 타고 프랑스에 새바람을 일으킨다. 카테리나 데 메디치가 프랑스 왕 앙리 2세의 왕비가 되었다. 그녀는 아들 샤를 9세와 앙리 3세의 치세를 거치며 프랑스에 살롱 문화가 확고히 뿌리내리도록 하였다. 뒤이어 위그노 전쟁과 내전으로 피폐하고 거칠어질 대로 거칠어진 프랑스에 17세기 초 빼어난 미모에 예술적 재능을 갖춘 랑부예 후작 부인이 살롱을 개장하고 맥을 이어 나간다. 그녀는 부드럽고 섬세하며 격조 높고 품위를 갖춘 문화를 희구했다. 그녀의 살롱에는 지식인과 예술가들이 모여 자유롭게 작품을 논하고 비평하며 지적 훈련을 거듭하며 세련된 문화를 길러나갔다. 이후 랑부예 부인의 살롱을 모방한 살롱들이 속속 등장하며 살롱의 여주인들은 프랑스 전반에 큰 영향력을 발휘하게 되었다.

살롱은 이전에는 수녀나 가정교사 아니면 발코니에 걸터앉아 권력자의 정부가 되는 것이 유일한 출구였던 지적인 여성들에게 새로운 가능성을 제공하는 공간이었다. 그곳에서 인문학으로 무장할 수 있는 기회를 얻었으며, 재능을 가진 여성들은 살롱을 운영하며 나름대로 입지를 구축하였다. 살롱은 출입 자격을 엄격하게 제한하여 회원을 받아들였으며, 규칙적인 시간을 정하여 운영하였다. 많은 살롱 여주인들은 문학적 재능과 예술적 심미안으로 남성들의 존경을 받았는데, 대부분 신분이 높거나 부자였으며 미망인들이었다. 문학작품을 낭송하고 토론하는 문학 살롱이 주류였으나, 볼테르, 루소 같은 계몽사상가들의 생계와 출판을 지원하며 당국의 검열로부터 보호막이 되어 계몽사상을 전파하는 후견인 역할을 자처했던 마담 뒤팽 같은 살롱 여주인들도 있었다. 이러한 살롱 문화 속에서 루소의 「에밀」, 볼테르의 「캉디드」 등이 출판되었다.

18세기로 접어들어서는 '왕관 없는 여왕'으로 불린 루이 15세의 애첩 퐁파두르 부인이 있다. 그녀 또한 볼테르와 루소 같은 계몽주의자들을 후원하였으며, 부셰 같은 화가들도 적극 지원하였다. 그리고 거의 살롱 문화의 말기를 이끌고 쇼팽과 같은 해에 세상을 떠난 레카미에 부인이 있다. 고혹적인 외모, 신비한 분위기와 천사의 교태로 나폴레옹의 동생, 벵자맹 콩스탕 등 숱한 남성들을 가슴앓이하게 한 그녀는 그들의 구애를 노련하게 우정으로 변모시키기도 하였다. 그녀의 살롱은 다비드나 그의 제자 제라르 같은 신고전주의 화가들이나 많은 예술가들을 회원으로 두고 번창하였다.

프랑수아 드 트루아, 『살롱에서 몰리에르를 읽는 사람들』

이처럼 살롱은 사교적이고 은밀한 구석도 부정할 수 없으나 많은 예술가, 사상가들이 모여 지적으로 교류하고 상호 간에 영감을 주며, 사회의 문화적 품격을 높이고 사상을 더욱 고양시킨 긍정적인 측면이 있었다. 리스트의 연인 마리 다구 백작 부인의 살롱에서 들라크루아, 베를리오즈, 파가니니, 리스트, 빅토르 위고, 알렉상드르 뒤마, 발자크, 하이네와 함께 삶과 예술을 토론하며 피아노를 연주하는 쇼팽의 모습이 떠오른다.

피아노 소나타 2번

〈피아노 소나타 2번〉은 쇼팽의 피아노 소나타 3곡 중 그의 창작력이 최고조에 달했던 1839년에 탄생한 작품으로, 마요르카에서 돌아와 상드의 대저택인 노앙에서 휴양 중에 쓴 곡이다. 3악장에 〈장송 행진곡〉이 포함되어 있어 일명 "장송"이라고도 불리는 이 곡은 쇼팽의 음악 중에서 가장 비감하고 무한한 공허와 분노, 슬픔이 교차하는 곡일 것이다. 쇼팽 음악에서 보이는 창백함이라고는 찾아볼 수가 없다. 쇼팽은 1837년 약혼까지 했던 두 번째 연인 마리아 보진스카와 파혼하였다. 쇼팽의 건강을 걱정하는 그의 부모가 반대하

마리아 보진스카

였기 때문이었다. 이로 인하여 실의에 빠져있던 그 시기에 쓴 장송 행진곡이 2번 소나타의 3악장에 삽입되었다.

항상 말은 부족하다. 음악과 그림은 말의 한계를 뛰어넘어 강력한 설득력으로 우리의 마음과 거의 합일을 이룬다. "말로 할 수 없는 것에 대해서는 침묵하라"고 주장하던 비트겐슈타인이 표정언어, 몸짓언어를 보고 그의 주장을 바꾸었던 것처럼. 수줍음 많고 말이 없던 쇼팽이 그의 음악으로 그의 삶에 대한 감회를 격렬하게 표현한다. 그러나 말이 많으면 수다스럽다. 절제하며 촌철살인 같은 단순함으로 얘기하고 감상자들에게 사색할 수 있는 여백을 주어야 한다. 동양화의 여백이 먹 부분보다 더 무한히 깊고 넓은 사색의 공간을 제공하듯이.

쇼팽의 마음에 댕댕 하고 조종이 울린다. 어딘지 모르게 불안함과 메스꺼움을 가득 품은 난바람이 가슴을 휩쓸고 간다. 지나간 세월의 상흔들이 퇴색되어 펼쳐지며 주체할 수 없는 아픔과 그리움으로 다가온다. 지나온 과거를 하나씩 더듬어 본다. 화창한 봄빛같이 아름다운 시절, 주체할 수 없었던 질풍노도 같던 한때, 걷잡을 수 없이 거칠고 난폭한 시련, 나락으로 떨어진 삶과 분노, 어찌해볼 수 없는 지난날의 회한만 남으며 혼란스러울 뿐이다. 정신을 차릴 수가 없이 폭풍우가 밀려온다. 안타까움과 후회에 몸부림쳐 본다. 그럴수록 감정은 고조되고 격렬한 몸부림은 그칠 줄 모르고 폭발한다.

체념하고 마음을 추슬러 보지만 어찌해 볼 수 있는 도피처가 보이지 않는다. 금방이라도 먹구름이 몰아치고 모든 것을 휩쓸어 갈 듯한 거대한 파도가 몰려올 것 같은 공포가 밀려온다. 그리고 조용히 먹구름 가운데 한 줄기 햇살이 무심하게 비친다. 무거운 짐을 진 유령들이 행진하는 듯한 3악장. 음산하게 비가 내리고 질척질척한 길을 유령의 행렬이 걷고 있다. 한 걸음 한 걸음이 천근만근이다. 멀리 희미하게 비쳐오는 빛에 조금 밝아지며 죽은 자를 전송하는 듯하더니 어느새 다시 음울한 종소리에 제자리로 돌아간다. 종소리가 멀리 흩어지며 사라진다. 깊은 공허와 슬픔만이 메아리 되어 울려온다. 마침내 당도한 공동묘지에는 스산하고 날카로운 밤바람이 슬픔마저 흔적도 없이 쓸어가 버리고 빈 마음만 남는다.

◎ 블라디미르 호로비츠, 1962 ◎ 마우리치오 폴리니, 1984
◎ 예프게니 키신, 유튜브 ◎ 조성진, 쇼팽 콩쿠르 실황, 2015

클래식과 인문단상 2

루실 뒤팽

쇼팽과 상드, 마요르카와 빗방울 전주곡. 스물여섯 청년과 서른둘의 이혼녀. 많은 생각이 떠오르게 하는 단어의 조합이다. 많은 사람이 상드를 쇼팽의 생명을 단축시킨 악녀로 기억하고 있다. 그러나 최근에는 쇼팽이 위대한 작품을 남긴 것도, 젊어서부터 폐병에 시달린 그가 39년을 살 수 있었던 것도, 상드가 10년을 함께하며 희생하였기 때문이라고 밝혀지고 있다.

그녀는 폴란드 왕가의 혈통을 물려받은 아버지와 전쟁터를 따라 떠돌던 단역배우 어머니 사이에 1804년 파리에서 태어났다. 네 살에 폴란드 왕가 출신의 할머니가 있는 노앙으로 이사한 후 넉 달 만에 아버지가 낙마 사고로 숨졌으며 상드의 양육 방식을 두고 할머니와 갈등을 빚던 어머니는 1년 만에 그곳을 떠나버렸다. 할머니는 상드에게 음악, 미술, 수학, 라틴어 등 다방면의 고등교육을 받게 하였으나 한편으로는 소작농의 아이들과도 어울리며 뛰어놀 수 있도록 배려하였다.

열일곱 살이던 1821년, 할머니가 돌아가시고 상드가 물려받은 노앙의 대저택은 리스트, 발자크, 투르게네프, 비아르도, 하이네, 플로베르, 들라크루아, 쇼팽 등이 드나드는 예술의 성지가 되었다. 그러나 그녀에게도 시련이 찾아들었다. 남편 뒤드방의 천박함으로 인한 정서적

단절과 공허함으로 결혼 생활은 파탄에 이
르고, 뒤이어 노앙 성과 아이의 양육권
을 되찾기 위한 소송이 그녀를 지치게
하였다. 뒤이어 찾아온 쥘 상도와의
사랑도 맥없이 끝나버리고 그녀에게
남은 것은 루실 뒤팽이라는 본명이 아
닌 조르주 상드라는 이름뿐이었다.

이후 그녀는 조르주 상드라는 필명으
로 1832년부터 연이어 여성의 독립을

조르주 상드

주장하는 페미니즘적인 소설 「앵디아나」와 「렐리아」를 발표하며 작가
로서의 명성을 얻었다. 또한 1841년에는 「오라스」를 발표하여 자유와
평등을 갈망하는 가난한 청춘과 노동자의 아픔을 세상에 알리는 데
앞장섰던 투사이기도 하였다. 빅토르 위고는 상드의 장례식에서 그녀
를 "영원불멸한 위대한 영혼"이라고 불렀다. 상드는 작품을 통하여 여
성의 독립과 사회의 개혁을 외치는 진정한 투사였다. 그녀는 「렐리아」
를 발표하고부터 남장을 하고 파리 사교계에 나타나 시선을 끌기 시
작하였다. 그녀의 남장은 단지 파리에 온 뒤로 경제적 여유가 없었을
뿐 아니라, 비가 잦고 딱딱한 포석 도로에서는 치마 대신 남자 복장과
남자 구두가 더 편리하고 경제적이며 여자의 굴레에서 벗어나는 기분
이 들었기 때문이었다.

「렐리아」의 성공 이후 그녀에게 사랑을 고백한 시인이자 극작가 뮈세
와의 관계는 오래 지속되지 못하고 그에게 크나큰 상처를 남기며 끝
나고 말았다. 1836년 상드는 마리 다구 백작 부인의 살롱에서 쇼팽을
만났다. 리스트의 연인이었던 백작 부인의 살롱은 리스트가 초대한
파리 예술가들의 아지트였으며 예술적 영감의 산실이었다. 당시 쇼팽

은 두 번째 연인이었으며 약혼녀인, 마리아 보진스카와의 결혼에 실패하고 슬픔에 잠겨있던 때였다. 상드는 항상 연약해 보이는 남성에게 관심을 보였으며 모성애로 보살폈다. 쇼팽은 거기에 딱 맞는 요건을 갖추고 있었다. 리스트에게 여러 번을 졸라 쇼팽과의 만남을 부탁하였으나 쇼팽의 거절로 가슴 졸이던 상드는 결국 직접 쇼팽을 찾아가 마침내 그의 마음을 얻는 데 성공하였다.

두 사람이 사랑에 빠진 뒤에도 폐병을 앓던 쇼팽의 병세는 악화되어만 갔다. 쇼팽은 상드에게 마요르카로 휴양을 제안했고 이들은 흔쾌히 그곳으로 떠났으나 그것은 좋은 선택이 아니었다. 그들을 맞이한것은 지중해의 따뜻한 태양과 맑은 공기가 아니라 창문에 부딪히는빗줄기와 쇼팽의 각혈을 알고 전염을 걱정하는 이웃의 비난뿐이었다.그 둘은 어쩔 수 없이 짐을 챙겨 겨우 발데모사 수도원의 쪽방을 구하여 이사해야만 했다. 마요르카에서 돌아와 노앙에서 생활할 때에도상드는 어머니처럼 쇼팽을 보살피며 작곡에 전념할 수 있도록 정신적, 육체적으로 배려하고 보살폈다. 그러나 상드와 그녀의 딸 솔랑주의 경제적 지원 문제를 두고 갈등을 일으키며 서로에게서 돌아섰다. 그리고 1848년봄 어느 귀족의 살롱에서의 만남이 마지막이었다.

상드는 평생에 걸쳐 70여 편의 소설과 20

외젠 들라크루아, 『상드와 쇼팽의 초상』

여 편의 희곡, 40,000여 통에 달하는 편지를 썼다. 그리고 함께한 연인들에게는 영감을 주었다. 시인 뮈세는 상드와의 사랑과 이별을 아파한 명작들을 발표하였으며, 쇼팽의 40곡이 넘는 주옥같은 피아노 걸작들이 그녀와 함께한 기간에 쓰였다. 그러나 그녀에 대한 평가는 대체로 비난 일색이다. 시인 보들레르는 그녀의 팜므파탈적인 면을 "공중변소"라고 입에 담기조차도 민망한 비난을 퍼부었으며, 철학자 니체는 상드의 작품을 읽고 "잉크로 젖을 짜는 암소"라고 혹평하였다.

이러한 평가만이 그녀의 전부일까? 그녀는 뮈세나 쇼팽 등에게 예술적 영감을 제공하였으며, 그들의 유명세에 가려졌으나 개의치 않았다. 남장여자라는 튀는 여성 예술가를 불편하게 여기는 사회적 분위기의 영향으로 과소평가된 측면은 없을까? 상드는 외적으로는 투사요, 내적으로는 모성애를 품은 어머니 같은 존재였으며, 연인에게는 영감의 원천이었다. 그녀는 세상이 자신에게 쇼팽을 고갈시킨 여인이라고 비난하는 것을 알았지만 변명하지 않았다. 그녀는 항상 세상의 비난이나 찬사에 초연하였다.

헨릭 고레츠키

헨릭 고레츠키

고레츠키는 1933년 폴란드의 체르니카Czernica에서 기관사의 아들로 태어났다. 리브닉Rybnik 음악학교에서 음악 교사 교육과 카토비체Katowice 음악학교에서 작곡을 공부한 후 모교에서 학생들을 지도하였다. 그의 초창기 작품은 무조음악에서부터 점묘음악까지의 특징을 보이고 있으나 1963년부터 작곡의 기법적 요소를 최대한 줄인 미니멀리즘적인 경향으로 발전하여 갔다. 이러한 경향이 잘 반영된 작품이 교향곡 3번 〈슬픔의 노래〉이다. 그는 또한 아우슈비츠에서 가족을 잃는 슬픔을 겪기도 하였다. 펜데레츠키(〈히로시마 희생자를 위한 애가〉를 작곡), 루토스와프스키와 함께 폴란드 현대음악을 대표하고 있는 고레츠키는 1979년 국립음악원장으로 재직 시 폴란드 정부가 교황 요한 바오로 2세(폴란드 출생)의 방문을 허용하지 않자 반발하여 사직하고 작곡을 중단하였으며, 방문이 허용된 후에 작곡을 재개하기도 하였다.

교향곡 3번(슬픔의 노래)

〈슬픔의 노래〉는 제2차 세계대전 당시 아우슈비츠 수용소에서 희생당한 폴란드인을 추모하기 위한 레퀴엠이다. 남서독 방송교향악단 Orchestra of South-West German Radio, Baden-Baden의 의뢰로 작곡되었으며 1977년 프랑스의 로양 페스티벌Royan Festival에서 초연되었다. 50분이 넘는 단조로운 음악임에도 불구하고 1993년 빌보드 차트 31주 연속 1위를 차지하며 음반이 밀리언셀러가 되었을 정도로 놀라운 곡이다.

초연 후 17년 동안이나 잘 알려지지 않던 음악이 갑자기 최고 인기를 얻게 되자, 세계의 매스컴은 낯선 현대 미니멀리즘 음악인 〈슬픔의 노래〉가 세운 놀라운 기록을 집중 조명한 바 있다. 그 당시 세계사에서 특별히 슬픈 역사적 사건이 발생한 것도 아니다. 이 곡의 무엇이 현대인들의 공감을 불러일으켰을까? 단순히 아우슈비츠의 희생자에 대한 부채의식의 발로일까? 그렇다면 기존의 추모 음악도 많이 있지 않은가? 아마 말로 표현할 수 없는 공감의 정서가 내재해 있어 듣는 이에게 호소하고 있어서이기 때문일 것이다.

우리는 일상에서 종종 상실의 고통을 마주한다. 삶 가운데 수고한 노력이 헛되기도 하고, 주위와의 갈등, 꿈이 무너지며 나락으로 떨어지는 절망, 사랑하는 사람과 이별하는 슬픔 등, 감당하기 어려운 고통을 어깨 위에 지고 무거운 발걸음을 옮긴다. 닿기만 해도 무너져 버릴 것같이 힘겨울 때 누군가 말없이 토닥이는 위로가 필요하다. 그럴 때 우리는 멍하니 음악을 들으며 위로를 받기도 한다. 단순하고 간결한 선율 위에 느리고 비장하게 흐르는 소프라노의 음성에 가슴이 멘다. 삶의 나락에서 마주한 슬픔의 고통을 영혼으로 승화시킨 노래는 우리에게 위로를 준다. 〈슬픔의 노래〉가 여러 형태의 고통과 슬픔 앞에 좌절하는 현대인의 마음을 어루만지며 위로하는 것 같다. 아우슈비츠의 희생자와 내가 서로 공명하며, 내가 그를 그가 나를 감싸 안으며 서로를 토닥이는 듯하다.

〈슬픔의 노래〉는 소프라노 독창과 오케스트라를 위한 작품으로 26분의 1악장, 9분의 2악장, 17분의 3악장 구성이다. 모든 악장마다 느리게 연주하라는 '렌토Lento' 기호가 표시되어 있다. 들릴 듯 말 듯 시작하는 단순한 선율이 끝까지 느리고 애절하다. 한없이 느린 오케스트라의 반주를 타고 흐르는 소프라노의 독창에는 깊은 슬픔과 고통이 담겨있다. 슬픔은 슬픔 자체로만 존재하며 단순하고 투명하여 다른 감정이 끼어들지 못한다. 시종 단순한 음들이 큰 변화 없이 일정한 패턴으로 반복되고 있는 것처럼. 독창은 낮은 저음으로 시작하여 절규를 향하고 때로는 아스라이 사라져 가는 듯한 천상의 기도 소리를 들려준다. 단조롭게 흐르는 현악기의 선율은 가슴 깊은 곳에서 새어 나오는 흐느낌 같다. 전쟁과 학살의 비통함이 때로는 산 자의 절규와 기도로, 때로는 죽은 자의 영혼을 달래는 진혼으로 시종 느리게 진행되며 슬픔의 강물이 되어 밀려온다.

1악장

슬픔을 가득 머금은 더블베이스와 현악의 선율이 묵직한 발걸음 소리처럼 점점 다가온다. 가슴에는 점점 슬픔이 차오르고 울음소리조차 나오지 않는 감당할 수 없는 고통이다. 이것이 현실인가? 지나가는 꿈이리라. 차츰 눈앞의 광경이 현실로 드러나며 성모의 탄식의 애가가 신음과 애통에서 통곡으로 변하여 간다. 왜 나인가요? 내가 나를 주체할 수 없나이다. 오! 주여, 나를 불쌍히 여기시고 인도해 주소서. 그러나 선율은 처음부터 끝까지 무심히 흐른다. 돌아올 수 없는 강물처럼. 종소리의 울림만이 허공으로 퍼져나간다.

15세기 후반 폴란드 성 십자가 수도원에서 부르던 〈성 십자가의 탄식Holy Cross Lament〉이라는 기도문으로 〈성모의 슬픔Stabat Mater〉이 바탕을 이루고 있는 〈애가Lamento〉이다.

"내 속에서 난 사랑스런 아들아, 너의 상처를 엄마에게 주렴. 사랑하는 아들아, 항상 가슴 속에 품고, 진심으로 너를 섬겼으니, 나의 소중한 희망, 너는 비록 떠나고 없지만, 이 엄마가 기뻐하도록 말을 해보렴."

2악장

주여, 우리의 간절한 기도를 들어 주소서. 오직 주만이 눈물의 호소에 응답하소서. 주만을 바라보고 주만을 의지하옵나이다. 주여, 가녀린 우리를 구해주소서. 어둠에 갇힌 저희의 유일한 희망이고 구원이신 주여. 자비를 베풀어 주소서. 아멘. 열여

조토 디 본도네, 『애도』

덟 살 소녀 헬레나의 눈물의 기도가 수용소 안에 조용한 파문이 되어 퍼져나간다.

폴란드 남부 타트라산맥의 자코파네Zakopane라는 작은 도시에 있던 게슈타포 본부 지하 감방 3번 방 벽면에 새겨진 기도문에 곡을 붙였다. 헬레나 반다 브와주시아코프나Helena Wanda Blazusiakowna라는 열여덟 살 소녀가 1944년 9월 25일에 새긴 내용이다.

"안 돼요, 엄마, 울지 마세요. 순결한 하늘의 여왕이시여, 항상 저희를 지켜 주소서. 아베 마리아."

3악장

아들아, 엄마는 들판을 뛰어다닌단다. 스치는 바람에도 흘러가는 구름에도 네 소식을 묻지만 답이 없구나. 엄마의 가슴은 타버려 재가 되었고 뻥 뚫린 가슴과 퀭한 눈은 저세상을 헤매는 혼령 같단다. 세상 사람들이여, 내 아가의 소식을 전해다오. 네 얼굴을 보여다오. 하늘에 계신 이여, 내 아들이 금종이 울리는 천국에 거하게 하고 영생을 허락하소서.

폴란드 남쪽 오폴레Opole 지방의 방언으로 된 15세기 중엽의 민요이며, 전쟁에 나간 아들의 죽음을 애통해하며 부르는 어머니의 절규이다.

"사랑하는 아들아, 어디로 갔느냐? 아마도 폭동 중에 잔인한 적들이 너를 죽였겠지. 너, 나쁜 적들아, 가장 거룩한 하나님의 이름으로 말해보거라. 왜 내 아들을 죽였느냐? 다시는 아들의 봉양을 받을 수 없고, 늙은 내가 절규하며 흘리는 비통한 눈물이 또 다른 오데르강을 만들지라도 내 아들은 돌아올 수 없겠지. 불쌍한 그는 땅속에 묻혀있으나, 사람들에게 물어보아도 그곳이 어딘지 알 수가 없네. 아마 가엾은 나의 아이는 따뜻한 침대 대신 차고 험한 도랑에 누워 있을 거야. 오 하나님의 작은 새여, 내 아들을 위해 노래해다오. 이 어미가 아이를 찾을 수 없다면. 그리고 너 하나님의 작은 꽃이여, 여기저기 꽃을 피워다오. 나의 아가가 행복하게 잠들 수 있도록."

● 돈 업쇼, 소프라노, 데이비드 진먼, 런던 신포니에타, 1991

악의 평범성

20세기 철학자 한나 아렌트(1906~1975)는 독일 하노버에서 태어난 유대인이다. 그녀의 저서 「예루살렘의 아이히만」은 제2차 세계대전이 끝난 후 1961년 예루살렘에서 있었던 아이히만*의 재판을 취재하여 1963년 「뉴요커」에 5회에 걸쳐 게재한 내용으로, 1965년 후기를 덧붙여 발간한 책이다. 이 책에서 아렌트는 아이히만이 사유의 무능성 즉 판단의 능력을 가지고 있지 않다는 사실을 말한다. 아이히

한나 아렌트,
「예루살렘의 아이히만」,
1964

만은 500만 명의 목숨을 앗아간 "최종 해결책The Final Solution"을 실행하면서 양심의 가책을 느끼지 않았으며, 단지 자신은 명령을 수행했을 뿐이고, 오히려 명령받은 일을 하지 않았다면 양심의 가책을 받았을 것이라고 말했다.

그러한 아이히만의 변명에서 아렌트는 세 가지 무능성을 언급한다. 말하기의 무능성, 생각의 무능성, 판단의 무능성이 그것이다. 사유(판

---

* 오토 아돌프 아이히만: 1960년 5월 11일 아르헨티나 부에노스아이레스에서 체포되어 이스라엘로 압송되었으며, 재판에서 유죄를 받고 1962년 5월 31일 교수형에 처해졌다.

단)가 없는 말하기의 무능성은 즉 일상적인 언어를 사용하지 않고 의도적으로 만든 인공언어, 예를 들면 최종 해결책, 완전소개, 특별취급 같은 언어를 앵무새처럼 지속 반복적으로 사용하다 보면 그 언어에 내포된 현실감각을 마비시키고 공허하게 들리게 되며, 실제에 대한 판단이 유보되고 죄의식 같은 것은 느끼지 못한다는 것이다. 나치스가 인공언어를 만든 이유도 이러한 언어를 반복 사용함으로써 현실감을 배제해 버리려는 목적 때문이었다. 그러한 관점에서 아렌트는 인간에게 양심은 본연적인 것이 아니라 사회 환경적 여건에 제약되는 것일 뿐이고, 아이히만도 그러한 상황에 노출되었으며, 누구나 그러한 상황에서 그렇게 행동할 수 있다는 "악의 평범성Banality of Evil"을 보았던 것이다.

이 책이 발간되자 시온주의자들은 "유대인에 대한 사랑이 결여되어 있다"며 지나치게 보편적 관점에서만 아이히만의 재판을 다루었다고 한나 아렌트를 공격하였다. 아렌트는 사랑은 개인의 문제이지 집단의 문제가 아니라고 응수했으며, 이 논쟁을 "나와 유대인 간의 전쟁"이라고 묘사하기도 하였다. 이 논쟁의 영향력은 지대하였는데, 2000년까지 이스라엘에서는 그녀의 책이 단 한 권도 출판되지 못했으며, 유대인들에게는 적으로 간주되었다. 그러나 한나 아렌트는 이 책에서 인류에

아우슈비츠 강제 수용소, 1945

게 커다란 교훈을 제시하고 있디. 현실괴 괴리된 말의 사용과 무사유가 인간 속에 존재하는 모든 악을 합한 것보다도 더 많은 대파멸을 가져올 수 있다고 경고하였다. 세상의 많은 악은 이러한 말과 사고의 자유로움을 허락하지 않는 "악의 평범성"에서 기인함을.

베드르지흐 스메타나

🎵 베드르지흐 스메타나

금실 햇살이 부챗살처럼 펼쳐지는 오전 한때를 음악과 함께하는 시간은 환상의 세계를 경험하게 한다. 음악이 부챗살 위에서 숨 쉬면 세상살이에 짓이겨진 마음을 녹이는 평화와 안식이 찾아든다. 어느새 생각은 여기가 아닌 저기로 가고 거기에서 노닌다. 삶이란 쉼표가 필요하고 거기에서 에너지를 얻고 용기를 얻고 살아가는 것이다. 쉼조차도 일이 되어버린 지금의 세상에서는 더욱 그럴 것이다. 이러한 최고의 쉼과 아름다움의 순간에 정반대의 경우, 슬픔이 생각나는 것은 왜일까? 양약에는 독이 있는 것처럼 극과 극은 통한다더니 그래서일까? 갑자기 체코의 작곡가 스메타나에 대한 생각이 불쑥 끼어든다.

지금은 조국의 국민 작곡가로 추앙받고 있지만 그의 삶은 불행과 고난의 연속이었다. 1824년 체코의 보헤미아 지방에서 태어난 그는 다섯 살에 현악 사중주단의 일원으로 참여해 아버지의 생일을 축하하는 연주를 할 정도로 음악적 재능을 보였고, 그 또한 선배 음악가들처럼 되는 것이 꿈이었다. 그는 어릴 적 일기에 "작곡은 모차르트, 피아노는 리스트처럼"이라고 썼다고 한다. 그러나 당시 오스트리아 합스부르크 왕가의 지배를 받고 있던 조국에서는 음악가로 살아가기가 어려웠다. 그때나 지금이나 예술인으로서의 삶은 녹록지 않은가 보다. 명성을 얻기 전까지는 레슨이나 연주, 지휘 등으로 생활을 이어가는 것이 고작이었으니까. 스메타나는 실패로 끝난 보헤미아의 독립운동에도 참여하여 요주의 인물까지 되었으니 더더욱 쉽지 않은 생활이었을 것이다. 그리하여 어쩔 수 없이 그가 선택한 것은 스웨덴행이었다.

1856년경에는 스웨덴 예테보리 오케스트라 지휘자와 피아니스트로서도 명성을 얻고 삶이 안정되는 듯하였다. 그러나 운명은 그를 그렇게 가만히 두지 않았다. 아빠처럼 음악적 재능이 뛰어난 큰딸이 전염병에 희생되더니 연이어 남은 두 딸마저도 잃는 비극이 그를 덮쳤고 더욱 깊은 실의에 빠지게 하였다. 마침 조국을 지배하고 있던 합스부르크 왕가가 프랑스의 나폴레옹 군대에 패함으로써 고향 보헤미아에도 어느 정도 예술의 자유 분위기가 형성되자 스메타나는 조국을 떠난 지 3년여 만에 귀국을 결심하였다.

그러나 체코로 돌아가는 귀국 길에 다시 그에게 비극이 덮친다. 북유럽의 혹한이 그의 아내마저 삼켜버렸던 것이다. 사인은 폐결핵. 실낱같은 희망으로 떠났던 스웨덴이었으나 그는

다뉴브 강변의 스메타나 기념관

클래식과 인문단상 2

모든 것을 잃고 조국에 돌아오게 되었다.

그의 슬픔의 끝은 어디일까? 귀국 후 그는 안정을 찾지 못하고 이곳 저곳을 방랑하며 다니게 된다. 그리고 또다시 찾아온 비극. 그는 청력이 저하되기 시작하더니 결국 거의 듣지 못하게 되었다. 거대한 폭포 소리와 바람 소리 등 환청에 시달리게 되자 결국은 국민극장의 지휘자 자리마저 내어놓고 작곡에만 몰두할 수밖에 없는 처지로 내몰리게 되었다.

나의 조국

스메타나가 교향시 〈나의 조국*Ma Vlast*〉을 쓰기 시작한 것은 1870년으로 5년에 걸쳐 완성하였다. 〈나의 조국〉은 모두 6곡으로 구성되어 있으며, 1곡은 몰다우강변의 당당한 성을 묘사한 〈비셰흐라드〉, 2곡은 〈몰다우강(독일어)〉, 체코어로는 〈블타바〉, 3곡은 체코의 여전사를 묘사한 〈샤르카〉, 4곡은 보헤미아 자연의 아름다움을 노래한 〈보헤미아 숲과 초원에서〉로 이어진다. 그리고 나중에 작곡한 5곡은 15세기 초반 루터의 종교개혁보다 약 100여 년 먼저 종교개혁을 부르짖고, 라틴어가 아닌 체코어 성경을 발행하고 체코어로 설교함으로써 교황청의 분노를 사게 되어 처형당한 프라하 대주교 후스를 따르는 후스교도의 본거지를 묘사한 〈타보르〉, 마지막 곡으로 후스교도의 영웅들이 잠든 〈블라니크〉로 구성되어 있다.

그중 가장 자주 연주되는 곡인 2곡 〈몰다우〉는 보헤미아의 고원에서 발원한 따뜻하고 차가운 두 개의 샘물이 계곡이 되고 큰 물을 이루어 가며 흐르는 강을 노래한다. 내륙 국가 체코를 관통하여 흐르는 몰다우강은 우리의 한강과 같이 그들의 삶과 애환을 함께한 역사의 강, 엄마의 강이리라. 몰다우강물은 보헤미아의 산과 들판을 둘러 흐르며 목동의 뿔

피리, 결혼식과 민속춤, 폴카와 민요, 전설 등 체코인의 삶을 싣고서 도시 전체가 유네스코 문화유산인 역사가 숨 쉬는 수도 프라하로 접어들어 곳곳의 소식을 도시에 전한 후, 거침없던 물보라는 잠잠해지고 바다로 향하여 유유히 흐르며 독일의 엘베강과 합류하여 북해로 접어든다. 6곡 모두 웅장하고 비장하며 가슴 벅찬 민족혼이 느껴진다. 처절한 불행과 슬픔의 한가운데를 견뎌 오면서도 조그만 샘물이 큰 강을 이루어 포효하듯 조국애를 보여준 스메타나의 애국심, 그리고 역경을 인간승리로 승화시킨 그의 용기 앞에 삶의 희망을 얻는다.

〈나의 조국〉은 1989년 벨벳혁명의 성공 후 1년 뒤 개최된 "프라하의 봄 음악축제"에서 벨벳혁명을 이끈 대통령 바츨라프 하벨의 요청으로 체코 출신 명지휘자 라파엘 쿠벨릭의 지휘로 연주되었으며, 지금도 스메타나의 서거일을 기념하여 5월 12일에 시작하는 "프라하의 봄 음악축제"에서 개막곡으로 연주되고 있다.

스메타나의 현악 사중주 〈나의 생애에서〉는 스스로 죽음을 예감하고 써내려 간 이별의 음악 같다. 음악은 그의 생애를 뒤돌아보는 듯하며 스스로 고백했듯이 불행했던 삶, 사랑하는 가족과의 이별, 청력 상실의 환청도 들어있어 비극의 카타르시스를 느끼게 해 준다.

◉ 라파엘 쿠벨릭, 보스턴 심포니 오케스트라, 1971
◉ 현악 사중주 1번, 스메타나 현악 사중주단, 유튜브

승화된 비극

위로할 수 없는 슬픔, 독일의 판화가 케테 콜비츠의 자화상이 떠오른다. 1, 2차 세계대전에서 자식과 손자까지 잃은 슬픔을 예술로 승화시켜 전쟁의 잔학성을 고발하고 반전운동에 앞장섰던 그녀. 그녀의 자화상을 보고 있으니 스메타나의 얼굴이 겹쳐진다. 견딜 수 없는 슬픔은 울음소리조차도 삼켜버린다. 그러나 눈물로 슬픔을 정화시키고 힘을 얻어 새로운 삶의 여정을 시작한다. 스메타나처럼, 콜비츠처럼.

등 뒤에서 헤카테(트로이 왕비)의 토닥거림을 느끼며 깊은숨과 함께 현실로 돌아온다. 우리의 삶은 긴 슬픔과 짧은 행복이 아닐까? 슬픔이 없다면 기쁨 또한 충분히 느끼지 못할 것이다. 동전의 양면과 같은 슬픔과 기쁨. 한 가슴에 기쁨과 슬픔의 두 감정을 동시에 안고 살아가도록 짜여진 것이 인간의 운명인가 보다.

케테 콜비츠, 『자화상』

안토닌 드보르자크

🎵 안토닌 드보르자크

드보르자크는 1841년 체코 보헤미아의 넬라호제베스라는 곳에서 푸 줏간 집 아들로 태어났다. 아마추어 바이올리니스트이기도 했던 아버지 는 드보르자크에게 바이올린을 가르치기도 하였다. 아버지는 남달리 연 주 실력이 뛰어난 아들을 자랑하고자 손님들 앞에서 연주를 선보이기 도 하였으나 장래가 불투명한 음악가보다는 자신의 일을 이어받기를 원 하였다. 당시에는 푸줏간을 운영하려면 도축업 자격증을 보유해야 하였 다. 자격증을 따려면 통치국 오스트리아 제국의 언어인 독일어를 공부 하여야 했기 때문에 아버지는 드보르자크를 외삼촌이 사는 소도시로 보 냈다.

다행히 그곳의 독일어 선생인 안토닌 리만은 드보르자크의 음악적 재능을 알아보고 음악도 가르쳤으나 아버지의 생각에는 변함이 없었다. 그러한 반대에도 드보르자크의 재능을 알아본 외삼촌이 학비를 대겠다 고 설득하고, 리만 선생님이 나중에 후회할 것이라고 은근히 압박해 오 자 아버지는 마지못해 아들이 음악을 하도록 허락하였다. 드디어 드보르자크는 열여섯 살에 프라하의 오르간 학교에 입학하게 되었다. 학교를 졸업하고 악단의 비올라 연주자로 일하였으나 아버지의 우려대로 자신이 썼던 곡의 악보를 불쏘시개로 써야 할 만큼 생계는 여전히 궁핍하였다.

1866년 블타바강변에서 개최된 스메타나의 오페라 〈팔려간 신부〉 공연에서 비올라를 연주하며 선배 작곡가의 작품을 접하고 귀가 열리게 되어, 자신도 오선지에 악상을 그려 나가기 시작하였으며, 그 악보들 위에 베토벤과 슈베르트의 이름을 적어 두기도 하였다. 한편 악단 연주만으로는 생활이 어려워 피아노 레슨에 뛰어들었다. 귀금속 상인의 두 딸에게 피아노를 가르치며 큰딸 요제피나 체르마코바를 짝사랑하였으나 실연하였으며, 몇 년 후인 1873년 그녀의 동생인 안나 체르마코바와 결혼하여 평생을 화목한 가정을 이루었다. 사랑했던 연인의 여동생과의 결혼이 모차르트의 경우와 비슷해 보인다.

결혼 4년 뒤 1877년 드보르자크에게 기회가 찾아왔다. 오스트리아가 젊은 예술가들을 지원하기 위하여 개최하는 경연에 제출한 작품이 1등으로 선정되어 5년간 장학금을 받게 된 것이다. 이때부터 생계 걱정 없이 작곡에만 전념할 수 있게 되었으며, 특히 심사위원이었던 브람스와의 만남은 그에게 도약의 발판이 되었다. 브람스는 드보르자크를 물심양면으로 도와주었다. 자신의 악보를 출판하던 짐로크라는 출판사를 연결해 주는가 하면 지휘자나 악단에 드보르자크의 작품을 연주하도록 권유하기도 하였다. 이후 짐로크 사에서 출판한 〈슬라브 춤곡〉이 대성공을 거두어, 짐로크 사는 많은 돈을 벌었고, 드보르자크는 국제적 명성을 얻었다. 이후 드보르자크의 작품은 런던, 뉴욕 등 세계적으로 연주되기 시작하였으며, 아홉 번에 걸친 영국 방문과 케임브리지 대학의 명예박사 학위까지 받는 영광을 누렸으며, "보헤미아의 브람스"라는 영예로운 칭호까지 얻었다.

1891년 드보르자크는 뉴욕에서 날아온 전보 한 통을 받았다. "귀하를 뉴욕 국립음악원의 원장으로 추대합니다". 조건은 '15,000달러의 연봉, 하루 세 시간 수업, 연 4개월의 휴가, 미국 전역에서 10회의 창작곡 공연'이었다. 이듬해 봄 초대 원장으로 취임한 그는 흑인과 인디언에 대한 인종차별에 놀랐으며, 소외된 그들의 음악에 관심을 갖게 되었다. 이때 그가 들었던 흑인 영가와 인디언 음악은 그에게 음악적 영감을 주었으나 한편으로는 향수병을 일으켰다. 드보르자크는 향수병을 달래려 체코계 이민자 마

스필빌 마을의 드보르자크

을 아이오와주 스필빌을 방문하였다. 그는 그곳 동포들의 따뜻한 환영 속에 고향에 온 듯한 푸근한 마음으로 교향곡 〈신세계로부터〉를 완성하고 연이어 단숨에 유명한 현악 사중주 〈아메리카〉를 작곡하였다. 이 곡에는 인디언의 음악과 흑인의 영가 그리고 아마 고향 보헤미아의 민속 선율도 어우러져 녹아있을 것이다.

그의 미국 생활은 향수병으로 인하여 3년여의 짧은 기간인 1895년에 끝났으나 그의 대표작들인 〈신세계로부터〉, 〈아메리카〉, 〈첼로 협주곡〉들이 이 기간에 탄생하였다. 체코로 귀국한 이후에는 프라하 국립음악원장에 추대되었으며, 1904년 심장마비로 세상을 떠나 비셰흐라드 묘지에 안장되었다. 그의 증기기관차 사랑은 유별나서 당시 운행하던 기차의 노선도, 시간표, 기차의 종류 등을 줄줄 외웠으며, 바퀴 소리만 들어

도 고장 부위를 알 정도였고, 미국에서는 수업 도중에 '기차 들어오는 것을 보러 가야 한다'며 휴강하고 기차역으로 뛰어갔다는 일화가 있다. 이러한 그의 기차 사랑은 음악에서도 나타나는데 〈유머레스크〉 시작 부분이나, 〈아메리카〉, 〈신세계로부터〉 4악장 도입 부분도 기차의 출발 소리에서 모티브를 얻었다고 전해지고 있다.

교향곡 9번(신세계로부터)

애팔래치아산맥 위로 어두움이 물러가며 동이 터 오르고 화사한 무지갯빛 햇살이 퍼져나간다. 산 중턱의 농가와 목초지, 들판에 아침이 밝아온다. 점차 해는 산봉우리 위로 성큼 솟아오르고 멀리 산골 마을 농부들과 목동들의 하루를 준비하는 정겨운 대화와 친숙한 인디언 플루트 소리가 들려온다. 애팔래치아산맥을 바라보며 상념에 잠겨있던 드보르자크의 상상은 프라하의 카를교를 지나 고향 보헤미아의 슈마바_{Sumava}산으로 내닫는다.

이국에서 지친 몸과 긴장이 사르르 녹아내리며 마음에는 평화와 편안함이 밀려든다. 미풍같이 부드러운 평온함에 입가에는 미소가 떠오르고 온몸을 고향의 따뜻함에 내맡기자 친숙한 멜로디와 삶의 냄새가 전해 온다. 눈을 감고 그 속으로 빨려든다. 마음을 부드럽게 어루만지는 선율이 고향의 엄마가 아이를 다정히 안아 주듯이 따뜻함과 정겨움으로 감싸준다. 잉글리시 호른의 애수 어리고 그리움이 가득한 선율이 그의 손을 따뜻하게 잡아준다. 엄마의 품에 안긴 아기처럼 더없이 평화로운 고향 보헤미아의 품이 그를 꿈속 같은 영혼의 안식처로 이끌어 준다. 가끔 깜짝 놀라는 아이의 가슴을 어루만지듯이 그지없이 부드럽고 아름다운 선율이 자장가처럼 토닥여 준다. 탕자를 맞이하는 엄마의 마음처럼.

다시 일어나 활기찬 뉴욕으로 돌아오지만 고향에서 얻은 위로가 힘

이 되어 준다. 귓가에 맴도는 고
향의 리듬이 기분을 상쾌하게 해
주고 발걸음을 활기차게 해준다.
거대한 빌딩 숲과 도로를 가득 메
운 인파가 활력이 되고, 큰길에서
빵빵거리는 자동차의 경적도, 하

드보르자크의 집

얀 연기를 내뿜으며 출발을 알리는 증기기관차의 기적 소리도, 기분 좋
은 소음으로 들린다. 손나팔을 불며 분주한 거리를 활보하고 팡파르를
불어본다. 우스꽝스러운 행동에 지나가는 사람들이 발걸음을 멈추고 바
라보지만 아랑곳하지 않고 기관차처럼 씩씩하게 전진한다. 해가 저물자
귓가에는 다시 어머니 품속 같은 고향의 선율이 맴돈다. 어둠이 내려앉
고 휘황한 네온사인이 불을 밝히는 뉴욕의 멋진 하루를 화려한 힘찬 팡
파르와 함께 마무리한다.

　나는 이 곡을 들을 때마다 어릴 적 불렀던 〈꿈속의 고향〉이 먼저 떠
오른다. 교향곡 〈신세계로부터〉의 2악장에 나오는 멜로디이다. 드보르
자크는 뉴욕 국립음악원장으로 이국땅에 머무르며 심한 향수병에 시달
리는 신경쇠약 증세를 앓았다. 이때 드보르자크의 제자인 체코계 미국
인 요제프 코바직이 스승의 향수병을 달래주기 위해 그의 아버지가 살
고있는 체코인 마을 아이오와주 스필빌에 드보르자크를 초대하였다. 드
보르자크는 그곳에서 고향 보헤미아에 온 듯한 편안함을 느끼며 병세가
빠르게 회복되었고, 거기에 머물던 1893년 교향곡 9번 〈신세계로부터〉
를 완성하였다. 이 교향곡에서 고향의 흙냄새와 아련한 그리움이 묻어
나는 이유가 그런 까닭일 것이다. 그리고 이흥렬 작곡, 한인현 작사의 우
리 동요 〈섬집 아기〉가 연이어 생각난다.

◎ 라파엘 쿠벨릭, 베를린 필하모닉 오케스트라, 1972
◎ 헤르베르트 폰 카라얀, 베를린 필하모닉 오케스트라, 1960
◎ 바츨라프 노이만, 체코 필하모닉 오케스트라, 1993

바이올린 협주곡

드보르자크가 거장의 길로 들어서는 초입에서 작곡한 곡으로 1880년에 완성한 곡이며 그의 유일한 바이올린 협주곡이다. 이 곡은 그에게 큰 성공을 안겨준 〈슬라브 춤곡〉과 비슷한 시기의 작품으로, 브람스의 평생 친구인 바이올린 거장 요제프 요아힘의 권유와 조언을 받으며 작곡을 마친 후 요아힘에게 헌정하였다. 이 곡에서도 드보르자크의 다른 작품에서 나타나는 것처럼 보헤미아의 민요와 춤곡의 향기가 짙게 나타나 앞으로의 작품 성격을 예고한다. 또한, 1877년 오스트리아 정부 장학금 수령과 1879년 〈슬라브 춤곡〉의 대성공 그리고 브람스라는 대작곡가의 지원 등 호의적인 주변 상황 덕분인지 전곡에 걸쳐 자신감이 넘치며 밝고 화사하며 활기찬 멜로디가 넘실거린다. 더하여 저 아래로 흐르는 보헤미아의 서정적이고 친근한 선율이 마음의 안식마저 더해준다.

반가운 손님을 맞이하듯 문을 활짝 열어젖히는 서주에 이어 경쾌하고 박력 있는 오케스트라가 두 팔 벌려 환영하는 것 같다. 유붕자원방래불역락호有朋自遠方來 不亦樂乎. 기쁨과 따뜻함이 넘친다. 친구의 어깨에 손을 얹어 목을 감싸고 집 안으로 향한다. 기쁨과 두근거림이 부드러운 선율을 타고 바람처럼 날리고, 주체할 수 없는 기쁨에 감사의 마음이 샘솟으며 날아갈 것 같은 기분이다. 말할 수 없는 기쁨에 눈물이 뺨으로 흐르고 가슴을 조여오는 아름다운 바이올린 선율이 더욱 숭고하면서도 애절하기까지 하다. 움찔거리는 입술에서는 깊은 감사의 기도와 찬송이 새어

나오고 가슴에는 벅찬 환희와 기쁨만이 충만하다. 보석처럼 빛나는 영롱한 눈물이 손끝에 톡 떨어진다.

말없이 한참을 바라보고서야 지난날과 보고 싶었던 마음과 가슴에 담아둔 다정한 얘기를 실타래 풀 듯 풀어 놓는다. 반가움이 마음을 꽉 채우며 부풀어 오르게 한다. 이어 밝고 경쾌한 바이올린 멜로디와 관현악이 어우러지며 흥겨운 축제가 벌어진다. 보헤미아 지방의 춤곡이 생기 있고 활기차게 펼쳐진다. 가죽장화를 신은 선남과 민속의상의 선녀가 팔을 걸고 번갈아 가며 푸리안트와 둠카 선율에 맞추어 경쾌하고 흥겹게 축제를 즐긴다.

요한나 마르치, 바이올린, 페렌츠 프리차이,
RIAS 심포니 오케스트라 베를린, 1953
요세프 수크, 바이올린, 바츨라프 노이만, 체코 필하모닉 오케스트라, 1984
정경화, 바이올린, 리카르도 샤이, 베를린 라디오 방송 오케스트라, 유튜브

첼로 협주곡 b단조

브람스를 "나는 왜 이와 같은 첼로 협주곡을 쓸 수 있다는 것을 깨닫지 못했을까?" 하고 한숨 쉬게 했다는 작품이 바로 드보르자크의 〈첼로 협주곡 b단조〉이다. 이 곡은 드보르자크가 뉴욕 국립음악원장 시절 작곡한 교향곡 〈신세계로부터〉, 현악 사중주 〈아메리카〉와 더불어 아메리카 시대 3대 걸작이라고 할 수 있다. 드보르자크가 이 곡을 작곡한 동기는 뉴욕 브루클린에서 열린 음악회에서 빅터 허버트Victor Herbert라는 작곡가의 〈첼로 협주곡 2번〉을 듣고 감동받았기 때문이다.

그는 1894년에 작곡을 시작하여 1895년에 완성하였으며 귀국 후 고

클래식과 인문단상 2

향 친구 하누슈 비한Hanus Wihan의 도움을 받아 수정을 가하였다. 1896년 자신이 지휘하는 런던 필하모니와의 런던 초연에서는 주최 측의 주장으로 비한 대신 레오 스턴Leo Stern이 독주로 나섰으나 드보르자크의 마음은 비한에게로 향하였던 것 같다. 비한에게 이 곡을 헌정한 것을 보면 말이다. 이 곡은 흑인 영가와 인디언 민요와 보헤미아의 애틋한 서정이 융합되어 질박한 향수와 애절한 절규에 더해 비장함마저 감돈다. 게다가 독창성이나 완성도 면에서도 뛰어나 "근대 첼로 협주곡의 황제"라는 애칭이 있는 걸작이기도 하다.

저음의 클라리넷 선율이 출렁이기 시작하더니 현의 파고가 불안함을 예고하는 듯하다. 가슴을 파고드는 호른의 목가적인 선율이 애처롭다. 그것도 잠시. 독주 첼로가 울부짖는 듯한 노래를 토해낸다. 멈출 듯 이어지는 숨 막힐 것 같은 첼로가 홀로 걷잡을 수 없는 고독에 몸부림친다. 지쳐 바닥에 주저앉아 체념을 넋두리하며 홀로된 외로움 속으로 깊숙이 침잠해 간다. 그 외로움 위로 거센 쓸쓸한 바람이 휘몰아치며 지나가지만 다시 프란시스코 고야의 『거인』처럼 두 주먹을 불끈 쥐고 당당하게 일어서서 용기를 내본다.

그러나 스멀스멀 피어오르던 떠나온 고향에 대한 향

프란시스코 고야, 『거인』

수가 점점 짙어간다. 두고 온 가족, 친구 그리고 고향 산천에 대한 그리움만 쌓여간다. 아름다운 추억이 파노라마처럼 아련하게 스치고 외로움은 더욱 가슴을 에며 슬픔으로 변해간다. 눈가가 촉촉해지더니 슬픔은 점차 깊어져 호소하는 듯한 절규로 변해간다. 두 손을 가슴에 얹고 하늘을 향해 울부짖고 애원해보지만 무심하게 내려다볼 뿐이다. 허공에 분노를 터트려 보고 애원도 해보지만 사무치는 그리움은 깊어만 간다. 아우성치는 몸짓이 헛될 뿐이다. 소슬한 바람만이 눈물을 훑고 갈 뿐.

멀고 긴 여행을 마치고 그리던 고향 발치에 들어선다. 감격에 젖어 망부석처럼 그저 멍하니 바라볼 뿐이다. 무거운 발걸음을 서둘러 옮겨 고향에 들어서니 환희와 행복의 눈물이 폭포수처럼 흐른다. 고향에서의 아름다웠던 지난 시절을 회상하니 몸은 이완되고 마음에는 행복이 차오른다. 생동하는 기쁨의 향연이 화려하고 정열적으로 펼쳐진 후 한 발씩 천상으로 발걸음을 옮긴다.

◎ 야노스 슈타커, 첼로, 안탈 도라티, 런던 심포니 오케스트라, 1962
◎ 므스티슬라프 로스트로포비치, 첼로, 헤르베르트 폰 카라얀,
베를린 필하모닉 오케스트라, 1968
◎ 앨리사 와이러스타인, 첼로, 이르지 벨로흘라베크,
체코 필하모닉 오케스트라, 2012

클래식과 인문단상 2

슬라브 서사시

드보르자크의 음악을 들을 때면 두 가지가 떠오른다. 하나는 선율이 익숙한 느낌이고 다른 하나는 알폰스 무하다. 그의 대부분의 작품에서 느끼지만 특히 교향곡 9번 '신세계로부터'와 현악 사중주 '아메리카'에서는 더욱 그렇다. 물론 음악학자들은 위 2곡이 흑인의 영가와 인디언 음악에서 영감을 얻어 작곡되었다고 말한다. 전문가들의 연구 결과이니 확실할 것이다.

그러나 음악 감상은 개인의 영역이다. 개인적으로는 이 음악을 들을 때마다 우리의 조상일 수도 있는 흉노족과 훈족 그리고 인디언을 생각한다. 흉노족과 훈족은 북동아시아와 유라시아 대륙을 지배하던 기마 민족이다. 이들이 4세기경 서진하며 게르만족을 밀어내고 동유럽을 지배하였다. 그 과정에서 우리 핏속에 흐르는 선율과 가락이 그 지방의 음악과 동화되며 저변에 살아 숨 쉬고 있다는 생각과 다른 하나는 알래스카 대륙이 연결되어 있었던 기원전 12,000년경 신대륙으로 진출한 우리의 선조들인 인디언들의 핏속에 면면히 흘러내려오는 멜로디 같다는 생각이 든다. 지금도 체코의 춤곡이나 인디언의 바람 소리 같은 음악을 들으면 친근감이 들며 편안함을 느낀다. 이렇게 생각하지 않으면 도무지 이 멜로디가 왜 이렇게 구들장처럼 편안한 것인지 이해할 방법이 없다. 만일 동유럽의 음악이 우리에게 흘러 들어왔다면, 인디언의 음악은 어떻게 설명할까? 생김새나 마음씨가 우리와 비슷한데.

그리고 알폰스 무하의 만화 같은 그림이 생각난다.

그의 그림에서는 1867년 파리 만국박람회를 계기로 프랑스 인상주의에 강력한 영향을 주었던 일본 목판화 우키요에의 인상이 느껴진다. 알폰스 무하는 체코의 모라비아 지방에서 1860년에 태어났다. 빈에서 극장 무대예술 일을 하던 무하는 극장의 화재로 실직하고 고향으로 향하던 중 기차 삯이 떨어져 미쿨로프에 하차하게 되었다. 그곳에서 귀족들의 초상화를 그리던 무하는 지역 영주인 에두아르트 쿠엔 벨라시Eduard Khuen Belasi 백작의 눈에 띄어 그의

후원으로 뮌헨의 미술학교에 유학하게 되었다. 그는 그곳에서 톨스토이의 책에 삽화를 그리고, 노벨 문학상을 받은 「닥터 지바고」의 작가 보리스 파스테르나크의 아버지인 러시아 화가 레오니트 파스테르나크와 함께 공부하기도 하였으며, 슬라브족 예술가 모임인 "슈크레타 클럽"의 대표를 지내기도 하였다.

1887년에는 예술의 중심지 파리로 거처를 옮겼으나 1889년부터 백작의 후원을 더 이상 받을 수 없게 되자 출판사의 삽화를 그리며 생계를 꾸렸고, 폴 고갱, 아우구스트 스트린드베리 등 화가들과의 교류는 계속 이어 나갔다. 그러던 중 그의 삶에서

알폰스 무하,
〈지스몽다〉 포스터, 1895

중요한 전환점이 되는 사건이 1894년 12월 26일 성 스테파노 축일에 발생하였다. 당대 최고의 뮤즈 사라 베르나르의 매니저가 연극 〈지스몽다〉의 광고를 위한 포스터를 르 메르시에 인쇄소에 주문하였다. 그러나 인쇄소의 모든 직원은 연말 휴가로 자리를 비웠고, 당시 무하는 마땅히 갈 곳도 없어 친구의 부탁으로 이 인쇄소에서 교정쇄를 감수하는 일을 하고 있었다. 별수 없이 인쇄소 지배인은 무하에게 포스터 그림을 부탁하였다.

무하의 포스터를 받아 본 사라의 매니저는 노발대발하였으나, 사라는 포스터를 보자마자 매료되었다. 거리에서도 사라 베르나르의 포스터는 붙이자마자 사라졌으며, 무하는 사라의 포스터뿐만이 아니라 무대와 의상까지 맡게 되며 일약 파리의 스타로 떠올랐다. 오스트리아 정부로부터는 1900년 파리 만국박람회에 선보일 파빌리온의 실내장식도 의뢰받았다. 파빌리온의 프로젝트를 준비하기 위하여 발칸반도를

알폰스 무하, 슬라브 서사시 中 6번째,
『The Coronation of the Serbian Tsar Stefan Dušan as
East Roman Emperorl』

여행하던 무하는 슬라브 민족의 고통에 가슴 아파하며 훗날 그의 기념비적인 작품이 될 『슬라브 서사시』를 구상하게 되었다.

무하는 1910년 자신의 꿈을 실행하기 위하여 조국으로 돌아왔다. 그는 1911년부터 1926년까지 16년이라는 긴 기간에 걸쳐 최대 6미터×8미터에 달하는 20여 점의 슬라브 민족의 웅혼한 서사시를 그려 프라하시에 기증하였다. 체코가 독립을 맞이한 지 20년이 지난 1939년, 히틀러는 체코를 침공하였으며, 무하는 게슈타포에 체포되어 고된 심문 후에 무죄로 집으로 보내졌으나 그해 7월에 생을 마감하였다.

알폰스 무하, 슬라브 서사시 中 20번째,
『Apotheosis of the Slavs』

레오시 야나체크

🎵 레오시 야나체크

야나체크는 체코의 동쪽 지역인 모라비아 지역 후크발디에서 태어났다. 선배 작곡가들인 스메타나와 드보르자크가 독일과 오스트리아에 인접한 서쪽 지역인 보헤미아 지역에서 출생하고 성장한 까닭에 스메타나는 독일 음악의 영향을, 드보르자크는 바그너와 브람스의 영향을 받았다면, 야나체크는 그들과는 달리 서유럽적인 것과는 거리를 두었으며, 모라비아의 민속적 요소와 러시아 분위기가 짙게 풍기는 동유럽 작곡가의 정체성을 보여준다. 빈과 라이프치히에 유학하고 돌아온 이후에는 체코의 브르노Brno에 머물며 그곳에 학교를 세우고 후진 양성에 힘을 쏟았다. 이후 모라비아의 민속음악을 수집하여 독창적인 양식을 만들어 사용하였다. 따라서 그의 음악 전반에는 모라비아인들의 삶과 토속적인 정서가 묻어난다.

야나체크는 독일 귀족 출신이자 자신의 스승의 딸인 즈덴카와 결혼하였으나 문화적 차이로 갈등이 심하였으며, 아들과 딸을 차례로 잃으면서 부부 관계가 소원해졌다. 그는 대기만성형의 작곡가였다. 그는 말년에 대작들을 쏟아내게 되는데 오페라 〈예누파〉가 성공하면서 자신감을 회복하였기 때문이다. 또 다른 이유는 1917년 온천 휴양지 여행 중에 유부녀 카밀라 스퇴슬로바를 만났기 때문이라고도 한다. 그녀와의 첫 만남 이후 10년 동안, 야나체크는 700여 통의 편지를 보냈으며 그녀를 위해 현악 사중주를 작곡하기도 하였다.

그는 2곡의 현악 사중주를 작곡하였다. 첫 번째 곡 〈크로이처 소나타 (불행한 여인의 초상)〉는 톨스토이가 베토벤의 〈바이올린 소나타 9번〉을 듣고 영감을 받아 썼다는 소설 「크로이처」에서 모티브를 얻어 작곡하였으며, 두 번째 곡은 카밀라에게 편지를 쓰던 시절에 작곡한 〈비밀편지〉이다. 이 밖에도 무라카미 하루키의 소설 「1Q84」에도 나와 발매 30년 만에 베스트셀러 음반에 오른 〈오케스트라를 위한 신포니에타(클리블랜드 오케스트라, 조지 셀 지휘)〉, 밀란 쿤데라의 소설 「참을 수 없는 존재의 가벼움」을 영화화한 「프라하의 봄」에 사용된 피아노곡 〈수풀이 우거진 오솔길에서〉 및 민속 모음곡 〈모라비아 민요집〉 등을 남겼다.

성격이 불같고 과격하며, 직설적이었던 야나체크가 중년에 들어서서 어린 시절의 고향마을 후크발디를 회상하며 그려낸, 내면의 고독과 다정함이 묻어나는 음악 〈수풀이 우거진 오솔길에서〉를 들으면 삶의 애상이 느껴진다.

신포니에타
자신의 소설에 음악적 취향을 자주 드러내는 무라카미 하루키가 그의 소설 「1Q84」 서두에서 언급한 음악이다. 이 음악을 녹음한 조지 셀이 지휘한 클리블랜드 오케스트라의 음반은 하루키의 소설에 소개되고 나서 과거 30년 동안 판매되었던 양만큼 일주일 만에 판매되었다고 한다. 우리나라 음반사에서도 부랴부랴 이 음반을 제작 판매하던 기억이 생생하다. 〈신포니에타〉는 야나체크가 세상을 뜨기 2년 전인 1926년에 작곡한 곡이며, 제1차 세계대전 후 합스부르크 왕조로부터 독립한 체코의 아름다움과 환희를 노래한 힘찬 다섯 악장의 조국 찬가이다. 야나체크는 악장별로 〈팡파르〉, 〈성〉, 〈여왕의 수도원〉, 〈성으로 가는 거리〉, 〈시청사〉라는 별도의 제목을 부여하였기에 그가 생활하였던 브르노Brno의 이미지와 관련되어 있어 교향시적 느낌이 난다.

시작부터 승리를 알리는 요란한 관악기의 힘찬 팡파르로 출발하여, 새소리와 사람들의 숨소리가 들려오는 푸른 언덕 위에 우뚝 솟은 웅장한 성, 성스럽고 아름다움을 간직한 수도원, 얼굴에 즐거움이 가득한 사람들로 활기가 넘치는 거리, 커다란 시청사 등이 모두 한목소리로 조국 독립의 환희와 미래에 대한 기대를 합창하는 것 같은 시끌벅적한 음악이다. 하루키는 이 음악을 통해 현재의 환희와 이전에 존재했던 식민시대 암울함의 양면을 대위법적으로 바라본 것일까?

◉ 조지 셀, 클리블랜드 심포니 오케스트라, 1965

현악 사중주 2번(비밀편지)

야나체크는 말년에 많은 작품을 작곡하였다. 그 이유 중 하나가 38세 연하의 유부녀 카밀라 스퇴슬로바를 만나면서 창작의 열정이 되살아났기 때문이라고 전해진다. 현악 사중주 2번 〈비밀편지〉는 야나체크가 그녀에게 보낸 700여 통의 편지에서 "그대에 대한 나의 사랑은 낮 동안 광야를 비췄던 태양이 밤에도 떠 있는 것만같이 한결같다"라고 할 만큼 사랑했던 카밀라에 대한 애정이 물씬 느껴지는 곡이다. 야나체크는 이 곡을 작곡한 후 반년 만에 세상을 떠났다. 사인은 카밀라의 아이를 데리고 피크닉을 갔다가 아이를 잃어버리고 빗속을 찾아 헤맨 끝에 생긴 폐렴 때문이었다.

카밀라를 처음 본 순간 심장이 콩닥거리는 것 같은 시작이다. 백발의 야나체크가 청순한 카밀라를 보자마자 받은 충격으로 정신이 혼미해지고 갈피를 잡지 못하고 허둥대는 모습이 연상된다. 이어지는 선율은 사랑과 함께하는 감상적이고 애수가 깃든 서정적인 선율이지만 비밀 연애에서 오는 불안감이 배어 있어 안타까운 마음을 불러일으킨다. 휴가를 마치고 돌아와 아름다웠던 사랑을 회상하는 감미롭고 애처로운 선율을 따라 야나체크의 눈이 촉촉해진다. 그녀의 초상이 어른거리고 함께한 시간들이 가슴을 에며 눈물과 미소가 함께 떠오른다. 불안이 어지러이 엄습하고 곧 그리움이 밀려든다. 불안과 그리움이 수없이 교차하는 혼란스러운 시간이 지나고 체념을 지나 명랑한 멜로디로 슬픔의 카타르시스를 제공하며 마무리한다.

◎ 타카치 현악 사중주단, 2014 ◎ 에머슨 현악 사중주단, 2008

가벼움과 무거움

누구에게나 로마신화에 나오는 야누스적인 양면성이 있다. 중세를 지나 근대로 넘어오며 데카르트로부터 시작되는 서양 철학은 이성은 사유와 정신이고 이는 곧 마음이므로 마음 안에서 일어나는 것은 무엇이든지 이해와 절제가 가능하다고 여겼다. 욕망 역시 이성에 의해 제어되며, 인간의 존엄은 이성의 명령에 따르는 것이라는 주장, 즉 이성 절대주의가 주류를 형성해 왔다. 이에 대한 반론으로 즉 인간은 욕망 덩어리이며, 욕망이 이성을 앞서고 또한 시공간에 구속되는 비합리적이고 비논리적이라는 주장이 꾸준히 제기되어 왔으나 이에 결정타를 날린 사람이 19세기 오스트리아의 정신분석학자인 프로이트이다.

그는 우리가 평소에 합리적이고 논리적으로 행동하고 있다고 생각하지만 사실은 우리 내부의 의식하지 못한 숨겨진 욕망에 의해 조종되고 있음을 밝혀냈다. 인간은 욕망이 억압되면 그 에너지(리비도)가 무의식(전의식 포함)으로 흘러들어 갇혀 있지만 항상 외부로 분출하려는 성향이 있다고 보았다. 정리하면, 자신의 마음속에는 자신이 알지 못하는 또 다른 나, 즉 욕망이 억압되어 갇혀 있는 무의식의 세계가 존재하며, 무의식에 갇혀 억압받은 에너지(리비도)는 항상 밖을 향하며 우리의 행동에 영향을 미치고 있다는 것이다. 인간은 보이는 나(의식)와

내부의 알 수 없는 나(무의식)의 이중적인
면이 공존하고 있는 셈이다.

소설「참을 수 없는 존재의 가벼움」은 이
같은 인간의 양면적 본질을 다루고 있는
묵직한 작품이다. 이 소설을 쓴 작가 밀
란 쿤데라는 열정적이고 직설적인 야나
체크가 삶의 대부분을 보낸 브르노에서
태어나고 그곳에서 보냈다. 소설을「프
라하의 봄」이라는 영화로 제작한 필립
카우프만 감독은 본래는 소설에 나오는

밀란 쿤데라,
「참을 수 없는 존재의 가벼움」, 1988

베토벤 음악을 OST로 사용하려 했으나 쿤데라가 좀 더 가볍고 단순한
음악이 좋겠다며 야나체크의 음악을 권했다고 한다. 쿤데라는 그의
에세이「만남」에서 "야나체크
에게서 사물의 본질로 곧장 들
어가는 생략의 미학을 배웠으
며, 또한 나의 고국에 대한 미
학적 유전자가 야나체크의 음
악을 통해서 각인되었다"라고
고백하고 있다.

프라하의 봄(견딜 수 없는 존재의 가벼움) 포스터,
1988

소설에는 무거움과 가벼움을
나타내는 두 쌍의 남녀 토마
스, 테레사, 사비나, 프란츠가
주역으로 등장하여 얽히고설
키는 동안 이성적인 것과 육

체적 감각 같은 무거움과 가벼움이 오락가락한다. 소설에서의 음악은 묵직한 베토벤의 마지막 현악 사중주 등이 언급되지만, 영화에서는 가벼운 야나체크의 음악이 사용되었다. 삶은 이렇게 무거움과 가벼움, 이성과 욕망이 교차하며 반복되는 것인가. 무거운 것은 실제적이나 우리를 짓누르고, 가벼운 것은 자유로우나 붕붕 떠올라 실체가 없다. 이것이 프로이트가 주장한 의식과 무의식의 대립, 장자가 주장한 유와 무의 대립이고, 무한히 반복되는 니체의 영원회귀인가? 이에 대하여 프로이트는 정신분석을 통한 치료를, 장자는 유와 무의 상생을, 니체는 스스로 강한 의지를 발휘해 살아가는 초인이 되라고 충고한다.

그러면 쿤데라는 뭐라고 말할까? "오늘의 인간은 사랑을 할 수 없는 존재이기 때문에 소위 사랑한다고 함은 자신을 속이거나 아니면 다른 사람을 속이는 것으로서 자신의 생각에 대한 배반이거나 아니면 실제에 대한 배반이라고 본다(소설 역자 후기 중에서)". 즉 인간이 이성적이기도 하고 감성적이기도 한 야누스적 존재임을 얘기하며 끝낸다. 다혈질의 야나체크가 중년에 작곡하고 영화에 삽입된 음표에 짓눌리지 않은, 단순하지만 내면의 고독을 느끼게 하는 〈수풀이 우거진 오솔길에서〉를 들으며 생각해 볼 일이다.

◉ 수풀이 우거진 오솔길에서 음반, 안드라스 시프, 피아노, 2000

구스타프 말러

🎵 구스타프 말러

"나는 오스트리아 사람 속에서는 보헤미아인으로, 독일 사람들 사이에서는 오스트리아인으로, 그리고 세상은 나를 유대인으로 부른다. 나는 언제 어디에서나 이방인이다"라고 읊조렸던 말러. 말러가 자신을 표현한 말이다. 말러는 1860년 체코의 보헤미아와 모라비아 지방 사이의 조그만 마을 칼리슈테에서 태어났다. 아버지 베른하르트 말러는 전형적인 마초 기질을 가진 유대인으로 군부대 인근에서 선술집을 운영하였으며, 어머니 마리 헤르만은 부유한 유대 상인의 딸로 몸과 마음이 연약한 여인이었다. 어린 시절 말러는 방탕한 아버지와 병약한 어머니의 불화로 인하여 집안에 어른거리는 어두운 그림자를 항상 지켜봐야 했으며, 14명의 형제자매 중 8명이 죽는 슬픔까지도 견뎌야 했다.

1902년 열아홉 살 연하의 알마와 결혼한 후에는 그녀와의 사이에서 얻은 큰딸 마리아가 디프테리아와 성홍열로 죽어가는 모습을 망연자실 바라볼 수밖에 없었고, 아내의 외도는 그를 더욱 나락으로 몰아넣었으며, 자신은 심장병과 싸우며 죽음의 공포와 맞서야 했다. 말러의 음악은 이러한 그의 삶의 지난한 과정에 대한 자전적 고백과도 같다. 그의 음악에는 삶과 죽음, 절망과 허무, 체념과 불안, 인생무상 같은 염세주의적인 냄새가 가득하다. 말러의 음악이 당시보다 현대에 더 자주 연주되며 주목받고 있는 것은 그의 삶의 여정이 현대인의 발붙일 곳 없는 불안과 초조, 군중 속의 소외와 공허함과 서로 맞닿아 있기 때문일 것이다.

말러의 음악은 청년기의 몇 습작을 제외하고는 가곡과 교향곡이라는 두 장르의 음악으로 구분되나, 그 뿌리는 하나로 연결되어 있다. 그가 완성한 10곡의 교향곡 중 6곡에는 독창이나 합창이 함께한다. 가곡집으로는 〈방황하는 젊은이의 노래(1883)〉, 〈어린이의 이상한 뿔피리(1891)〉, 〈죽은 아이를 그리는 노래(1901~1904)〉가 있으며, 교향곡으로는 자신이 완성한 10곡과 1악장만 완성하고 후에 알마의 의뢰로 다른 음악가들에 의해 완성된 미완성 교향곡 1곡이 있다. 그

오귀스트 로댕, 『구스타프 말러 두상』

는 교향곡에 철학 또는 문학에서 가져온 내용을 반영할 만큼 철학과 문학에도 조예가 깊었다. 〈교향곡 3번〉에서는 니체의 「자라투스트라는 이렇게 말했다」를, 교향곡 8번 〈천인 교향곡〉에는 괴테의 「파우스트」를 인용하였으며, 교향곡 〈대지의 노래〉는 중국의 시인 이태백, 전기, 맹호연, 왕유의 시를 근간으로 작곡하였다.

형제와 딸의 죽음을 목격한 말러의 머릿속에는 항상 죽음의 그림자가 배회하였으며, 선배 작곡가들의 9번 징크스 또한 두려움의 대상이었다. 베토벤, 슈베르트, 브루크너, 드보르자크가 모두 9번 교향곡을 작곡

한 후에 죽음을 맞이하였기 때문이었다. 말러는 교향곡 8번 〈천인 교향곡〉을 작곡한 후, 9번째 교향곡을 작곡하고 "제9번" 대신에 〈대지의 노래〉라는 이름으로 발표하였다. '대지의 노래' 이후에 작곡한 교향곡에는 어쩔 수 없이 제9번 번호를 붙이며 아내 알마에게 "이건 사실은 10번이야. 〈대지의 노래〉가 제9번이니까"라고 말했다고 전해진다. 그 후 제10번 교향곡에 착수하면서 "이제 위험은 사라진 셈이지" 하고 안도의 한숨을 내쉬었으나 결국 완성하지 못하고 세상을 떠났다.

말러는 작곡가 겸 지휘자였다. 그는 세계 최초의 전문 지휘자인 한스 폰 빌로에 이어 리하르트 슈트라우스와 함께 독일 지휘계의 전통을 이어 나가며 걸출한 제자를 배출하였다. 그의 제자로는 브루노 발터, 오토 클렘페러가 있으며, 뉴욕 필하모닉 오케스트라의 지휘자였던 레너드 번스타인은 브루노 발터의 제자였다. 여러 오케스트라를 지휘하며 전전하던 말러는 브람스의 추천으로 1897년 빈의 국립 오페라 극장 음악감독직을 제안받았다. 가톨릭교도만이 관직에 기용 가능한 오스트리아 법에 따라 말러는 가톨릭으로 개종하고 음악감독에 취임하였다.

1902년 알마 쉰들러와 결혼하고 두 딸을 낳으며 행복한 시간이 계속되었다. 그러나 1907년 큰딸 마리아가 죽으면서 그의 행복은 산산이 부서졌다. 그런 가운데 그의 완벽주의에 적들의 공격이 시작되고 마침 유럽에 불어닥친 반유대주의까지 겹치며 그는 국립 오페라극장 음악감독직을 떠날 수밖에 없는 이방인의 처지로 내몰렸다. 말러는 당시 상황을 "지금은 나의 시대가 아니다. 언젠가 나의 시대가 올 것이다"라고 읊조리며 음악감독직을 사임하였으며 그의 가장 빛나는 10년간의 음악 인생에 마침표를 찍었다.

1908년에는 미국으로 건너가 뉴욕 메트로폴리탄 오페라의 지휘봉을 잡았으나 아르투로 토스카니니를 선호한 이탈리아 출신 극장감독과 이사진에 밀려 다시 유럽으로 돌아왔다. 이어 곧 뉴욕 필하모닉 오케스트라의 제안으로 미국으로 건너가 포디엄에 섰으며, 이후 미국과 유럽을 오가며 활동하던 중 1911년 뉴욕에서의 마지막 공연을 끝으로 숨을 거두고, 빈 근교 그린칭 공동묘지의 딸의 묘 옆에 안장되었다. 독일의 노벨상 수상 작가 토마스 만은 「베니스에서 죽다」라는 작품을 써서 말러의 죽음을 애도하였다.

교향곡 1번(거인)

말러의 교향곡 1번은 그가 독일 작가 장 파울Jean Paul의 소설 「거인 Titan」에서 영감을 받아 작곡한 곡으로 1888년에 완성하였다. 이 곡에는 말러가 카셀 가극장 지휘자로 재임 시 만난 소프라노 가수 요한나 리히터Johanna Richter와 사랑에 빠졌다가 비극적으로 끝나버린 것, 1886년에 오페라 〈마탄의 사수〉 작곡가 칼 마리아 폰 베버의 손자며느리 마리온 Marion과 이루어질 수 없는 사랑에 빠졌다가 상처만 남기고 끝나버린 것 등 그의 젊은 날의 초상이 투영되어 있어 '말러의 베르테르'라고 불리기도 한다.

말러는 리히터와의 사랑이 비극적으로 끝나버린 후 〈방황하는 젊은 이의 노래〉라는 4곡으로 구성된 가곡집을 발표하였으며, 여기에서 사용된 두 번째 곡 〈아침 들판을 거닐며〉와 네 번째 곡 〈그녀의 파란 두 눈이〉의 멜로디가 교향곡 〈거인〉의 1악장과 3악장에 사용되었다. 이후 말러는 실연의 아픔으로부터 도피하기 위하여 부다페스트 음악감독직을 수락하고 독일을 떠났다. 그러나 엎친 데 덮친 격으로 1889년 작곡가 자신의 지휘에 의한 초연은 청중의 야유는 물론 평론가 에두아르트 한슬리크가 "우리 둘 중 한쪽은 미쳤으나 그것은 내쪽은 아니다"라고 혹평할 만큼 대실패로 끝났다. 초연의 실패 후 말러는 오랜 기간 수정 보완을 거쳐 처음 작곡 후 거의 10년이 지나서야 정식으로 출판하였다.

첫 악장은 여명이 밝아오며 고요하고 이슬방울처럼 투명한 아침이 다가온다. 뻐꾸기 소리가 숲을 깨우고 세상이 잠에서 깨어나 기지개를 켠다. 맑고 신선한 아침은 기분을 상쾌하게 하고 밝은 햇살은 초원 위를 부챗살처럼 퍼져나간다. 산들바람에 꽃과 풀들은 부드럽게 쓰러졌다 일어나기를 반복하며 물결을 이룬다. 뻐꾸기 울음이 평화로운 전원으로 퍼져나가며 청량감을 더한다. 새들이 지저귀고 꽃들이 바람결에 춤추는 동안 전원은 점점 생동감을 더해간다. 들판에 나가 발끝에 채는 이슬방울, 가슴을 스치는 부드러운 바람을 맞으며 경쾌하고 발랄하게 걸음을 옮긴다. 가슴이 풍요로워지며 밝고 흥겨운 자연의 리듬에 몸과 마음이 저절로 흔들린다.

저만치 푸른 산에 오르자 어린 시절 고향에서 들었던 렌틀러 리듬과 선율이 흥겹게 들려온다. 고향에 온 듯한 반가움과 편안함에 눈을 감고 함께 춤추기를 상상해 본다. 한참을 계속되던 춤이 점차 사랑하는 연인과의 우아한 왈츠로 변하여 간다. 꿈결같이 달콤한 상상에서 주저하며 미끄러져 나와 다시 경쾌하고 신나는 고향의 렌틀러 속으로 들어간다.

한참을 걸어 산골 마을 어귀에 다다르니 저 아래에서 익숙한 민요풍의 〈장송 행진곡〉이 들려온다. 갑작스러운 분위기로 청중의 분노를 불러일으킨 3악장이다. 그러나 누구에게나 삶의 종착역은 있는 법. 전원과 들길의 즐거움을 뒤로하고 멍하니 보리수나무 그늘에 앉아 장례행렬을 바라본다. 삶이 항상 꽃길이면 좋으련만, 인생은 슬픔과 고통 가운데

한 줄기 빛을 바라는 것. 인생은 휘청거리는 발걸음으로 빛을 찾는 방랑의 여정인 것을. 실연과 좌절의 한숨을 발뒤축으로 뿌리치며 고뇌로부터 벗어나려 방랑하는 것이 삶인 것을. 〈장송 행진곡〉이 여전히 귓가에 울리며 정신을 어지럽게 한다.

말러의 거의 모든 음악의 근간에는 세상 고민을 모두 끌어안고 허우적거리는 우울과 허망함이 흐르고 있다. 그의 삶은 항상 불안과 두려움에 노출되어 있었으며 슬픔과 아픔이 교차하였다. 순간 덮쳐오는 청천벽력 같고 살을 에는 듯한 고통을 견뎌야 하는 단독자로서의 쓸쓸함과 슬픔을 머리에 이고 사는 삶. 폭풍우를 뚫고 가야만 하는 삶의 외로움. 그가 유대인으로 또 8명이나 되는 형제자매가 죽어가는 것을 목격한 고통. 선술집 가정에서 목격한 끝으로 몰린 인생들. 모두 망연자실하여 바라볼 수밖에 없는 삶의 애환과 편린일 수밖에 없었던 삶. 그러나 속울음을 감추고 세상에 웃음을 보이며 한 가닥 희망을 붙잡고 멈칫거리며 힘겹게 질척거리는 발걸음을 옮겨야만 하는 삶의 아이러니.

주어진 운명에 순응하며 삶에 만족하는 체념과 초월적인 면모가 나타나는가 싶더니 마지막 악장에서 깊이 눌렸던 주체할 수 없는 감정이 격렬하게 폭발한다. 삶의 부조리에 대하여 몸부림치고 울부짖으며 하늘에 주먹질하며 절규해 보지만 세상은 방관자일 뿐, 시간은 아무 일 없는 것처럼 무심히 흘러갈 뿐이다. 그의 가슴에는 슬픔과 체념만이 남아 눈물 마른 눈은 퀭하고, 단지 어머니 같은 고향의 선율이 지친 그를 위로할 뿐이다. 팡파르가 다시 삶 속으로 발걸음을 옮길 것을 재촉하는 가운데 뒤뚱거리며 힘차게 걷는 방랑자의 뒷모습이 멀어져간다.

대지의 노래

말러는 이 곡을 1908년 봄에 완성하였다. 이 곡의 초연은 말러 사후 반년이 지난 1911년 11월에 그의 제자 브루노 발터에 의해 뮌헨에서 이루어졌으며, 말러가 자신의 곡을 초연하지 않은 것은 이 곡이 처음이었다. 당시 말러는 작곡을 시작하기 한 해 전에 큰딸을 잃었으며 또한 빈 국립 오페라 극장 음악감독직을 사임하고, 아내 알마와의 불화와 자신의 건강 악화를 겪는 등 인생 말년에 닥쳐온 소용돌이 속에서 몸부림치던 시기였다.

이 시기에 말러는 친구의 소개로 한스 베트게ₕₐₙₛ ʙₑₜₕgₑ가 중국 시들을 번안하여 엮은 「중국의 피리」라는 시집을 접하였다. 그는 그 시집에서 영감을 받아 음악을 만들 것을 결심하였다. 물론 〈대지의 노래〉가 중국의 음악적 양식까지 차용한 것은 아니다. 그러나 무상함과 덧없음, 유유자적과 무위자연을 노래하는 중국의 옛 시들이 당시의 비틀거리는 자신의 처지를 은유적으로 잘 표현하고 있다고 생각되어 공감을 불러일으켰을 것이다. 베트게의 시집에는 총 83편의 시가 실려있다. 그러나 이 시들마저도 중국 시의 원래 의미를 정확히 옮겼다고 볼 수는 없다. 거기에 말러가 일곱 편의 당唐시를 추려내어 다시 자신이 수정을 가하였기 때문에 곡의 가사는 원래 시의 내용과는 멀어졌으나 그 의미만은 남아 있다고 볼 수 있다. 총 6곡으로 구성된 이 교향곡은 1곡과 3, 4, 5째 곡은 이태백의 시, 2곡은 전기의 시, 6곡은 맹호연과 왕유의 시를 섞은 것으로 알려져 있다.

1곡

〈현세의 고통에 대한 술 노래〉는 이태백의 「비가행悲歌行」을 기초로 한다. 술잔을 앞에 두고 가득 찬 술잔만이 왕국도 부럽지 않다고 소리 높여 읊는다. 세상 모든 아름답고 빛나는 것들도 백 년을 채우지 못하는 것을, 부질없고 덧없는 인생, 삶은 어둡고 죽음도 어둡다고 탄식하며, 우리 모두 술잔을 들어 비우자고 절규한다.

2곡

〈가을에 고독한 자〉는 당 시인 전기의 「효고추야장效古秋夜長」이라고 보는 견해가 있다. 가을밤에 사모하는 사람을 그리며 가슴 저미는 외로움을 노래한다. 가을 안개가 호수에 내려앉고, 가을 서리는 풀을 누렇게 물들인다. 꽃의 향긋한 향기는 사라지고, 소슬한 가을바람은 가슴을 시리게 한다. 나의 희망은 꺼져버리고 번민만이 가득하다. 이제 지쳐 잠이 밀려온다. 나에게 휴식을 다오. 마음껏 울어나 보자. 간절한 호소가 공중에 흩어질 뿐이다.

3곡

〈청춘에 대하여〉는 이백의 어느 시인지는 단정할 수 없으나 「제원단구산거題元丹邱山居」라고 추정할 뿐이다. 맑은 바람과 돌 틈으로 샘물이 흘러나오는 아름다운 정자에 벗들이 모여든다. 밝은 달은 두둥실 떠서 연못 속에 잠겨 있고, 시원한 봄바람을 맞으며 벗들은 시를 읊기도 하고 술잔을 기울이기도 한다. 얼굴에는 불그스

양해, 『이백행음도』

레 취기가 오르고, 연못 속의 친구와 마주 앉은 친구를 번갈아 보며 이야기꽃을 피우며, 달이 기우는 줄도 잊은 채 달뜨고 흥겨운 봄밤을 보내고 있다.

4곡

〈아름다움에 대하여〉는 이태백의 「채련곡採蓮曲」이 원시이다. 연꽃보다 아름다운 여인들이 연꽃을 딴다. 풀숲에 앉아 꽃봉오리를 무릎 위로 모으며 수다스럽게 재잘거리는 소리가 이슬같이 맑고 사랑스럽게 들려온다. 그녀들의 모습이 수면 위로 비추고 꽃향기는 바람에 흩어진다. 바람이 그녀들의 비단옷을 스치며 아름다운 실루엣을 드러낸다. 초록빛 수양버들 사이에서 갑자기 손에 편지를 들고 말을 탄 젊은이가 튀어나온다. 말이 갈기를 흩날리고 콧김을 내뿜으며 달리자 꽃잎이 흐트러져 날리고 말발굽은 꽃잎을 짓밟는다. 이를 어쩌나, 아가씨들의 눈이 휘둥그레진다. 그중 예쁜 아가씨의 마음이 아름다운 젊은이에게로 향하고 그녀의 커다란 검은 눈망울이 흔들리며 가슴에는 살포시 사랑이 내려앉는다.

5곡

〈봄에 술 취한 자〉는 이백의 「춘일취기언지春日醉起言志」를 바탕으로 한다. 입신양명 다 버리고 초옥에 묻혀 술과 더불어 살리라. 산중에 초옥 짓고 나무 울타리하고 술병 들고 산과 들 벗 삼아 술이나 취하리라. 취하면 사립문 열고 마루에 누워 봄볕 그늘 아래에서 잠자고 꽃향기가 깨우면 일어나 또 마시리라. 창공처럼 바람처럼 깊은 산중에서 유유자적하며 자연을 벗 삼아 술잔을 나누리라. 덧없는 인생살이 한바탕 꿈이지 않겠는가?

6곡

〈고별〉은 가장 심금을 울리는 곡으로 원작은 맹호연의 시 「숙업사산방대정대부지宿業師山房待丁大不至」와 왕유의 「송별送別」로, 두 시를 섞어 사용하였다. 맹호연이 서늘한 달 밝은 밤에 거문고를 들고 사립문 밖에서 친구를 기다리고, 왕유는 흰 구름 걷힐 때가 없는 종남산으로 은둔하러 가는 은자에게 말없이 술잔을 권한다. 산중에 해는 넘어가고 골짜기에 어둠이 찾아든다. 계곡의 물소리는 숨소리를 죽이며 또르르 흐르고, 새들의 둥지를 찾는 퍼득거림이 정적을 깨뜨린다. 눈썹달은 조각배처럼 떠 있고 소나무 사이로는 서늘한 바람이 불고 대지는 휴식

김홍도, 『오류귀장』

으로 깊은숨을 쉰다. 사람들은 귀가를 서두르고 나그네의 나귀 소리는 작아지며 세상은 꿈속으로 빠져든다.

사방이 고요한 가운데 사립문이 삐그덕 열리더니 한 처사가 밖으로 나와 허공에 걸린 차가운 달을 바라본다. 나귀의 발굽소리가 희미하게 들려오더니 점점 커지고 도연명이 나귀에서 내린다. 두 목소리와 술 따르는 소리가 나지막이 속삭이듯 들린다. 어디로 가는가? 운명이 나에게 미소 짓지 않아 여산으로 간다네. 그곳에서 날 좋으면 혼자 걷고, 지팡이 세워두고 김매기도 하려 하네. 이제 다시 떠돌지 않으리. 그럼 어서 가

게나. 그곳은 흰 구름이 무성히 걷힐 때가 없는 곳이지. 말러는 이어 마지막 소절을 덧붙였다(이 세상에서 누리지 못한 행복과 사랑에 대한 회한을 고백하고 고독한 마음의 휴식을 찾아 방랑의 길에 오르며, 다가올 푸르고 찬란한 봄과 빛나는 푸른 하늘을 찬미한다. 영원히, 영원히). 캐슬린 페리어의 폐부를 찌르는 절규가 가슴을 후벼낸다. (위 내용들은 단지 음악 감상을 돕기 위하여 시와 가사를 버무려 놓은 것이다).

◎ 브루노 발터, 빈 필하모닉 오케스트라, 콘트랄토, 캐슬린 페리어,
테너, 율리우스 파차크, 1952
◎ 피에르 불레즈, 빈 필하모닉 오케스트라, 메조소프라노,
비올레타 우르마나, 테너, 마이클 샤데, 1999

알마 말러 그로피우스 베르펠(1879~1964)

빈의 벨 에포크 시대를 관통하며 뭇 남성을 기쁨과 고통으로 몰아넣은 여인, 알마 마리아 쉰들러. 그녀는 빈의 유명한 풍경화가 에밀 야콥 쉰들러의 딸로 자신의 가곡과 오페라를 남긴 작곡가이기도 했지만, 유명한 예술가들의 아내와 연인으로 이름을 남겼다. 열세 살에 큰 산 같은 아버지를 잃은 충격이 가시기도 전에, 어머니는 아버지가 아끼던 제자 카를 몰과 재혼하면서 그녀의 삶은 온통 혼란스러워졌다. 그녀의 첫사랑은 의붓아버지 카를 몰의 친구 구스타프 클림트였다. 클림트에게는 평생의 연인 에밀리 플뢰게와 후원자의 아내

알마 말러

아델레 블로흐 바우어도 있었지만 알마에게는 중요치 않았다. 그녀는 말러와 결혼을 앞두고도 클림트를 찾아갔었으니까.

1901년 11월 알마와 말러가 만났다. 당시 이미 말러는 음악계의 거장이었고, 알마는 사교계의 명사였다. 말러는 알마를 '알므쉬'라 부르며 청혼하였다. 알마에게 자신에게만 헌신할 것을 요구하면서. 그들의 약혼 소식은 빈을 뜨겁게 달구었다. 약혼 파티는 아델레 블로흐 바우어

구스타프 말러

가 주최하였으며 그 자리에는 클림트와 에밀리 플뢰게도 함께 참석하였다. 1902년 큰딸 마리아 안나를 낳은 후 산후 후유증에 시달리던 그녀와는 달리 말러는 승승장구하고 있었다. 신경이 예민한 남편이 작곡에 몰두할 때면 알마는 숨죽이고 있어야 했다.

하지만 사교계의 여왕이 오직 남편만 바라보며 많은 것을 포기하기는 쉽지 않았다. 그녀는 갑갑한 상황을 더 이상 견딜 수 없었으며 자유롭던 옛날을 그리며 밖으로 눈을 돌리기 시작하였다. 엎친 데 덮친 격으로 1907년 큰딸 마리아를 잃고, 남편마저 빈 국립오페라 극장 감독직에서 물러나며 그들 부부는 최악의 상황으로 내몰렸다. 다행히 미국 뉴욕 메트로폴리탄 오페라 극장의 지휘자가 되어 미국으로 이주한 후 미국과 유럽을 오가고 있었으나 알마는 여전히 소외감과 외로움에 시달리고 있었다.

1910년 말러가 〈교향곡 제8번(천인 교향곡)〉의 마무리와 초연 준비를 위해 토블라흐에 머물고 있을 때, 알마의 우울증을 치료하던 의사가 휴식과 춤을 처방하며 베를린에서 온 발터 그로피우스를 소개해 주었다. 그가 바로 건축과 디자인 역사에 한 획을 그은 '바우하우스'의 창시자가 된 인물이다. 그로피우스는 알마에게 빠져들었고 후에 알마, 말러와 함께 삼자대면까지 해야 했으며, 자신의 경솔함을

발터 그로피우스

사과하고 물러났다. 이 사건으로 말러가 받은 충격은 엄청났다. 이후 알마와 말러의 결혼생활은 냉기만이 맴도는 불안과 고통이 연속되는 시간이었다. 말러는 같은 보헤미아 출신 정신분석학자 프로이트를 찾아 처방을 받았으나 이미 되돌리기에는 늦은 시간이었다.

말러는 1910년 토마스 만의 주선으로 뮌헨의 각계 명사들이 참석한 가운데 개최한 교향곡 8번 〈초연〉의 성공으로 뉴욕 필하모닉 오케스트라를 맡게 되었다. 말러가 지휘봉을 잡은 후 이 오케스트라는 완벽한 연주를 펼쳤으나 그는 감독위원회와의 마찰로 심장질환이 악화되고 합병증을 겪으며 활동을 중단할 수밖에 없었다. 미국에서의 요양과 파리에서의 치료에도 말러의 건강은 회복되지 않았으며 빈으로 돌아온 며칠 뒤 말러는 숨을 거두었다. 그의 손에는 〈교향곡 10번〉의 1악장이 들려 있었으며, 이 곡에는 〈교향곡 5번〉 4악장과 〈교향곡 6번〉의 1악장에서 알마에게 전한 절절한 사랑의 표현 대신 그녀에 대한 분노가 아로새겨져 있었다. 말러에 대한 죄책감과 사죄의 의미에서였을까? 알마는 여러 음악가와 제자에게 의뢰해 말러의 구상을 바탕으로 〈교향곡 10번〉을 완성하였다.

말러는 죽으면서 알마에게 상복을 입지 말라고 유언했다. 그녀의 앞날이 눈에 밟혔기 때문일 것이다. 말러의 미망인이라는 명성까지 덧입은 알마는 말러의 예상대로 다시 사교계에 복귀하였다. 말러가 세상을 떠난 이듬해 알마는 클림트의 제자 오스카 코코슈카를 만났다. 코코슈카는 알마와 사귀는 짧은 기

오스카 코코슈카

간 동안 400통이 넘는 편지를 쓸 정도로 집착하였다. 그는 알마의 초
상화와 더불어 많은 양의 두 사람의 누드화와 초상화를 그렸다. 짧은
사랑이 끝나고 코코슈카가 제1차 세계대전에 참전하여 부상으로 죽음
의 문턱을 오가는 동안 알마는 그로피우스와 결혼하여 딸 마농을 낳

았다. 코코슈카는 전역
후 '훌다'라는 알마와 닮
은 인형을 만들어 드레스
와 속옷까지 입힌 뒤 함
께 생활하고 함께 잠들었
으며 이러한 기이한 행동
은 한동안 지속되었다.

오스카 코코슈카, 『인형과 함께 있는 자화상』

알마는 삼자대면 후 그로피우스와 헤어진 후에도 끈질긴 구애로 주저
하는 그의 마음을 바꾸고 1915년 결혼에 성공하였다. 당시 그로피우스
는 바이마르 건축학교와 공예학교의 교장으로 임명되었으며 바우하
우스까지 구상 중이어서 무척이나 바빴다. 또 혼자 보내는 시간이 많
아진 알마는 견디지 못하고 다시 친구들을 불러들이기 시작하였다.
그 모임에는 브루노 발터, 알렉산더 쳄린스키, 아놀드 쇤베르크, 알반
베르크 외에 그녀의 세 번째 남편이 되는 체코 출신의 유대인 작가 프
란츠 베르펠 등이 참여하였다. 알마는 심지어 혼외 아들인 마르틴을
낳았다.

1919년 그로피우스는 파울 클레, 칸딘스키 같은 유명 예술인을 교수
로 초빙하여 '바우하우스'를 탄생시키고 1920년에는 알마와의 결혼생
활에 마침표를 찍었다. 그리고 알마는 베르펠과 세 번째 결혼을 하였

다. 세 번째 결혼 생활 중에도 그녀의 애정행각은 계속되었다. 많은 예술가들에게 기쁨과 고통을 안겨 주었으며 영감의 원천이 되기도 하고 나락으로 떨어뜨리기도 한 알마 말러 그로피우스 베르펠. 그녀는 뮤즈인가? 팜므파탈인가?

발터 그로피우스 '바우하우스'

♪ Edvard Hagerup Grieg, 1843~1907

에드바르 그리그

♫ **에드바르 그리그**

북구의 쇼팽, 그리그. 그는 독일의 영향하에 있던 노르웨이의 음악
에 고국의 아름다운 자연, 민속과 서정성을 담아낸 민족음악 양식을 이
루어냈다. 그리그는 노르웨이 베르겐의 비교적 부유한 집안에서 태어났
다. 그의 조상은 증조할아버지 때부터 베르겐의 영국 영사직을 수행해
왔다. 아버지 알렉산더는 부유한 상인이기도 하였으며 어머니는 뛰어난
피아니스트였다. 열다
섯 살이 되어서는 멘델
스존이 설립하고 슈만
도 교수로 재직한 바 있
는 독일의 라이프치히
음악원에 유학하였다.
그곳에서 공부하는 동
안 그의 꿈은 멘델스존
이나 슈만 같은 독일적

에드바르 그리그와 그의 부인인 니나 그리그의 주택
〈트롤하우젠〉

84

인 낭만주의 음악가였다.

그러나 그의 음악적 방향이 바뀌게 되는 계기가 있었으니, 노르웨이의 국가인 〈네, 우리의 이 땅을 사랑합니다〉를 작곡한 리카르 노르드로크Rikard Nordraak와의 만남이었다. 그리그는 노르드로크의 음악을 듣는 순간 그가 앞으로 나아가야 할 방향에 대한 계시를 받은 듯한 충격을 받았다고 전해진다. 그 이후 그는 조국의 산하 방방곡곡을 다니며 민요를 채집하고 그때까지 음악에 사용하던 독일어와 덴마크어 대신 노르웨이어를 사용하기 시작하였다. 모국어를 사용하니 더욱 향토색이 짙고 친숙한 미감을 살린 음악을 창작할 수 있었을 것이다.

그리그가 작곡한 많은 서정 소품들이 그것을 말해주고 있다. 이어 그는 〈인형의 집〉으로 유명한 노르웨이의 극작가 헨릭 입센을 로마에서 만나 그의 의뢰로 〈페르귄트〉를 작곡하였다. 옛날부터 전해오는 노르웨이의 민담을 바탕으로 한 작품으로 남편 페르귄트를 평생 기다리는 그의 아내 솔베이지의 노래는 애잔함으로 가득하다. 결국 페르귄트는 귀향 후 머리가 파뿌리가 되어 버린 솔베이지의 품에서 숨을 거두게 된다는 내용이다.

그리그에게 또 다른 음악적 동반자가 있었으니 그가 작곡하여 바친 〈그대를 사랑해〉의 주인공인 외사촌이자 소프라노 가수인 아내 니나였다. 부모의 반대를 무릅쓰고 결혼했지만 가정생

에두아르 마네, 『뱃놀이』

활은 행복하였고, 결혼 후에 그녀는 그리그의 훌륭한 음악적 동반자가 되어 주었다. 결혼한 이듬해 코펜하겐 근교에서 여름철을 보내며 탄생한 곡이 여기 소개할 〈피아노 협주곡 a단조〉이다. 한적한 호수, 맑은 물 위에서 노 저으며 호젓한 시간을 흘러보내고 있는 듯한 모습과 트롤하우겐에서의 그들의 단란하고 행복한 가정이 그려진다. 시작부터 끝까지 북구의 아름다운 선율과 서정성, 낭만이 절절히 배어 있는 곡으로 리스트가 처음 보자마자 즉흥 연주를 하고 찬사를 아끼지 않았다는 바로 그 곡이다.

피아노 협주곡

북구의 솟구친 산악과 산 그림자를 담은 깊고 광대한 피오르, 울창한 숲과 눈부신 빙하, 북구의 서정적인 민속과 낭만을 물씬 느끼게 해주는 그리그의 대표작이다. 댕! 이게 무슨 소리인가? 깊은 산속에서 들려오는 성불사의 종소리 같은 울림이 잠잠하던 가슴을 뛰게 한다. 금강산 깊은 곳에 자리한 산사의 종소리가 무감각했던 마음에 파문을 일으키기 시작하더니 투명하고 쌀쌀한 공기와 보랏빛 햇빛이 일렁이기 시작한다. 티 없이 맑고 깨끗한 깊은 골짜기에서 들려온 그 한 줄기 종소리가 바람을 타고 마음속에 그려왔던 서정적이고 낭만적인 환상의 세계로 나를 끌어들인다. 온 사방이 하얗게 눈 덮인 산악과 빙하 사이로 유리구슬처럼 투명하게 펼쳐진 적막의 세계. 인적도 없이 고요함만 가득한 적막한 설산의 수도승처럼 마음이 깨끗해지고 정화되는 느낌이다.

내 영혼이 맑게 깨어나자 멀고 깊은 골짜기에서 희미하게 흘러나오는 울림이 들려온다. 울림을 좇아 한 걸음 두 걸음 발길을 옮길수록 맑고 투명한 세계의 속삭임이 뚜렷해진다. 가만가만히 걸어 다가갈수록 주위는 투명한 신비의 세계이다. 걸음걸음마다 얼음 요정, 햇살 요정, 눈꽃

요정, 바람 요정, 트롤 등 깊은 환상의 세계가 펼쳐진다. 수정같이 맑고 깨끗한 세상에 눈꽃송이를 입은 요정들의 날개 달린 움직임이 마치 청순하고 상쾌한 선율과 같다. 아름다움에 취해 꿈속 동화나라로 빠져든다. 흐르는 듯한 달콤하고 감미로운 북구의 영롱한 선율이 녹아내리는 듯한 편안함을 준다.

꿈에서 깨어나 마지막 악장에 들어서자 행진곡풍의 북구의 리듬이 경쾌하다. 마치 북구의 괴물 〈트롤의 행진〉을 연상시킨다. 이어지는 노르웨이의 청명하고 오로라 같은 신비한 선율과 민속 춤곡풍의 경쾌한 리듬으로 향수를 자극한 후, 북구 대자연의 웅장함과 경이로움을 비상하는 듯한 총주의 울림으로 휘몰아치며 가슴 벅차게 마무리한다.

◎ 레이프 오베 안스네스, 피아노, 마리스 얀손스,
베를린 필하모닉 오케스트라, 2003
◎ 디누 리파티, 피아노, 알체오 갈리에라, 필하모니아 오케스트라, 1947

삶의 안식

누구에게나 나름대로 상상하고 동경하는 삶의 안식처가 있을 것이다. 삶의 여정을 지나오며 기쁨과 슬픔이, 수고와 결실이 씨줄과 날줄로 엮어지는 현실에서 벗어나 위로와 안식이 있는 그런 곳 말이다. 그리그의 피아노 협주곡이 그곳으로 안내하는 인트로 같다. 그리그의 피아노 협주곡을 들을 때마다 명나라 시인이자 화가인 문징명의『관산적설도』와 조선시대 화가 전기의『매화초옥도』가 생각난다. 눈 쌓인 산과 나그네를 가만히 보고 있으면 내가 문징명인 양 감정이입이 되어 한없이 편안하다. 화려한 봄꽃보다 눈 덮인 심산이 고요함 속에 마음의 포근함을 더해준다. 이상향에 거의 당도하는 느낌이 든다.

문징명,『관산적설도』

심주와 함께 남종화의
부흥과 중심을 이루었던
문징명은 1526년 속세의
먼지를 훌훌 털어버리고
자신만의 이상향으로 들
어갔다. 눈 덮인 첩첩산
중을 나귀를 타고 홀로
가는 노인이 문징명 자
신일 것이다. 그가 입은

전기, 『매화초옥도』(ⓒ국립중앙박물관)

붉은 옷으로 설렘과 기쁨이 얼마나 큰지 알 수 있을 것 같다. 기다려
주는 사람도 없는 그곳에, 오직 자신의 이상향을 향해 가는 그의 마음
을 아는 양 나귀의 발걸음마저 가볍다. 남북조 시대의 오류선생 도연
명을 만나러 여산에 드는 길일까? 아니면 혜원을 만나러 동림사를 찾
는 길일까? 그의 얼굴이 불그스레하다.

도연명, 『귀거래사』

장 시벨리우스

♪ 장 시벨리우스

1865년에 해멘린나에서 태어난 그는 1900년 대표작 〈핀란디아〉를 작곡하였고 이후 쉼 없이 대곡들을 작곡하였다. 그렇게 작곡에 열중할 수 있었던 것은 핀란드 정부가 1897년 그에게 종신연금을 지급하기로 결정하여 경제적 안정을 얻을 수 있었기 때문이다. 그는 핀란드 각지에 흩어져 내려오는 전설, 민요 등을 채집하여 민속적인 멜로디를 집대성한 공로를 인정받았던 것이다. 1900년에는 새로운 세기를 기념하여 파리에서 개최된 세계박람회에 헬싱키 관현악단을 이끌고 참여했으며, 이어 독일과 이탈리아 및 유럽의 여러 나라로 연주 여행을 할 기회도 주어졌다. 그 연주 여행은 주로 러시아 작곡가의 영향을 받고 있던 그에게 중부 유럽의 음악사조를 접할 수 있는 기회가 되었으며 이를 계기로 그만의 독자적인 음악세계를 만들어 갈 수 있었다. 그 이후 그는 걸작들을 쏟아내는데, 교향곡 2번과 바이올린 협주곡도 그 시기인 1902년에 완성되었다.

시벨리우스는 수도 헬싱키에서 30㎞ 떨어진 애르벤패Jarvenpaa라는 시골 마을에서 50여 년을 살았다. 지금은 기념관이지만, 그곳은 그의 아내 아이노의 이름을 따서 지

시벨리우스의 별장 '아이놀라'

은 "아이놀라"라는, 그가 살던 별장이 있었던 곳이다. 시벨리우스는 아이놀라에서 커다란 호수에 백조가 내려와 유유히 물결을 일으킨 후 힘찬 날갯짓을 하며 날아가는 모습을 보았다. 그것은 그가 본 광경 중 가장 인상적이었으며 교향곡 5번의 창작 동기가 되었다고 술회하였다. 교향곡 5번은 핀란드 정부가 시벨리우스 탄생 50주년을 맞아 1915년 12월 8일을 국경절 휴일로 정하고 이를 기념하여 그에게 의뢰했던 곡으로 자신의 지휘로 헬싱키 관현악단과 함께 초연되었던 곡이기도 하다.

그러나 그의 창작 활동은 조국이 독립된 지 얼마 지나지 않아 거의 멈추고 말았다. 조국의 독립이 이루어지기까지 그동안 지탱해준 음악에 대한 열정이 소진된 까닭이었을 것이다. 시벨리우스는 조국의 독립 이후에도 계속하여 아이놀라에 침잠하였으며 그곳에서 생을 마감하였다.

핀란디아

핀란드는 스웨덴의 지배를 거쳐 1800년대부터는 볼셰비키 혁명으로 독립을 선언한 1917년까지 러시아의 압제를 받아오던 나라였다. 따라서 국민들 사이에서는 저항의식이 강하게 숨쉬고 있었다. 1900년에 작곡된 〈핀란디아〉도 그 노력의 산물이었다. 독립운동 자금 모금행사를 위해

쓰인 곡이기 때문이다. 〈핀란디아〉의 중반부에는 코랄풍의 찬가가 나오는데 관현악으로만 연주되는 경우가 많기는 하지만 합창이 함께하여 숙연함을 느끼게 하는 연주도 있다. 이곡은 러시아에 의해 연주가 금지된 곡이었지만, 선율이 사람들 사이에서 허밍이나 가사를 붙여 부른 노래 형태로 퍼져나가면서 국민들 사이에 애국가처럼 불리고 사랑받은 독립운동가였다. 전곡에 흐르는 정감이 민족의 혼을 담아낸 듯한 비장미가 흐르는 이유이기도 하다.

산 중턱에 위치한 고성의 육중한 문이 열리고 중년의 신사가 안개 자욱한 광활한 벌판과 멀리 희미하게 둘러쳐진 산맥을 신비한 듯 바라보며 한 걸음씩 천천히 계단을 내려온다. 몇 걸음 내려와서 땅을 밟기 시작한 그는 안개 사이를 가로질러 걷고 있고, 그 뒷모습이 마치 신비한 무언가에 이끌려 가는 듯하다. 거의 보일 듯 말 듯 한 벌판을 지나 높이 솟은 산에 올라 카스파르 프리드리히의 『안개 바다 위의 방랑자』처럼 우뚝 선 그의 시야에는 광대한 초원과 호수, 그사이로 흐르는 시냇물, 군데군데 검은 나무로 지은 뾰족 지붕의 집들, 붉은 치마에 흰 셔츠의 여자아이들과 밤색 멜빵바지에 셔츠의 남자아이들, 그리고 모여든 동네 사람들이 흥겨운 축제를 벌이고, 초원과 호수 너머 웅대한 눈 덮인 침엽수림이 끝없이 펼쳐지며 파노라마를 연출한다.

축제는 조국에 대한 자부심과 아름다운 자연에 대해 감사와 찬가가 넘쳐흐르고, 휘몰아치는 멜로디는 축제의 열기와 자연의 장엄함을 뿜어낸다. 핀란드의 웅장하고 광활한 대자연과 그 안에서 삶을 영위하는 사람들의 아름다운 모습이 두루마리처럼 펼쳐지는 음악이다.

◉ 헤르베르트 폰 카라얀, 베를린 필하모닉 오케스트라, 1976
◉ 유진 오르먼디, 필라델피아 심포니 오케스트라, 1965

교향곡 5번

　호른이 나지막이 안내한다. 이어 현악기와 관악기가 부드러운 선율로 속삭이는 듯이 인사한다. 그 모습이 영락없이 발레리나의 부드럽고 정중하고 예의 바른 인사 같다. 어디로 안내하려는 것일까? 궁금증과 설렘이 교차한다. 앞의 교향곡같이 핀란드의 광활한 자연? 상상은 여지없이 무너지고 사색의 공간이다. 시벨리우스는 아이놀라에 자리 잡은 그의 집에서 호수를 무심히 바라보고 있다. 멀리서 열여섯 마리의 백조가 호수에 앉아 동심원의 파문을 일으키며 날아오른다. 슬로 모션 같은 느낌으로 희고 큰 날갯짓을 하며 날아오르는 백조를 보며, 그는 "어디에서 와서 어디로 가는가?" 하며 초점이 없는 눈으로 바라보고 있다. 상념은 그의 시선을 따라 거대한 바람을 일으키며 펄럭이는 백조의 날갯짓을 타고 보랏빛 햇살을 따라가고 있다.

백조

　　　　　　　◎ 존 바비롤리, 할레 오케스트라, 1966
　　　　　　　◎ 레너드 번스타인, 빈 필하모닉 오케스트라, 1987

바이올린 협주곡

　누구를 위한 애절함인가. 숨 멎을 듯한 선율은 울부짖음으로 변하고 헐떡이는 가슴은 속울음을 삼키고, 눈물조차 말라버린 사랑이런가. 체념은 슬픔에 지친 자포자기라 했던가! 그러나 체념은 새로운 희망의 싹을 심고 틔워 주나 보다. 슬픔을 삭이며 체념의 시간이 흐르고 스멀스

멀 희망이 스며들며 힘내라고 토닥
인다. 사랑이 찾아들고 눈가에 눈
물의 흔적이 더없이 아름답다. 스
며든 사랑은 가슴을 녹이고 온몸을
나른하게 하며 힘들었던 시간을 위
로한다. 부드러운 바람과 아름다운
언덕, 흐르는 시냇물도 함께하고 따
스한 햇살이 감싸는 서정적인 로망
스가 펼쳐진다. 사랑이 춤춘다. 너
도나도 모든 만물이 사랑의 리듬에
맞추어 움직이기 시작하고 그 흐름
은 거대한 물결을 만들며 용솟음친

빅토르 바스네쵸프, 『눈아가씨』

다. 사랑의 찬가가 온 세상에 진동한다. 사랑의 힘이런가.

◎ 힐러리 한, 바이올린, 에사-페카 살로넨, 스웨덴 라디오방송 오케스트라, 2007
◎ 정경화, 바이올린, 즈데네크 마찰, l'ORTF 국립 오케스트라, 1973

교향곡 2번

시벨리우스의 〈전원 교향곡〉. 베토벤의 교향곡 6번 〈전원 교향곡〉이
자연을 즐기는 소풍인 반면 시벨리우스의 교향곡은 핀란드 자연을 향한
찬양과 그 안에 삶의 정서가 녹아 있는 듯한 느낌으로 다가온다. 북구의
사계절을 서두르지 않고 자세히 동에서 서로, 남에서 북으로, 평원에서
숲으로, 마을에서 산으로 구석구석, 마치 페르세우스가 메르쿠리우스의
날개 달린 신발을 신고 유유히 활공하며 넓은 바다 가운데 안드로메다

94

를 지그시 바라보는 느낌이다.

살랑살랑 봄바람과 함께 시작하여, 돌멩이만 널려있는 메마른 광야, 파릇파릇 새싹이 움트는 평원, 그 가운데를 흐르는 강, 맑은 호수, 겨울이 오기 전 노랗게 물든 단풍들을 현악과 목관악기로 색칠하며, 북구의 휘몰아치는 눈보라와 위용을 자랑하는 웅장한 산들을 금관악기의 부우욱거림으로 압도하며 보여준다. 간간이 쉼표 같은 고요함, 쓸쓸함과 애잔한 따사로움이 교차하는 삶의 편린들, 멀리 보이는 우뚝 솟은 산맥들,

산 사이로 구불구불 이어진 도로와 검은 목조가옥들이 점점이 보이고, 골목길을 걷는 마을 사람들이 그려진다. 광활한 침엽수림 사이로 무릎까지 빠지는 눈 속을 사미족이 사냥개와 함께 구부정하니 걷고, 바람에 흩날리는 눈 사이로 언뜻언뜻 보이는 풍경이 더욱 아름답게 느껴진다.

핀란드

시벨리우스의 〈교향곡 2번〉은 조국에 대한 영감을 바탕으로 사랑과 열정, 자부심을 마음껏 드높이고 있다. 그곳 어딘가에 아스가르드가 있고 외눈박이 지혜의 신 오딘과 짧은 망치를 든 용감한 토르가 살고 있으며, 사랑스러운 프레이야가 시벨리우스의 조국 핀란드를 살피고 있는 듯한 신비함과 경외감마저 든다.

◉ 콜린 데이비스, 보스턴 심포니 오케스트라, 1976
◉ 존 바비롤리, 할레 오케스트라, 1966

비장미와 유머

시벨리우스의 음악을 들으면 조국애를 생각하게 된다. 그는 조국의 아름다운 자연, 생명력 있는 전래 민속과 민요를 풍성하고 웅장하게 때로는 정감 있게 묘사함으로써 듣는 이로 하여금 가슴 뭉클한 나라 사랑을 느끼게 한다. 전쟁과 총탄에 맞서며 피투성이의 절규와 고난 같은 처절한 느낌이 아닌 순수하며 아름답고 서정적이기도 한, 다른 한편으로는 휘몰아치게 뿜어내는 격정과 웅장한 울림을 통해 마음을 한층 고조시킨다. 마터호른같이 우뚝 솟아올라 어떤 상황에서도 흔들림 없이 나는 나의 조국을 찬양하고 지킬 것이라는 느낌을 준다.

자작나무와 호수의 나라. 백야와 극야가 서로 교차하며 오로라의 신

마터호른

비가 있는 나라. 시벨리우스 음악을 들으며 한층 고조된 마음을 녹여 줄 무언가 기분 전환이 필요하다. 삶이 항상 팽팽한 긴장 상태만 계속되면 견딜 수 없듯이 우리의 마음도 때로는 긴장을 느슨하게 해 줄 시원한 샘물처럼.

그때 틈새로 비실비실 웃으며 들어오는 이가 있으니 핀란드 소설가 아르토 파실린나. 이미 그의 이름만으로 긴장은 사라진다! 눈이 감기고 배 속에 있던 웃음소리가 목구멍을 통과하고 입을 통해 튀어나오게 만드는 그의 소설은 우리나라 배꼽 날리기 대가, 이야기꾼 성석제의 황만근 같다. 그는 매년 배가 땅기고 숨이 멈출 것 같은 이야기를 풀어내어 핀란드인의 우울한 백야를 담당하고 있다. 순록이 끄는 썰매를 탄 라플란드의 산타 할아버지가 파실린나의 책에 푹 빠져서 세상의 어린이에게 선물 배달하는 걸 놓치지 않기를 바랄 뿐이다. 파실린나가 소설을 쓴 이후로 크리스마스에 산타 할아버지가 오지 않는다는 세계 어린이들의 우편이 산타 마을에 쇄도하고 있다고 한다.

아르토 파실린나, 「기발한 자살 여행」, 1990

아르토 파실린나, 「목 매달린 여우 숲」, 1983

성석제, 「황만근은 이렇게 말했다」, 2002 (ⓒ창비)

성석제, 「위풍당당」, 2012 (ⓒ문학동네)

프란츠 리스트

♪ 프란츠 리스트

피아노의 파가니니로 알려진 리스트는 1811년 헝가리의 라이딩에서 태어났다. 그의 아버지는 하이든이 봉직한 에스테르하지 후작의 토지관리인이었으며 피아노와 첼로 연주를 즐기는 아마추어 연주가였다. 리스트는 언제나 음악이 넘쳐흐르는 후작 가문과 아버지의 음악에 대한 관심으로 어려서부터 음악적인 환경에서 성장하였다. 그가 여섯 살이 되었을 때, 아버지는 아들이 음악에 재능이 있음을 알아보고 피아노를 가르치기 시작하였다. 열 살에는 프레스부르크에서 피아노 독주회를 열었으며, 연주회에 참석한 관객들은 리스트의 천재적인 연주에 모두 경탄하고 적극적인 후원자가 되었다.

후원자들은 리스트가 더 나은 교육을 받을 수 있도록 유학 보내기로 의견을 모으고 유학에 필요한 비용을 모아 그를 빈으로 보냈다. 아버지의 손에 매달린 리스트가 베토벤 제자 체르니의 집 대문 앞에 도착하였다. 체르니는 그들을 집 안으로 들이고 리스트에게 피아노 연주를 요청하였다. 체르니는 리스트의 연주를 듣고 아직은 다듬어지지 않았으나 뛰어난 그의 재능에 감탄하고 스승 베토벤에게 데려가서 연주할 수 있는 기회를 제공하였다. 리스트의 연주를 들은 베토벤은 열두 살 소년의 연주에 깊은 인상을 받았으며, 리스트의 이마에 키스를 해주며 틀림없이 뛰어난 연주자가 될 것이라고 격려하였다.

빈에 있는 동안 체르니에게서 피아노를, 살리에리에게서 작곡을 배운 후 파리로 이주하여 머물던 1827년, 자신의 가장 든든한 스승이자 버팀목이었던 아버지의 죽음은 그에게 큰 충격이 아닐 수 없었으며 비싼 생활비가 드는 파리의 생활은 경제적 어려움마저 몰고왔다. 그는 어려운 나날들을 피아노 레슨으로 근근이 버티고 있었다. 그런 곤경 속에서 자신이 가르치던 생크리크 백작의 딸 카롤린과 사랑에 빠졌으나 백작은 그녀를 다른 남자와 결혼시켜버렸다.

실의에 빠진 날들을 보내던 리스트는 우연히 거리에 나붙은, 악마에게 팔아버린 영혼의 대가로 연주 기술을 얻었다는 바이올리니스트 파가니니의 연주회 포스터를 보았다. 즉시 입장권을 구하여 연주회 날만을 기다리던 리스트는 연주회에서 그의 신출귀몰하고 소름 끼치는 연주를 보고 피가 머리로 몰리고 온몸이 꼿꼿이 굳어버리는 것을 체험하였다. 그리고 자신은

1831년 니콜로 파가니니의 연주회를 홍보하는 포스터

피아노의 파가니니가 되겠다고 결심하였다. 그 후 그는 파가니니에 빠져 그의 〈24개의 무반주 카프리스〉 중 5곡과 〈바이올린 협주곡〉 3악장의 주제를 차용하여 6곡의 〈파가니니에 의한 초절기교 연습곡집〉을 발표하였다. 그중 가장 자주 연주되는 유명한 곡이 협주곡 3악장을 차용한 〈라 캄파넬라*La Campanella*(종)〉이다.

당시 두 피아노 비르투오소로 추앙받던 쇼팽과 리스트는 완전히 상반된 성격과 연주 스타일을 보여줬다. 소심하고 여성적인 쇼팽과 다르게 리스트는 활달하고 사교적이었다. 그는 잘생긴 외모에 연주는 신들린 듯 현란하고 기교적이어서, 그의 연주회는 파리, 런던, 빈 등 유럽의 여러 도시에서 귀부인과 명문가 아가씨들의 넋을 빼앗을 정도로 인기가 대단하였으며, 염문이 그칠 날이 없었다. 리스트의 연주가 얼마나 유명했는지는 1840년 그의 조국 헝가리 귀국 연주회가 말해준다. 그의 연주를 듣기 위하여 국회는 의사일정을 연기하였으며 연주가 끝난 후에는 수천 명의 군중이 그를 호텔까지 에스코트하며 행진하였다고 전해진다.

그를 사랑한 여인들 중 1833년에 만난 마리 다구 백작 부인은 그와 11년 동안 함께하며 세 딸을 낳기도 하였다. 세 딸 중 코지마는 당대의 지휘자 한스 폰 뷜로의 아내였으나 후에 아버지 리스트의 친구인 바그너의 아내가 되었다. 당시 코지마와 바그너의 연애는 남편인 뷜로만 모르고 모든 사람에게 비밀이 아니었다고 한다. 음악 애호가이자 자신의 글 속에 음악을 자주 언급하는 무라카미 하루키의 책「색채가 없는 다자키 쓰쿠루와 그가 순례를 떠난 해」를 통해 더욱 유명해진 〈순례의 해〉 3편의 음악도 리스트가 마리 다구 백작 부인과의 여행 중에 작곡한 곡들이다. 리스트가 마리 다구 백작 부인의 살롱에서 자주 개최한 음악회에는 뒤마, 위고, 파가니니, 로시니, 베를리오즈, 들라크루아 등이 참여하였으며, 이곳에서 상드와 쇼팽의 관계가 시작되기도 하였다.

리스트는 그
의 음악처럼 활동
적이고 시적이며
가슴이 따뜻한 사
람이었다. 그는
재능 있는 400여
명에 달하는 젊은
음악가들에게 무
료로 가르침을 베

요제프 단하우저, 『피아노를 치는 리스트』

풀기도 하고 적극적으로 지원했으며, 마리 다구 백작 부인의 살롱에서
연주할 기회를 제공하기도 하는 등 예술계에 소개하는 데 적극적이었
다. 그는 기존의 〈교향곡〉이나 〈소나타〉같이 몇 개의 악장으로 구분하
는 형식적인 것보다는 여러 개의 악장을 하나로 압축하여 감정이 흐르
는 것 같은, 시적이고 회화적 언어로 표현한 "교향시"라는 새로운 장르를
개척하기도 하였다. 또한 수많은 달콤하고 아름다운 피아노 소품, 자신
만이 연주 가능한 초절기교 피아노 작품, 집시풍의 환상곡들을 작곡하
였다.

1844년 마리 다구 백작 부인과 결별한 리스트는 1848년 바이마르에
머물며 비트겐슈타인 공주와 사랑에 빠졌으나 이로 인하여 바이마르에
서 쫓겨났다. 1861년 로마에서 공주와 재회하고 결혼을 추진하였으나 바
티칸이 인정해주지 않자 성직자의 삶을 선택하고 1863년 몬테카를로의
돈나 델 로사리오 수도원으로 들어갔다. 1864년 공주의 남편이 죽은 후
결혼이 허락되었으나, 결혼을 거부하고 1865년 가톨릭 서품을 받았다.

이때부터 그는 종교음악을 작곡하고 자선음악회를 개최하였으며, 교황청은 그 공로를 인정하여 성직을 세 개나 수여하였고, 1871년에는 헝가리 황실 고문으로 임명되는 영광까지 누린 후, 1886년 영면에 들었다.

피아노 협주곡 1번

음메 기죽어. 하늘이 무너지고 땅이 꺼지는 것 같다. 한 발짝도 물러서지 않고 천둥 같은 사자후를 토해내던 영웅, 모든 것을 송두리째 삼켜버리고 번개처럼 적을 단칼에 무찌르고 당당하게 개선하는 영웅의 발걸음 소리 같다. 눈에서는 신비로운 광채가 나고 숨소리는 바람을 가른다. 용상에 기대어 전장을 회상하며 달콤한 휴식에 잠기는 영웅. 한 치도 물러서지 않는 적과의 긴장감 팽팽한 힘겨루기, 무시무시하던 전장의 전차와 말발굽 소리가 소용돌이를 일으키더니 점차 화려하고 아름다운 승리의 선율로 변해간다.

천의무봉 비단옷을 두른 선녀가 천상의 음악을 타고 내려와 생황과 피리로 영웅을 편안한 휴식으로 인도한다. 신비롭고 그지없이 달콤한 천상의 소리에 영웅은 깊은 잠에 빠져든다. 꿈길은 영웅을 천상으로 인도한다. 하늘을 가릴 것같이 엄청난 바위가 길을 막아서고 보일 듯 말 듯 좁은 바위틈을 겨우 지나자 한없이 너른 산등성이에는 봄빛에 복숭아꽃이 눈부시다. 선녀가 나무 사이에서 바람처럼 나타났다 사라지기를 반복한다. 멀리서 희미하게 들려오는 피리 소리를 따라 숨바꼭질처럼 선녀를 쫓아가는 길에는 기이하고 신비한 것들이 즐비하여 궁금증을 자아낸다. 고개를 돌리며 이것저것 둘러보는 사이에 선녀들은 벌써 멀리 사라지고 찾을 수가 없다. 이리저리 종종걸음으로 눈을 깜박이며 두리번거리지만 보이지 않는다.

영웅이 일장춘몽 같은 꿈에서 깨더니 깜짝 놀라 기지개를 켜고 헛기침을 하며 눈을 지그시 뜨고 일어난다. 아직도 절반은 꿈결이다. 화려한 봄빛만이 뜰에 가득하고 형형색색의 나비와 벌이 날아다니는 소리, 안뜰 너머 냇가에서는 살얼음이 녹아 냇물 흐르는 소리, 농부의 논갈이 소리가 혼란스럽게 뒤섞이며 먼 들판에서 가물거리는 아지랑이처럼 정신이 몽롱하다. 눈앞에는 화사한 봄날이 환하게 펼쳐지며 봄기운은 어느새 처마 밑까지 이르렀다. 봄의 교향악이 온 세상을 진동시킨다. 오묘하고 기이한 시적 서정성이 넘쳐나는 호접몽을 꾼 기분이다.

◎ 스비아토슬라프 리히테르, 피아노, 키릴 콘드라신,
런던 심포니 오케스트라, 1961
◎ 크리스티안 지메르만, 피아노, 오자와 세이지, 보스턴 심포니 오케스트라, 1987
◎ 마르타 아르헤리치, 피아노, 클라우디오 아바도, 런던 심포니 오케스트라, 1968

절대음악이냐 종합예술이냐

바그너가 정열적으로 활동하던 시기
에 유럽 음악계는 두 부류로 나뉘어 있
었다. 바그너보다 20년 아래의 브람스
가 베토벤의 적자임을 내세우며 고전
적 낭만주의를 지향하는 절대음악을
대표하고 있었으며, 다른 한쪽은 바그
너의 강렬하고 급진적인 극음악을 따
르려는 지지파가 있었다. 전자는 한스
폰 뷜로, 요아힘 등이 있으며 바그너
지지파로는 음악가 리스트, 브루크너
와 철학자 니체, 쇼펜하우어 등이 있었

리하르트 바그너와 코지마 바그너

다. 물론 브람스나 바그너 모두 베토벤으로부터 완전히 자유로울 수
는 없었다. 브람스는 항상 베토벤의 그림자를 의식해야 했고, 바그너
는 베토벤이 이미 기악의 완성을 이루었으므로 다른 방향을 모색해야
만 했다.

바그너는 1813년 독일 라이프치히에서 태어났는데, 그가 태어나고 6
개월 만에 아버지가 세상을 떠났다. 그 후 어머니는 연극배우이자 시
인이며 화가인 루트비히 가이어와 재혼하고 드레스덴으로 이사하여

생활하였으나, 바그너가 여덟 살 되던 해에 의붓아버지마저 세상을 떠났다. 훗날 바그너가 종합예술을 추구하게 된 것도 의붓아버지에게서 영향을 받은 것으로 짐작해 볼 수 있다. 바그너는 그곳 드레스덴 극장에서 베버의 오페라 〈마탄의 사수〉 공연을 보고 감명을 받아 자신이 무엇을 해야 할 것인가를 깨달았다. 그는 독일인에 의한 독일인을 위한 음악을 만들어 공연해야겠다는 자신의 미래 청사진을 그리며 라이프치히 대학에 입학하여 음악을 공부하면서 오페라 작곡가의 길을 걷기 시작하였다. 한편으로는 셰익스피어의 문학과 철학 서적을 관심을 갖고 열심히 독서하며 종합예술을 향한 기초를 다져 나갔다.

1833년 뷔르츠부르크의 합창 지휘자를 맡은 후 연이어 1834년에는 바트 라우크스테트Bad Lauchstadt에서의 공연을 앞둔 베트만Bethmann 극단의 음악감독으로 임명되었으며, 1836년에는 자신의 오페라에 출연했던 여배우 미나 플라너와 결혼하였다. 그러나 아내와의 불화와 자신의 오페라 공연마저 실패하여 엄청난 빚을 지게 되자 작곡 중이던 〈리엔치〉를 들고 배편을 이용하여 파리로 도망쳤다. 이때 항해 중 겪었던 엄청난 폭풍우는 그에게 〈방황하는 네덜란드인〉의 영감을 주었다. 파리에 머무는 동안 바그너는 리스트와 많은 파리의 음악가, 문학가, 화가 등 예술인을 만났으며, 이 기간이 그의 음악 인생에 중요한 전기가 되었다.

독일로 돌아온 바그너는 1842년 드레스덴 궁정 극장에서 〈리엔치〉를 공연하여 대성공을 거두었으며 다음 해에는 〈방황하는 네덜란드인〉을 공연하고 극장의 지휘자로 취임하기에 이르렀다. 1844년에는 〈탄호이저〉를 초연하였으며, 〈로엔그린〉의 작곡에도 착수하여 프랑스 2월 혁명의 해인 1848년에 완성하였다. 당시 독일은 오스트리아 제국의 지

〈니벨룽겐의 반지〉 공연 장면 (ⓒ월드아트오페라)

배하에 있었으며 프랑스 혁명의 바람을 타고 독립을 요구하는 드레스덴 혁명이 일어났다. 유대인을 싫어하고 독일 민족의 우수성에 대한 자부심이 대단했던 바그너도 독립운동에 적극 참여하였으나 혁명의 실패로 스위스 취리히로 망명하였다. 그곳에서 바그너는 자신을 도와주던 부유한 상인 오토 베젠동크의 아내 마틸데와 불륜을 저지르고 베네치아로 사랑의 도피를 감행하였다. 바그너는 이 연애 사건을 배경으로 〈트리스탄과 이졸데〉를 작곡하기도 하였다.

12년의 취리히 망명생활 동안 착수한 작품이 〈니벨룽겐의 반지〉이다. 이 대작은 4부(라인의 황금, 발퀴레, 지그프리트, 신들의 황혼)로 구성되어 있으며 하루에 1부씩 나흘 동안 매일 거의 4시간여를 공연해야 하는 거대한 작품이다. 1860년 정치적 사면으로 독일로 돌아왔으나 빚으로 3년 동안 이 도시 저 도시를 전전하던 중 1864년 바이에른의 젊은 국왕 루트비히 2세가 그를 초대하여 빚을 대신 갚아주고 뮌헨에 저택을 마련하여 주었다.

1868년 〈뉘른베르크의 명가수〉를 초연한 후, 작곡 중이던 〈니벨룽겐의 반지〉의 공연이 가능한 극장의 건축을 루트비히 2세에게 요청하여 그의 지원으로 바이로이트 극장을 건립하였다. 루트비히 2세는 자신이 평생에 걸쳐 건축한 디즈니랜드의 원조 같은 노이슈반슈타인 성의 내

바이로이트 축제 극장

부를 〈탄호이저〉와 〈로엔그린〉 그림으로 장식했을 정도로 바그너 음악의 애호가였다. 현재에도 노이슈반슈타인 성에서는 한여름이면 "바그너 음악제"가 열리고 있으며, 바이로이트 극장에서는 매년 "바이로이트 페스티벌"이 열려 전 세계의 바그너리안들이 흥분하며 몰려들고 있다. 이 페스티벌은 참여하는 지휘자, 연주자, 성악가가 바이로이트 음악가라는 영예의 호칭을 얻는, 지구촌 최대의 음악 축제 중 하나가 되었다.

그의 음악은 기존의 절대음악과는 달리 연극적 요소가 강하다. 음악 중심의 오페라와도 구분된다. 리스트가 '교향시'라는 장르를 개척한 것처럼 바그너는 극음악이라는 종합예술 장르를 탄생시켰다. 바그너는 음악을 독립적으로 보지 않고 음악과 미술, 무대 및 문학적 요소를 총망라한 종합예술로 간주하였으며, 내용은 모든 사람이 즐길 수 있는 신화적 요소에 인간 존재의 부조리를 극복하고 삶의 주인이 되는 인간승리를 반영하였다.

그의 음악은 관객을 디오니소스적 도취로 몰아넣으며 저항할 수 없는 매력으로 옴짝달싹 못 하게 하는 주술을 발휘한다. 그리하여 초인 사상을 주장한 철학자 니체는 〈트리스탄과 이졸데〉 공연에서 주술적 매력과 주인공들의 사랑의 열정을 보고 매혹되어 스스로 바그너리안 이라고 지칭하며 바그너에게 찬사를 보냈다. 그러나 바이로이트에서 〈니벨룽겐의 반지〉 공연을 본 그는 바그너의 반유대주의와 독재적 성향, 그리고 허무주의에 절망하여 결별을 선언하고 비판자로 돌아서 기도 하였다.

한편 바그너도 리스트처럼 스캔들이 잠잠할 날이 없었다. 바그너는 1865년 뮌헨에서 〈트리스탄과 이졸데〉를 지휘하던 자신의 제자이자 당대의 지휘자 한스 폰 뷜로의 아내이며 친구 리스트의 딸인 24세 연하의 코지마와 불륜을 맺고 1870년 그녀와 결혼하였다. 결혼도 하기 전에 이미 자녀가 셋이나 있었다. 그러나 자녀에 대한 사랑은 누구 못 지않아 아들 지그프리트가 태어나자 코지마의 33번째 생일날 이른 아침에 열다섯 명의 연주자를 이끌고 아내의 방 앞 층계에서 〈지그프리트 목가〉를 연주하고 생일 선물로 바쳤다. 바그너는 1882년 마지막 작품 〈파르지팔〉을 완성한 후 이듬해 베네치아에서 심장마비로 파란만장한 삶을 마감하였으며, 자신의 저택에 스스로 준비해 둔 정원의 묘에 묻혔다. 바그너가 세상을 떠난 후 부인 코지마, 장남 지그프리트 등이 시작한 바이로이트 페스티벌은 그의 후손들이 더욱 발전시키며 오늘날까지 이어오고 있다.

벨라 바르톡

🎵 벨라 바르톡

헝가리의 민속음악가이며 피아니스트인 바르톡은 오스트리아-헝가리제국의 대헝가리 지역 나지센트미클로슈에서 태어났으며 지금의 루마니아의 스니콜라우 마레에 해당한다. 본명은 바르톡 벨라 빅토르 야노시Bartok Bela Viktor Janos이다. 그는 리하르트 슈트라우스, 브람스 등 서유럽 음악가들의 영향을 받아 대편성의 관현악곡과 다양한 장르의 음악을 작곡하였다.

그에게 있어 음악의 전환점은 자신이 작곡한 오페라 〈푸른 수염 공작의 성〉이 정부에 의해 공연 금지된 이후부터이다. 이 일로 격분한 바르톡은 일체의 작곡 활동을 그만두고 평생에 걸쳐 민속음악 연구에 몰두하였다. 에디슨 축음기를 둘러메고 중부 유럽과 발칸 반도의 구석구석을 찾아다니며 민요를 채집하여 정리하였다. 그는 이전까지 집시의 타락한 선율이라며 멸시받아 온 민속음악에서 헝가리 농민들이 간직해 온 원형질을 발견하였고, 이를 정리하여 책을 5권이나 저술하였을 뿐 아니라, 스스로도 그러한 민속적이고 타악기적인 요소를 반영하여 작곡하였다.

바르톡은 베토벤 이후 실내악 장르의 가장 중요한 작품으로 평가받는 현악 사중주 6곡을 작곡하였으며, 특히 현악 사중주 1번은 그의 작품에 이러한 민속적 요소를 반영한 시발점이 되는 작품이기도 하다. 그는 평생에 걸쳐 14,000개에 이르는 민요 선율을 채집하였으며, 그의 대부분의 작품들에 녹여냈을 뿐만 아니라, 다수의 헝가리 농민의 노래, 루마니아 민속 춤곡 같은 토속적인 작품을 남겼다. 1923년에는 부다와 페스트의 합병 50주년을 기념하는 〈무용 모음곡〉으로 서유럽에서 성공을 거두었다. 그러나 바르톡은 인기에 얽매이지 않고 자신만의 불협화음, 불규칙한 리듬, 대담한 화성을 사용함으로써 스스로 구축한 독자적인 경지를 이해하지 못하는 청중과 서서히 멀어졌으나, 1936년 〈현악기와 타악기와 첼레스타를 위한 음악〉을 발표하여 서유럽과 고국의 음악 팬을 사로잡았다.

바르톡은 제2차 세계대전이 발발하자 나치에 대한 반감으로 독일에서의 콘서트나 악보 출판을 거부하였으며, 헝가리 우익 세력의 반감을 사게 되어 1940년 미국으로 떠났다. 그러나 미국 음악계의 냉대로 경제적인 어려움을 겪었으며, 백혈병이 발병하여 피아니스트로서의 활동마저 불가능해지자 당장의 생활도 어려운 처지로 내몰렸고 불행한 말년을 보냈다. 이러한 궁핍한 상황에서 같은 헝가리 출신의 지휘자 프리츠 라이너와 바이올리니스트 요제프 시게티는 새로운 음악을 찾고 있던 러시아 출신의 보스턴 심포니 오케스트라 지휘자 세르게이 쿠세비츠키에게 바르톡을 추천하였다. 이때 작곡한 곡이 〈오케스트라를 위한 협주곡〉이며 초연은 큰 성공을 거두었다.

그 이후 바르톡은 〈비올라 협주곡(후에 헝가리 출신으로 바르톡의 제자이자 비올리스트인 티보르 셸리가 완성))과 〈피아노 협주곡 3번〉에 착수하였으나 완성하지 못한 채로 1945년 뉴욕에서 사망하였으며, 1988년이 되어서야 부다페스트에 안장되었다. 그의 둘째 아들 페테르 바르톡은 미

민요 채집하는 바르톡 (ⓒ울산저널)

군에 입대하여 제2차 세계대전에 참전하였으며, 아버지의 작품을 레코드화할 목적으로 바르톡 협회라는 마이너 레이블 회사를 설립하여 바르톡의 작품을 알렸으며, 그가 제작한 많은 음반이 필청 음반으로 음악애호가들의 사랑을 받고 있다.

오케스트라를 위한 협주곡

바르톡이 미국으로 이민 온 이후 경제적 궁핍과 백혈병이라는 병마 속에서 작곡한 곡으로, 바르톡의 재능을 안타까워한 헝가리의 지휘자 프리츠 라이너와 바이올리니스트 요제프 시게티의 동료애와 독려 속에 탄생하였다. 다섯 악장으로 구성된 이 작품은 악장마다 독자적인 특성을 지니고 있어 다채롭게 감상할 수 있다. 어두컴컴하고 신비스러운 숲속으로 한 걸음 한 걸음 더 깊이 들어가는 기분이 들며 산속의 기운이 압도해온다.

이윽고 꿈에 보았던 신비한 세계가 눈앞에 부감법(그림을 그릴 때 위에서 내려다보는 위치에서 그린 그림)처럼 펼쳐지며 발걸음이 닿는 곳마다 밝고 경쾌한 다양한 모습의 세상이 나타나는 1악장에 이어 어린 시절의 재미난 짝패놀이에 집중하는 듯한 2악장이 뒤따른다. 이어 슬픔을 삼키는 비가에 이어 절규가 터져 나오고, 눈물마저 메마르고 절제된 비장한 장

송곡으로 마무리되는 3악장, 우아한 왈츠풍의 선율과 한편으로는 익살스럽지만 풍자와 조소의 느낌이 나는 해학적인 선율이 어우러져 얽히고 설킨 복잡한 심경을 얘기하고 차분하게 마무리하는 4악장, 지나온 세월은 추억으로 마음속에 간직하고, 헝가리, 루마니아 등 중앙 유럽의 민요를 삶에 대한 확신으로 승화시킨 밝고 화려한 선율과 리듬이 고조되는 가운데 팡파르를 울리며 마무리되는 곡이다. 극도로 어려운 처지에서 이처럼 절제된 감정의 표현과 다채롭고 색채감 있는 작품을 오선지 위에 그려낸 바르톡의 거장다움에 감탄할 뿐이다.

◎ 프리츠 라이너, 시카고 심포니 오케스트라, 1955
◎ 게오르그 솔티, 시카고 심포니 오케스트라, 1981

현악 사중주 1번

바르톡이 짝사랑한 슈테피 게예르Stefi Geyer와 밀접하게 연관되어 있는 곡이다. 그녀에게 보낸 연애편지에 첫 악장을 〈장송 행진곡〉이라고 칭했던 것을 보면 그가 짝사랑을 접겠다는 것인지(그게 마음대로 된다면?), 아니면 그녀를 향한 사랑의 불꽃으로 불타 죽을 지경이라는 것인지는 애매하나 시작부터 내밀하고 농밀한 연정이 느껴진다. 짝사랑은 누구도 눈치채지 못하게 해야 한다. 그러하니 가슴속에 사랑을 감추고 표정에 나타나지 않아야 한다. 청춘에게 가당키나 한 얘기인가? 듣다 보면 도입부부터 주체할 수 없는 진한 사랑의 불꽃이 활활 타올라 바르톡을 태워버리는 것 같다.

사랑의 열병을 앓으며 기다리던 답장이 왔나? 하루가 삼 년 같던 길고 긴 시간이 지나고 희망은 풍선처럼 두둥실 날아오르고, 가슴에는 꽃이 핀다. 다음에 만나면 무슨 말을 어떻게 할까? 옷은 뭘 입고 갈까? 그녀가 어떤 꽃을, 무슨 음식을 좋아할까? 저절로 휘파람이 나오고 발걸음은 캥거루 같다. 행복한 고민과 함께 마음은 꿈에 부풀어 있다. 민속 춤곡풍으로 시작하는 3악장은 즐겁고 흥겨운 기분이다. 경쾌하고 빠른 춤을 연상시키는 리듬이 반복되며 익살스럽고 즐거움이 물씬 느껴지는 리듬이 다채롭게 펼쳐진다. 빠른 템포의 리듬으로 격렬한 춤과 함께 피날레를 장식한다.

◎ 베그 현악 사중주단, 1954
◎ 타카치 현악 사중주단, 1996

필라델피아 사운드

유진 오르먼디 지휘하는 모습

바르톡을 생각할 때마다 유진 오르먼디Eugene Ormandy(1899~1985) 가 대비되어 떠오른다. 같은 헝가리 출신이며 또한 미국으로의 이주라는 공통점을 가지고 있으나, 바르톡은 말년까지 냉대 속에서 어려운 삶을 꾸려 갔던 반면, 오르먼디는 어렵게 시작한 미국 생활이었으나 적기에 나타난 기회와 도움으로 승승장구한 삶을 영위했기 때문이다. 바르톡이 나치에 반감을 가지고 미국으로 이주하여 어려운 생활을 하며 견딘 것과 달리 유진 오르먼디는 새옹지마 같은 기회가 주어졌다.

부다페스트 출신인 오르먼디는 부다페스트 왕립 음악원에서 명바이올리니스트 예뇌 후버이와 졸탄 코다이를 사사했으며 졸업과 동시에 교수 자격도 얻었다. 그는 독일 악단의 콘서트마스터이자 솔리스트로도 활약하며 유럽 순회공연을 하였다. 그러다 1921년에 미국에 연주여행을 갔는데, 공연을 주선한 매니저에게 속아 무일푼으로 낯선 땅 미국에서 오갈 데 없는 처지에 놓였다. 그에게 구원의 손길을 내민 사람은 헝가리 출신의 뉴욕 캐피털 극장 오케스트라 지휘자 에르노 라피Erno Rapee였으며, 그의 도움으로 오케스트라 단원으로 참여하게 되었다. 1924년 라피가 병으로 쓰러지자 콘서트마스터였던 오르먼디는 그를 대신하여 지휘대에 섰으며 1925년에 음악감독으로 취임하였다.

또한 그는 자신의 스케줄을 관리하던 아서 저드슨의 도움으로 컬럼비아 라디오 오케스트라, 뉴욕 필하모닉 오케스트라, 필라델피아 오케스트라를 객원 지휘하면서 크게 주목받게 되었다. 1931년에는 다시 저드슨의 도움으로 토스카니니를 대신하여 필라델피아 오케스트라를 지휘하는 기회를 얻었다. 이 공연에는 미니애폴리스 오케스트라(현 미네소타 오케스트라)의 상임 이사가 청중석에 자리하고 있었으며, 곧이어 공석이던 미니애폴리스 오케스트라의 객원 지휘자로 초청된 후, 상임 지휘자의 자리에 올라섰다.

미니애폴리스 오케스트라는 오르먼디 덕에 5년 동안의 철저한 훈련으로 정상급 오케스트라로 성장하였으며, 이를 눈여겨본 RCA빅터사는 그와 전속계약을 맺고 다수의 음반을 녹음하였다. 1936년에는 필라델피아 오케스트라 음악감독인 레오폴드 스토코프스키가 경영진과의 마찰로 사임을 발표하자 2년간의 부지휘자를 거쳐 상임 지휘자로 올라섰으며 1980년 계관 지휘자로 한발 물러나 이탈리아 지휘자 리카르도 무티에게 물려줄 때까지 40여 년간 오케스트라를 이끌었다.

그의 음악은 색채감이 풍부하다. "필라델피아 사운드"라는 단어가 생겨날 만큼 필라델피아 오케스트라의 음색은 무지갯빛처럼 화려하고 아름답다. 그 사운드에는 그가 40여 년 동안 단원들과 함께하며 바친 열정과 노력이 숨쉬고 있는 것이다. 그는 시작은 비참했었다. 그러나 필요시에 도움의 손길과 기회가 함께하며 그의 인생 여정을 밝혀갔다. 운칠기삼이란 이런 것인가!

졸탄 코다이

🎵 졸탄 코다이

　　헝가리 근대음악의 거장이며 바르톡과 함께 헝가리 음악을 이끌어온 작곡가 겸 교육자이다. 그는 바르톡과 함께 집시음악이 아닌 헝가리 농민들의 음악을 채집하여 현대화하였다. 주요 작품으로는 오늘날 바흐의 〈무반주 첼로 모음곡〉의 현대판으로 대우받고 있는 〈무반주 첼로 소나타 작품 8번〉, 헝가리 전설에 나오는 허풍쟁이를 주인공으로 하여 작곡한 오페라 〈하리 야노스〉와 합창곡 〈헝가리 시편〉 등이 있다.

　　특히 그는 음악교육에도 많은 관심을 보였고 헌신하여 뛰어난 작곡가와 교사를 양성하였으며, 민요 연구 분야에서 조직적이고 과학적인 체계를 수립하였다. 그는 이 연구에

졸탄 코다이와 벨라 바르톡 그리고 헝가리 사중주단

서 얻은 결과를 바탕으로 음악교육 개혁을 추진하였으며, 영유아가 어릴 때 말을 배우는 원리를 적용하여 생활 가운데에서 자연스럽게 음악을 배우는 방법을 창안하였다. 특히 노래 부르기는 자신의 목소리를 자유롭게 사용할 수 있으므로 음악 학습의 기본으로 간주하여 합창을 우선시하였다. 그는 음악학자답게 모국어의 억양과 국민적 요소를 담고 있는 민요를 바탕으로 리듬과 손기호의 사용 등 체계적인 교육 자료도 편찬하여 음악교육 방법을 제시하였다. 이는 오늘날 헝가리 음악교육의 근간이 되었으며, 세계적으로 알려진 "코다이 음악교육법"의 핵심으로 자리 잡았다.

하리 야노스 모음곡

헝가리판 "돈키호테"이다. 코다이가 헝가리 민담에 나오는 허풍쟁이 늙은 병사 "하리 야노스Hary Janos"의 이야기를 오페라로 작곡한 후 6곡을 발췌하여 모음곡으로 만든 것이다. 오페라의 줄거리는 하리 야노스 노인이 순진한 마을 사람들에게 자기도취의 공상을 얘기하는 내용으로 구성되어 있으며 마지막 장면에서는 그를 찾아온 늙은 아내에게 잔소리와 함께 끌려가고, 허풍은 와르르 무너지며 끝을 맺는다. 오페라의 내용을 간단히 살펴보면, 나폴레옹 전쟁 시기인 19세기 초엽 무렵, 하리 야노스가 시골 주막에서 사람들에게 그의 모험담을 늘어놓기 시작한다. 그는 멋진 신사여서 여자들에게 인기가 많으나 그에게는 예쁘고 사랑스러운 외르제Oreze라는 연인이 있다.

어느 날 오스트리아와 러시아의 국경에 마차가 도착하고 수비대가 마차를 가로막는다. 마차 안에는 합스부르크가 프란츠 2세 황제의 딸인 마리 루이즈와 나폴레옹이 타고 있다. 하리 야노스의 도움으로 마차

는 국경을 무사히 통과하고 마리 루이
즈는 감사의 표시로 그를 빈 궁전으로
데려간다. 그 사이에 나폴레옹은 오스
트리아를 침공하고 계속해서 패배만
하던 오스트리아군은 하리 야노스의
출전으로 밀라노에서 나폴레옹군을
대파하고 빈으로 개선한다. 전쟁의 승
리로 하리 야노스는 오스트리아 대십
자훈장을 받을 뿐만 아니라 마리 루이

마리 루이즈

즈의 청혼마저 받는다. 그러나 그는 청혼을 거절하고 외르제가 기다리
는 고향으로 돌아가 유유자적하겠다며 황제의 허락을 받고 돌아와 성대
한 결혼식을 올리고 행복한 생활을 한다. 이상이 하리 야노스의 무공담
이다. 이야기가 끝날 무렵 쪼글탱이 할망 외르제가 하리 야노스를 부르
며 찾으러 온다.

모음곡은 모두 6곡으로 구성되어 있다.

1곡(전주곡 - 이야기의 시작)

형가리 속담에 듣는 사람이 재채기를 하면 상대방의 이야기가 사실
이라는 속설이 있다. 먼저 에취 소리가 들리며 시작된다. 본격적으로 얘
기를 시작하기 전, 에헴 하며 이야기의 무게감과 신뢰감을 더해 주는 것
처럼, 더블베이스와 첼로가 위엄 있게 시작하며 궁금증을 유발하는 것
같다. 이어 마을 사람들이 고개를 앞으로 내밀며 숨죽이고, 귀를 기울이
며 이야기에 점점 빠져들고, 승리감을 나타내는 듯한 팡파르가 울린 후
민요풍의 선율로 마무리된다.

2곡 (빈의 음악시계)

개선의 모습이다. 나폴레옹군을 무찌르고 개선하는 하리 야노스의 군대가 빈에 입성하자 음악시계가 여기저기 울리며 빈풍의 경쾌하고 활기찬 행진곡을 연주한다.

3곡 (노래)

비올라가 연가를 구슬프게 노래한다. 이어 클라리넷과 침발롬이 이어받으며 신비스러운 분위기를 연상시키고, 하리 야노스와 외르제의 사랑을 더욱 성스럽게 노래한다. 코다이가 채집한 인도와 중국이 혼합된 메소포타미아 음악풍의 선율이 묻어난다.

4곡 (전쟁과 나폴레옹의 패배)

전쟁이 시작도 전에 끝났나? 큰북과 심벌즈의 진군 리듬에 이어 트롬본 팡파르가 울리며 진군한다. 이어 격렬한 전투가 군악대의 울림 속에서 진행된다. 전세가 이미 기울었나? 전투가 벌어지는가 싶더니 곧장 나폴레옹의 패배를 알리는 장송 행진곡으로 바뀐다.

5곡 (간주곡)

바이올린 독주용으로 편곡된 익숙한 곡으로, 물결치는 듯한 느낌이 나는 헝가리 무곡풍의 음악이 푹 빠져들었던 이야기로부터 한숨을 돌릴 여유를 준다. 중간부의 호른이 이끄는 여유 있는 선율이 긴장을 풀어준다.

6곡 (황제와 신하들의 입장)

황제와 신하들이 입장하는 모습이 위엄보다는 장난스럽다. 뭔가 허세만 잔뜩 부리는 황제, 아첨하는 신하, 황제와 신하를 비꼬는 연극이 떠오른다. 관객은 황제 모르게 배꼽을 잡는다. 어차피 허풍스럽게 꾸며낸 이야기 아니던가. 한바탕 소동이 지나간 듯하다.

◎ *이반 피셔, 부다페스트 페스티벌 오케스트라, 1998*
◎ *안탈 도라티, 헝가리 필하모닉 오케스트라, 1973*

삼인문년

허풍도 어느 정도 현실성이 있는 이야기에는 깊이 빨려 들어가며 귀를 쫑긋하게 된다. 결국 끝은 허탈한 웃음으로 끝나지만, 이야기가 진행되는 과정에서는 사뭇 진지하고 집중하게 된다. 하리 야노스의 이야기처럼. 그러나 동양의 허풍은 좀 스케일이 다르다. 「적벽부」로 유명한 중국의 시인 소동파가 쓴 「동파지림」에 나오는 "삼인문년三人問年"을 보자. 세 신선이 서로 나이 자랑을 한다. 꼭 나이로 서열을 가리는 우리와 같다. 심지어는 우리나라 나이인지 만 나이인지를 따지던 시절도 있었으니. 신선도 나이를 따지는 것을 보니 동네 정자에서 만날 것 같은 노인들과 별반 다르지 않나 보다. 하기야 머리와 수염이 백발로 변할 때까지 장수하신 노인이면 세상만사에 통달한 신선이지 않을까?

첫 번째 신선 왈: '나는 나이를 기억하지는 못하지만 어렸을 때 반고* 하고 친하게 지냈지' 하며 하늘 쪽을 가리킨다.

. . . .

* 반고: 중국 신화에 나오는 천지를 창조한 신으로, 알에서 태어나 18,000년 동안 잠만 자다가 부쩍 자라 혼돈을 하늘과 땅으로 나누어 세상을 창조한 신이다. 죽음이 임했을 때 그의 한숨은 풍운이 되고, 목소리는 뇌정이, 두 눈은 태양과 달로, 사지오체는 산맥으로, 혈맥은 강줄기로, 근맥은 도로로, 살갗은 논과 밭으로, 머리카락과 수염은 별자리로, 피부는 초목으로, 이와 뼈는 보석으로, 땀은 비와 이슬로 변해 자신을 모두 바쳐 이 세상을 풍요롭고 아름답게 창조하였다.

두 번째 신선 왈: '그럼 자네는 아직 애기구먼. 나는 상전벽해가 될 때마다 나뭇가지 하나씩을 집 안에 쌓았는데 지금 열 칸 집을 가득 채웠어' 하며 집을 가리킨다.

장승업, 『삼인문년도』
(ⓒ한국민족문화대백과사전)

세 번째 신선 왈: 그는 3,000년에 한 번 열매를 맺는다는 서왕모가 사는 요지의 천도복숭아를 가리키며 '내가 한 번 먹을 때마다 씨를 뱉었는데 그것이 쌓여서 곤륜산(지금의 히말라야)이 되었어'.

그럼 허풍이 아닌 우리의 역발산기개세_{力拔山氣蓋勢}를 느껴보자.

> 하늘은 이불, 땅은 요, 산은 베개
> 달은 촛불, 구름은 병풍, 바다는 술독
> 크게 취해 거연히 춤을 추고 싶어지는데
> 장삼 자락이 곤륜산에 걸릴까 걱정이 되네.

진묵대사,
부여 무량사 우화궁 주련
(ⓒdoopedia)

제오르제 에네스쿠

제오르제 에네스쿠

만능 재주꾼. 바이올리니스트이며 작곡가이고, 피아니스트이며 지휘자, 교육자였던 제오르제 에네스쿠는 루마니아의 리베니에서 태어났다. 루마니아 작곡가 중 가장 잘 알려져 있으며 조국의 화폐에도 그의 초상이 사용될 정도로 존경받는 예술가이다. 네 살에 바이올린을 연주하고, 일곱 살에 빈 음악원에 입학하였으며, 열세 살에는 파리 음악원에 특별 선발되어 그곳에서 마르시크에게서 바이올린을, 타이스 명상곡으로 유명한 쥘 마스네, 모리스 라벨, 나디아 불랑제 등을 길러낸 가브리엘 포레에게서 작곡을 배운 후 열아홉 살에 바이올린으로 1등 상을 받고 졸업하였다.

그 후 바이올린 명연주가로 활동하였으며, 미국의 필라델피아 오케스트라와 뉴욕 필하모닉 오케스트라를 지휘하기도 하였고, 파리 음악원 교수 시절에는 바이올리니스트 예후디 메뉴인을 길러내기도 하였다. 바이올리니스트로서 에네스쿠는 바흐 해석에 탁월하였는데, 특히 폴란드 태생 바이올리니스트들의 지표인 이다 헨델은 에네스쿠의 바흐 해석에서 심오한 감명을 받아, 다른 바이올리니스트의 연주를 들을 때에 에네스쿠의 잣대로 평가해 보면, 만족스러운 적이 없다고 술회하였다.

에네스쿠는 루마니아의 전통음악과 서유럽의 음악을 접목하여 독창적인 음악을 창조함으로써 자신만의 음악세계를 구축하였으며, 이후의 루마니아 음악가들에게 새로운 음악의 창을 활짝 열어 주었다. 파블로 카잘스는 그를 가리켜 "모차르트 이래 가장 위대한 음악가 중 하나"라고 불렀으며 에네스쿠 자신도 친구에게 "머릿속에 있는 음악을 모두 오선지에 옮기려면 수백 년은 걸릴 걸세"라고 말했으나 옮겨 적은 작품은 33곡에 불과해 아쉬움을 남긴다. 그는 프랑스와 루마니아를 오가며 작곡 및 교수 활동을 지속하였으나 제2차 세계대전이 끝나고 루마니아가 소련에 의해 공산화되면서 귀국을 포기하고 파리에서 거주하며 작곡 활동을 이어갔으며, 1955년에 그곳에서 사망하였다.

루마니아 랩소디 1번

클라리넷이 멀리서 실바람에 실려 오는 목동의 풀피리 소리 같은 선율을 노래하고, 이어지는 오보에와의 합주가 부드럽게 목가 마을의 아침을 노크한다. 루마니아의 초원에 영롱한 이슬이 반짝이며 날이 밝아 오고, 아침 일찍부터 양 떼들은 풀을 뜯고 농부는 밭을 일구고, 팔을 반쯤 걷어 올린 아내는 젖을 짜서 양동이에 담아 옮긴다. 오늘은 마을 축제의 날. 서둘러서 일을 마치고 축제에 가야 하니 마음이 설레고 분주하다. 바쁘게 하루 일을 끝낸 농부들이 모여들어 서로서로 반갑게 포옹하고, 바구니에 호밀빵을 가득 담은 아낙들이 도착하며 축제가 시작된다.

사랑스러운 선율에 맞추어 농부들이 손을 잡고 원무를 추고, 화려한 의상의 아가씨와 긴 부츠를 신은 청년들은 연인들의 손을 잡고 차례를

바르톨로메오 피넬리, 『Saltarello Romano』

기다린다. 두근거리는 소리가 비올라의 아름다운 선율을 타고 맞잡은 손으로 전해진다. 이어지는 현란한 음악에 젊은이들이 한 쌍씩 멋진 춤 솜씨를 뽐내고 어른들은 박수로 화답하며 축제는 무르익어간다. 아름다운 빛깔의 춤곡에 맞추어 마을 사람 모두 함께 다채롭고 경쾌한 춤들을 선보이는 가운데 루마니아 동화 속 시골 마을 축제의 밤이 깊어 간다.

 -

◎ 안탈 도라티, 런던 심포니 오케스트라, 1960
◎ 세르주 첼리비다케, 제오르제 에네스쿠 필하모닉 오케스트라, 유튜브

빨강

로마인의 땅, 루마니아
는 우리에게는 좀 낯선
나라이기도 하다. 그리
고 공포의 대상이기도
하고 호기심의 대상이기
도 한 드라큘라의 나라
이기도 하다. 빅토리아
시대 영국 소설가 브람

드라큘라 백작이 살았다던 루마니아 '브란 성'

스토커가 1897년에 출간한 소설 「밤피르 공 *Prince Wampyr*」이 그 시작이다.
스토커는 우연히 루마니아의 역사를 보다가 블라드 체페슈 공의 이야

에곤 실레, 『추기경과 수녀』

기를 읽게 되었으며 그 이름
이 마음에 들어 제목을 "드
라큘라"로 바꾸었다.

블라드는 오스만튀르크 제
국의 군대를 물리친 용장이
나, 포로를 잔인하게 처형한
인물로 알려져 있다. 그는
"드라큘"이라는 이름도 가

지고 있었으니, 이는 아버지가 받은 "드라
큘(용)"이라는 작위를 자랑스럽게 생각해
사용했기 때문이었다. 여기에 누구누구의
아들을 뜻하는 루마니아어의 a(e)를 붙여
"드라큘라"라고 불리게 되었다. 밤피르는
영어의 뱀파이어_{Vampire} 즉 흡혈귀를 뜻하
며 대표적인 흡혈귀가 드라큘라이다.

우리는 피의 색, 빨강을 만나면 멈칫한다.
길거리의 금지 표시는 모두 빨강이고, 홍
등가의 표시판도 빨강이다. 생명력도 빨

앙리 드 툴루즈 로트레크,
『물랭루즈, 라 굴뤼』

강이고, 관능과 유혹도 빨강이며, 광기도 빨강이고, 그리스도의 피도
빨강이다. 심지어 열광의 붉은 악마도, 몽마르트르의 물랭루즈는 순
교자의 언덕에 세워진 빨강 풍차이다. 빨강의 세계는 이성을 마비시
키고 치명적이다. 금지하고 유혹한다. 생명의 원천이지만, 부족하거
나 넘치면 태워버리는 불과 같은 색이다. 드라큘라에게 붉은 피를 흡
입 당하면 죽지만, 그럼에도 인간은 빨강에 유혹된다. 드라큘라의 성
이 무섭지만 보고 싶은 이유이다.

아르보 패르트

🎵 아르보 패르트

에스토니아의 국보급 작곡가인 아르보 패르트는 발트 3국 중 가장 북단인 에스토니아의 파이데에서 태어났으며 수도에 위치한 탈린 음악원에서 공부하였다. 그가 공부하며 활동하던 시기에 에스토니아는 냉전 시대의 소련 체제하에 있었기 때문에 서방의 문물을 접할 기회가 많지 않았으나, 그나마 다행으로 방송국에 근무하던 패르트는 불법 유통되던 테이프나 음반을 통해 서유럽의 음악을 접할 수 있었다.

소련 작곡가인 프로코피예프나 쇼스타코비치의 영향으로 신고전주의 작품을 주로 작곡하던 패르트는 1968년 크레도$_{Credo}$(사도신경)를 작곡하여 대중의 호평을 얻었으나, 당국은 종교 색채의 음악에 적대적이어서 그를 탄압하였으며 이때부터 8년 동안 거의 침묵의 시기를 보내게 되었다. 패르트는 이 기간을 중세 모노폴리(단선율)의 그레고리오 성가와 러시아 정교회의 폴리포니(다성음악)를 공부하는 시기로 활용하였으며, 이전과는 완전히 다른 새로운 접근을 시도하여 작은 종이라는 뜻의 틴틴나불리$_{tintinnabuli}$(종의 울림)라는 자신만의 독자적인 음악 양식을 창조해냈다. 과거 시를 낭송하듯이 가사를 노래하는 중세 수도원이나 정교회의 찬트처럼 "틴틴나불리"는 매우 느리고 명상적인 특징을 띄고 있다.

그의 음악은 물질문명의 화려함과 다채로움을 벗어버리고 영성, 초월, 해탈, 명상과 관조를 통하여 마음의 안식을 주는 영적 미니멀리즘의 정수를 보여준다. 소련 당국의 감시와 탄압으로 경제적 어려움을 겪던 패르트는 1980년 유대계인 부인 노라와 두 아들과 함께 오스트리아로 이주한 후 독일 단체의 지원으로 서베를린에 정착해서 적극적으로 작품을 녹음하고 세계적 명성을 쌓아 갔으며, 2010년 조국 에스토니아로 돌아왔다.

거울 속의 거울

패르트가 오랜 기간 침묵의 시기를 지나 내놓은 영적인 음악인 〈거울 속의 거울Spiegel im Spiegel〉은 1978년 러시아의 지휘자이며 바이올리니스트인 블라디미르 스피바코프의 의뢰로 작곡한 곡으로서 그의 영적 미니멀리즘이 잘 나타나 있는 곡이다. 분주하고 복잡다단한 세상살이에 지쳐 기댈 곳을 찾는 현대인을 순수하고 부드럽게 껴안으며 마음의 평화를 주는 그런 음악이다.

음악은 청각을 자극하는 예술이라 오감을 막고 즉 눈을 감고 들어야 제맛인데 이 곡이 더욱 그렇다. 거추장스러운 모든 화려함을 벗어버리고 최소한의 선율로 영혼을 어루만지는 음악. 눈을 감는 순간 간단한 음표 하나가 물방울처럼 톡 하고 떨어지며 나의 영혼에 번져 나가기 시작한다. 심장을 거쳐 팔과 다리로 그리고 머리까지 온몸을 내 영혼이 가득 채운다. 느리지도 서두르지도 않고 나의 숨과 조화를 이루어 말없이 나란히 걸으며 거울 속의 나를 보여준다. 파란 하늘, 맑은 물 같은 순수함과 단순함을 등지고 휘황하고 기름진 것을 탐하며 허둥대는 나의 모습이 보인다. 아무리 손을 휘둘러봐도 손가락 사이로 빠져나가는 바람처럼 허망한 삶에 스스로 지쳐버린 모습이다.

거울 속의 거울에 비치는 나의 모습을 참회하며 단순하고 조용한 음악으로 닦아내어 본다. 부끄럽고 욕된 내 모습을 지우니 참 내가 슬픈 자화상처럼 나타난다(윤동주, 「참회록」). 검은 때 가득한 얼굴이 음악과 함께 녹아내리며 조금씩 맑게 변해가고 마음도 점차 정화되어 간다. 모든 번뇌가 사라지고 오롯이 내 순수한 영혼만이 명상에 잠기어 편안한 안식을 느끼며 조금씩 회복되어감을 느낀다. 이렇게 담백하게 살아야 하는 것을 왜 그렇게 바쁘고 욕심내며 살았을까? 후회가 밀려온다. 깨끗하게 정화된 내 모습이 거울에 반사되어 자화상처럼 보인다. 원곡은 바이올린곡으로 작곡되었지만 비올라나 첼로로도 자주 연주되며 중후한 첼로 연주도 마음을 사로잡는다.

◉ 타스민 리틀, 바이올린, 마틴 로스코, 피아노, 1993
◉ 벤자민 허드슨, 비올라, 위르겐 크루제, 피아노, 유튜브
◉ 레온하르트 로크체크, 첼로, 헤르베르트 슈흐, 피아노, 유튜브

色卽是空空卽是色

우리는 현실세계에서 살아가기 위해서 갖가지 실체와 부딪치며 고단한 삶을 영위하고 있다. 키르케고르나 니체가 주장하듯이 인간은 본질적으로 무한과 유한, 영원과 시간, 자유와 필연 사이에서 분열할 수밖에 없는 나약한 존재로서 절망에 이를 수밖에 없다. 나는 바른길이라고 믿고 살아가지만 타인에게는 다른 진리가 있다. 결국 나는 서로 다른 진리의 방식에 좌충우돌하게 되고 결국은 세상 앞에 혼자 외로이 서 있는 단독자에 불과하다. 내부에는 불만과 분노가 쌓이며 르상티망(복수심)을 분출하려 하지만 이것마저도 마음속의 초자아에 의해 제어되며 절규할 수밖에 없는 것이다. 즉 절망의 병에 멍들어가며 힘겹게 삶을 영위해 가는 셈이다. 이러한 고통에서 한시라도 벗어나기 위해 음악도 듣고, 그림이나 영화도 보고 책도 읽어 보지만 본질적인 치유는 아니다.

이때 초월적인 삶으로 우리에게 길을 제시한 동양 사상가들의 지혜가 생각난다.

반야심경(마하(큰) 반야(지혜의) 바라밀다(완성을 위한) 심경(정수를 담은 경전)의 약칭)은 석가모니 부처와 제자 사리자와의 대화 형식으로 되어 있는 260여 자로 구성된 짧은 경전으로, 그중에 나오는 다음의 대화가 반야심경의 핵심이라고 할 수 있다.

舍利子 色不異空 空不異色 色卽是空 空卽是色 受想行識 亦復如是

사리자, 색불이공 공불이색 색즉시공 공즉시색 수상행식 역부여시

(사리자여, 물질이 공과 다르지 않고, 공이 물질과 다르지 않으며, 물질이 곧 공이요, 공이 곧 물질이다. 느낌, 생각과 행함, 의식 또한 그러하니라.)

노장사상에서의 道와 비슷한 것 같다.

道可道非常道 名可名非常名

도가도비상도 명가명비상명

(도라고 말해질 수 있는 도는 진정한 도가 아니고, 이름 지어질 수 있는 이름은 진정한 이름이 아니다. _ 노자, 「도덕경」 1장)

道常無名

도상무명

(도는 늘 이름이 없다. _ 「도덕경」 32장)이고,

道冲…似萬物之宗

도충…사만물지종

(도는 통나무처럼 텅 비어 있어서 만물의 근원 같다. _ 「도덕경」 4장)

두 사상 모두 비움을 말하는 것 같다. 인간의 고통은 외부가 아니라 자신의 내부에 있으므로 있는 그대로를 긍정하고 자신을 비워야 한다고 말하고 있는 것이다. 인간은 자신의 내부를 들여다보지 않고 외부의 목적을 추구(위爲)하기 때문에 이로부터 번뇌가 발생한다. 이를 극복하기 위해서는 자연이 그러하듯이 추구하지 말고 비우고 순응(무위無爲)하

며 살아갈 것을 주문한다. 그러면 인생의 고통 즉 윤회의 고통인 생노병사生老病死와 감정(七情: 喜怒哀懼愛惡欲(희노애구애오욕), 기쁨/노여움/슬픔/두려움/사랑/미움/욕망)으로부터 벗어날 수 있음을 말한다. 爲無爲 즉 無不治, 함이 없으면 즉 마음을 비우면 다스려지지 않는 것이 없으므로 자유케 되리라.

녹야원에서 5비구에게 최초 설법 (ⓒ불교신문)

술칸 친차제

♫ 술칸 친차제

    조지아(구 그루지야)의 고리Gori에서 태어난 친차제는 수도 트빌리시와 소련의 모스크바 음악원에서 첼로를 공부하였으며, 졸업 후에는 현악 사중주단의 멤버로 활동하였다. 그는 오페라, 발레, 협주곡 등 여러 장르의 음악을 작곡하였으나 가장 중점을 두었던 분야는 조지아 민속음악에 바탕을 둔 현악 사중주를 위한 작품들이었다. 친차제는 평생에 걸쳐 민속 선율에 기반한 사중주곡을 작곡하여 연주하였으며, 체임버 오케스트라를 위한 곡으로 편곡하기도 하였다. 그의 음악은 조지아의 민속적 요소가 살아 숨 쉬며, 소박하고 빛바랜 아늑함이 있는 색채감을 느끼게 해 준다.

    현악 사중주를 위한 미니어처*Miniatures for String Quartet*
    이 곡은 친차제가 평생에 걸쳐 채집한 조국 조지아의 민속 선율을 기반으로 작곡한 현악 사중주를 위한 곡들이며, 실내 관현악 버전으로 편곡하기도 하였다. 캅카스 지방의 노래와 춤, 풍속, 자연을 묘사하였으며,

이국적이면서도 친숙하게 느껴지는 정감 어린 곡들이다. 친차제가 작곡한 많은 미니어처들 중에서 대표적인 몇 곡만 소개해 본다.

Suliko(사랑의 노래)

감미롭고 애원하는 듯하다. 사랑하는 사람에게 '나의 사랑을 받아주오' 하듯이 눈을 지그시 감으며 노래로 간절한 마음을 전한다.

Sachidao(전사의 춤)

씨름 경기가 시작됨을 알린다. 마주한 상대방이 서로를 응시하더니 한쪽 선수가 당당히 걸어 나와서 상대 선수를 응시하고 격렬한 춤을 추며 기선제압을 시도한다. 긴장감이 도는 가운데 상대방도 맞대응하며 춤이 이어진다. 전장의 북소리에 맞추어 힘겨루기가 이어지고 드디어 한쪽이 호미걸이에 넘어지며 경기가 쉽게 끝나버린다.

Rural Dance(농민의 춤)

추수가 끝났나? 농촌 마을에 축제가 벌어지는 모양이다. 걸쭉한 포도주를 마신 콧수염과 흰 머리의 농부들 얼굴에는 얼큰하게 취기가 올라오고, 민속 리듬에 맞추어 수확의 기쁨을 나타내는 춤을 흥겹게 추고 있는 것 같다.

Zoli gamididgulda(잔소리꾼 마누라)

처음에는 신경질적이지만 그나마 화를 참으며 나긋나긋 조용하게 시작한 마누라의 잔소리. 점차 톤이 높아지더니 갑자기 말이 꼬일 정도로 끝도 없이 속사포처럼 쏟아내고는 부엌으로 사라진다. 세상의 원칙은 어느 곳이나 비슷한 것 같다.

Firefly(개똥벌레)

언덕 위에 어둠이 내리고, 사방은 조용하고, 부드러운 바람이 흐르는 낭만적인 저녁이다. 멀리서 깜깜한 하늘에 개똥벌레가 밝은 불빛을 그으며 이리저리 날아다닌다. 여름밤의 정경이 평화롭고 아름답기만 하다.

◎ *아비 아비탈, 만돌린, 2016 제27회 이건음악회 음반*
◎ *아리엘 주커만, 잉골슈타트 조지아 실내악단, 2010*

조지아

칸카스 지역(또는 코카서스 지역)에 위치한 나라로 흑해와 카스피해 사이에 위치한 국가이다. 아제르바이잔, 아르메니아와 칸카스 연방공화국을 이루고 있었으나 볼셰비키 혁명 이후 소련에 귀속되었으며, 1991년 소련의 해체와 함께 세 개의 국가로 독립하면서 러시아어 이름인 "그루지야" 대신 "조지아"로 국호를 변경하였다. 조지아라는 이름은 기독교의 14성인 중 한 명인 "성 게오르기우스(4세기경)"의 이름에서 비롯되었다고 전해오고 있다.

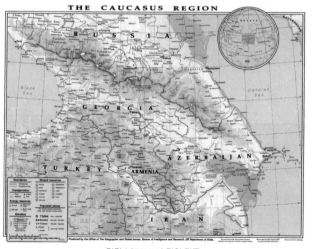

칸카스(코카서스) 지역 지도

코카서스 산맥

카파도키아 출신의 게오르기우스 성인은 용에게 제물로 바쳐진 공주를 구하고 복음을 전한 것으로 유명하다(출처: 보라기네의 야코부스, 「황금 전설」). 조지아는 북으로는 유럽에서 제일 높은 옐브루스산이 위치한 캅카스산맥을 경계로 체첸공화국과 대치하고 있으며, 아래쪽 남으로는 아라라트산이 위치해 있다. 그리스 신화에 따르면 옐브루스산은 아프리카 북부의 아틀라스산과 기둥을 이루어 세상을 떠받치고 있으며, 인간에게 불을 전해준 프로메테우스가 사슬에 묶여 독수리에게 간을 쪼아 먹히던 곳인 코카서스산이다. 남쪽의 아라라트산은 현재 터키에 위치한 곳으로 구약시대에 하나님이 세상을 심판하기 위하여 40일 동안 밤낮으로 비를 쏟아부을 때, 노아가 방주를 만들어 그의 가족과 한 쌍씩의 동물을 싣고 물 위에서 표류한 후 멈춘 곳이다.

오늘날 포도의 주요 생산지는 서유럽과 북미, 칠레 등이나 원산지는 카스피해 부근이며 새가 씨를 물어 지중해 연안으로 퍼뜨린 것이 아닌가 싶다. 와인 제조 역시 캅카스 지방에서 시작되어 메소포타미아와 이집트로 전해졌다(이집트에서는 태양신 "라"가 사람의 피를 탐하는 "하토르" 신으로부터 사람들을 지키기 위해 만들었다고도 하며, 다른 일설에는 여신 "이시스"의 남편이자 태양신인 "호루스"의 아버지인 농경의 신 "오시리스"가 백성을 위해 만들었다는 설도 있음. 출처: 프레이저, 「황금가지」). 포도 넝쿨은 조지아의 상징으로 회화 및 건축 등의 예술작품에서 많이 사용된다.

조지아는 소련 시절에도 다른 연방과는 달리 조지아어를 제1 공용어로 사용하였으며, 그 표기에서 포도 넝쿨 형상이 떠오르는 것은 포도 재배와 와인 제조가 여기에서부터 시작된 것이라는 사실을 뒷받침하는 것 같다. 현재는 세계적인 피아니스트 카티아 부니아티쉬빌리, 바이올리니스트 리사 바티아쉬빌리 등이 활발히 활동 중이며 그루지야의 카라얀이라 불렸던 잔수크 카히제(1935~2002) 등 유명 음악가를 배출하고 있다.

조지아 알파벳

알렉산드르 보로딘

🎵 알렉산드르 보로딘

1833년 러시아 상트페테르부르크에서 태어난 보로딘은 러시아 국민악파의 일원으로 활동하였다. 상트페테르부르크 대학에서 의학과 화학을 전공하고 1859년 하이델베르크 대학에 유학하던 중 만난 아내는 병약하여 계속 간병를 해야만 했다. 그는 상트페테르부르크 화학과 교수로 재직 시 발라키레프를 만나 작곡을 배우고, 교수와 아내 병간호 중에도 틈틈이 작곡을 병행하는 "일요 작곡가"로서, 교수로서, 그리고 국민악파로서 1인 3역을 감당해 내었다.

특히 국민악파 5인조 중 무소르그스키가 피아노곡에, 림스키코르사코프가 관현악곡에 충실한 반면 보로딘은 실내악곡에 중점을 두어 〈현악 사중주 1, 2번〉, 〈피아노 오중주〉와 〈육중주〉 등을 남겼다. 이외에도 교향적 스케치 〈중앙아시아의 초원에서〉를 미완성으로 남겼으나 나중에 림스키코르사코프와 글라주노프가 편곡하여 완성한 오페라 〈이고리 공〉이 있으며, 특히 〈이고리 공〉 중 〈폴로베츠인의 춤〉은 따로 발췌되어 단독으로 자주 연주되는 곡이기도 하다. 〈교향곡 1, 2번〉을 작곡하고 〈3

번〉은 완성하지 못한 채 미완성으로 남았으며, 그중 〈교향곡 2번〉은 프란츠 리스트의 격찬과 도움으로 그의 이름을 널리 알리게 되었다.

현악 사중주 2번

이처럼 우아하고 절제된 사랑의 표현이 있을까? 넘치지도 부족하지도 않은 사랑의 감정이 처음부터 끝까지 지배한다. 그래도 선율에는 사랑의 설렘과 서정이 물씬 배어 있다. 홀로 앉아 음악을 켜고 듣는 보로딘의 현악 사중주는 가슴을 따뜻하게 하고 촉촉이 적셔준다. 유망한 피아니스트였던 아내 예카테리나 프로토포포바의 20번째 생일을 축하하기 위해 작곡한 곡으로 아내에 대한 애틋한 마음이 가득 담겨 있다. 병약했던 아내에 대한 애정을 담아 그녀와의 첫 만남의 설렘, 그리고 밀어를 속삭이는 모습, 아내의 병에 대한 안타까운 한숨과 더불어 아내와 부드럽게 발을 옮기며 춤도 추어 보고, 한층 고양된 사랑의 감정이 격정으로 찾아오기도 한다.

유명한 3악장 〈녹턴〉은 어떤가? 여름밤 하늘에는 무수한 별이 빛나고 풀 향기를 품은 비단결같이 부드러운 바람이 살랑거리며 몸을 스친다. 말없이 하늘의 별을 바라보고 있지만 맞잡은 손과 마음은 사랑스러움을 가득 담아서 아내에게로 전해진다. 사랑의 세레나데를 타고 밤 내음이 물씬 풍기며, 별들이 그들의 사랑을 반짝반짝 빛내주고 있는 것 같다. 첼로의 저음이 사랑의 깊이를 더하고 숲속에서는 정령과 요정들의 움직임이 밤의 고요함을 깨고 여름밤의 신비함을 더해준다. 아름다운 사랑의 여름밤이다.

◎ 보로딘 현악 사중주단, 에든버러 페스티벌 실황 1962, 녹음 1980

중앙아시아 초원에서

가슴이 확 트인 느낌이다. 바다에서 느끼는 것과는 다른, 끝도 없이 펼쳐진 초원과 사막에서 느끼는 그런 시원스러움이 가슴을 뻥 뚫리게 한다. 끝이 없을 듯한 광활한 중앙아시아 평원의 지평선이 현의 황량함 위에 나지막한 클라리넷과 호른 소리에 의해 희미하게 드러난다. 멀리서 말과 낙타의 발굽 소리와 대상들의 모습이 가물거리는 열기 위에 나타나고, 드넓은 초

카지미르 말레비치, 『말 달리는 붉은 기병대』

원을 배경으로 머리에 터번을 쓴 대상들이 이국적인 동양풍의 음악에 맞추어 가까이 다가온다. 러시아적 선율의 행진곡풍에 맞추어 병사들이 대상들을 호위하며 가까이에서 지나간다.

드넓은 스텝에서 동양과 러시아의 선율이 어우러지며 이국적 정취에 빠지는 사이에 대상 행렬은 말발굽 먼지의 흔적만을 남기며 지평선 너머로 사라지고, 그곳에는 아득한 선율만이 바람을 타고 들려오며 귓가에 맴돈다. 이 작품은 러시아 황제 알렉산드르 2세의 즉위 25주년을 기념해 작곡한 곡이다. 보로딘이 존경하고 보로딘의 교향곡을 칭찬하던 리스트의 교향시에 영향을 받았다고도 전해진다.

◎ 블라디미르 페도세예프, USSR 방송 교향악단, 1981
◎ 블라디미르 아시케나지, 로열 필하모닉 오케스트라, 1992

모데스트 무소르그스키

🎵 모데스트 무소르그스키

　선율, 리듬, 화성 등 모든 면에서 독창적이고 러시아적이다. 지금까지의 서유럽의 음악 형식을 탈피하고 번뜩이는 창의력이 돋보이는 작곡가. 그의 독특한 화성은 프랑스 인상주의의 대가 드뷔시에게도 영향을 주었다. 드넓은 초원이 펼쳐지고 짐승들이 몰려드는 숲과 호수가 위치한 카레보 마을에서 태어난 그는 당시 귀족 집안의 자식들이 그랬던 것처럼 근위사관학교에 입학하여 군복무를 하였으며 전역 후에는 체신공무원 생활을 하였다.

　그는 군인으로서 프레오브라젠스키 기병연대에 근무하는 동안 군의관이었던 보로딘을 만나게 되었다. 이후 큐이와 발라키레프와도 교류하였으며 발라키레프로부터 작곡을 배웠다. 군대에서는 음악에 대한 뜻을 펼치기 어려웠기에 군대를 떠나 음악을 위해 살기로 작정하고 열정을 불태웠으나, 사회의 혁명 분위기에 집안이 몰락함으로써 체신공무원의 길로 들어가야만 했다. 그러나 1865년 그의 의지처였던 어머니의 갑작스러운 죽음은 절망을 안겨 주었고, 그 이후 형과 여동생의 집을 전전하며 알코올에 의지하는 생활로 허약했던 몸은 더욱 쇠약해지고 결국 알코올 중독과 가난, 병으로 1881년 마흔두 살의 젊은 나이로 사망하였다.

말년에 그에게 따뜻한 손을 내밀어준 친구는 부유한 의사 집안 출신의 유망한 화가인 빅토르 하르트만이었다. 그러나 하르트만은 1873년 여름 갑자기 서른아홉 살의 나이로 세상을 떠났다. 이듬해 봄 무소르그스키와 하르트만의 친구들은 상트페테르부르크에서 하르트만의 유작전을 개최하였다. 무소르그스키는 이 전람회에서 얻은 영감과 인상을 바탕으로 10개의 작품에 대한 음악 〈전람회의 그림〉을 작곡하였다. 그 당시에는 묻혔었던 이 작품은 그의 사후 6년이 지나서야 러시아 국민악파의 막내인 림스키코르사코프에 의해 출판되었으며, 그나마도 자주 연주되지는 않았다.

이 곡은 여러 편의 관현악 편곡 버전이 존재하나 세계에 알려지게 된 것은 그의 사후 40년이 지나 지휘자 세르게이 쿠세비츠키Sergei Koussevitzky 가 프랑스 인상주의 작곡가 라벨에게 의뢰해 관현악으로 편곡하여 연주하면서부터였다. 오늘날은 오히려 라벨의 관현악 편곡 버전이 더 자주 연주되고 있으나 참맛은 원곡인 피아노 버전에서 느껴지는 듯하다. 또한 무소르그스키는 6월 22일 하지 성 요한절 전야에 악마와 요괴가 모여 한바탕 법석을 떤다는 전설에서 모티브를 얻어 작곡한 교향시 〈민둥산의 하룻밤Night of bald mountain〉, 괴테의 「파우스트」에서 악마 메피스토펠레스가 읊조리는 노래의 한 구절을 러시아 말로 옮긴 가사에 악독한 임금님과 인민들을 착취하는 지배층을 빗대어 묘사한 〈벼룩의 노래〉, 러시아 오페라의 우뚝한 금자탑을 쌓은 1600년 전후를 묘사한 오페라 〈보리스 고두노프〉 등 독창적인 작품들을 후세에 남겼다.

러시아 국민악파 5인조(좌측부터 발라키레프, 보르딘, 코르사코프, 무소르그스키, 큐이)

무소르그스키는 전문적인 음악 교육을 받지 않았고 발라키레프에게서 받은 짧은 교육이 전부였기에 전통적인 관현악법을 구사할 줄 모른다는 비아냥도 받았으나, 이것이 오히려 그만의 개성이 드러나는 작품을 남길 수 있는 기회를 제공하였다. 그리고 당시 차이콥스키가 서유럽의 음악을 도입하여 러시아에서 인기를 얻고 있을 때 러시아 국민악파 5인조를 결성하여 러시아의 음악을 지키고자 하였다. 국민악파 5인조는 모두 본업이 있었으며 틈틈이 작곡하였기에 스스로를 "일요 작곡가"라고 불렀다. 1860년대에서 1880년대에 활동한 것으로 알려진 러시아 국민악파 5인조는 체신공무원 무소르그스키, 화학자 보로딘, 해군장교 림스키코르사코프, 군대 기술자 큐이 그리고 이들의 지도자 발라키레프로 구성되었고, 정부의 지원을 받는 정규 교육기관인 안톤 루빈스타인의 상트페테르부르크 음악원에 맞서 무료로 강습하는 음악원을 운영하기도 하였다.

전람회의 그림

여기에서는 피아노 원곡 버전으로 〈전람회의 그림*Pictures at an exhibition*〉을 소개하고자 한다. 이 곡은 전람회에서 그림과 그림 사이를 이동하는 모습과 느낌을 표현한 프롬나드Promenade 5개의 간주곡 형태와 10개의 그림에 대한 인상과 생각의 묘사로 구성되어 있다. 서로 연관성이 없어 보이는 그림들이지만 프롬나드가 그림 사이를 연결함으로써 그림 간의 유기적인 연관성과 작품 전체의 통일성을 형성해 준다. 그러한 5개의 프롬나드가 라벨의 관현악 편곡 버전에서는 4개로 축소되어 있다. 작품의 독특하고 아름다운 멜로디와 선율은 진행됨에 따라 귀를 더 가까이하게 하고 눈앞에 그림이 펼쳐지는 것같이 음악에 푹 빠지게 하는 매력이 가득하다.

프롬나드 1.

전람회에 설레는 마음으로 가는 발걸음이다. 상기되고 미소 띤 얼굴에 무릎을 더 높이 올리며 성큼성큼 걷는 발걸음에서 기쁨이 느껴진다.

난쟁이 *The Gnome*

지하의 보물을 지키는 난쟁이 신. 안짱다리에 뒤뚱뒤뚱 걷는 난쟁이의 큰 얼굴에는 근엄함과 익살스러움이 함께 나타나 있다. 음울한 분위기의 음악이 흐르지만 이와는 달리 머릿속에는 중세 유럽 궁전에 고용되어 왕과 왕족들에게 즐거움을 선사하던 난쟁이가 생각나며 오히려 친근함마저 든다.

빅토르 하르트만, 『Gnomus』

프롬나드 2.

이제 다음 그림으로 가볼까? 조심스럽게 조용히 한 걸음 한 걸음 옮겨본다. 앞선 사람들의 발걸음 소리가 들리고 까치발을 하고 앞사람의 머리 위로 그림을 본다.

옛 성 *The Old Castle*

이탈리아 중세의 성과 그 앞에서 악기를 든 음유시인이 노래하는 그림이다. 음악은 중봉의 산봉우리에 높은 뒷산을 배경으로 웅장하게 서 있는 옛 성을 왼쪽에서 오른쪽으로 파노라마처럼 천천히 보여준다.

빅토르 하르트만, 『The castle at Chermomor』

그 안에 살던 옛 주인과 사람들은 어떤 사람이었을까? 몸집이 크고 수염을 얼굴 양쪽으로 꼬아 올린 인자한 사람이었을 것 같다. 귀 기울여 보지만은 육중한 문은 굳게 닫혀 있고 조용하기만 하다. 옛 영화는 사라지고 지금은 그 자태만 드러내고 있다. 묵직한 침묵 가운데에 쓸쓸한 바람 소리만이 스친다.

프롬나드 3.

이제 사람들이 조금 줄었다. 경쾌한 마음으로 다음 그림으로 향한다. 옮기는 발걸음이 가볍다. 어떤 그림이 나타날까?

튈르리 정원 *Tuileries*

나뭇잎 사이로 튈르리 정원에 아이들이 옹기종기 모여있다. 놀이터 모래밭에서 집 짓는 아이들, 공기놀이하는 아이들, 또 서로 이겼다고 다투는 아이들. 나뭇가지 사이로 들려오는 아이들 소리가 어린 시절의 추억을 소환한다.

소달구지 *Bydlo*

하르트만이 1868년 폴란드 비슬라강 상류의 산도미르Sandomir에서 한 달 정도 체류할 때의 기억을 그린 것이다. 노부가 소달구지를 끌고 눈 녹은 진흙탕길을 힘겹게 가는 모습이다. 다리가 파르르 떨리도록 발걸음을 내딛는 소가 안타깝다. 아마 저 농부의 마음도 그럴 것이다. 가서 밀어주고 싶은 마음이 굴뚝 같다. 폴란드의 평화롭게 펼쳐지는 농촌 풍경이 우리의 농촌을 생각나게 한다.

프롬나드 4.

달구지를 끄는 소가 천천히 다음 그림으로 발걸음을 옮기는 듯하다. 그림의 영향인지 애잔한 프롬나드이다.

알에서 덜 깬 병아리의 춤 *Ballet of the Unhatched Chicks*

발레리나가 달걀껍데기의 발레 의상을 입고 있다. 삐약 삐약 알에서 빠져나오려고 애쓰는 병아리가 껍질을 쪼며 파닥거린다. 아직 몸에는 양수가 묻어있고 고개를 좌우로 흔들며 엄마에게 도움을 요청하는 것 같다. 여기가 도대체 어디야? 말똥말똥한 눈이 투명하다. 껍데기를 잘 깨고 나와 노란 병아리가 되어 삐약삐약거리며 종종거릴 것을 상상하니 예쁘다.

빅토르 하르트만, 『Sketch for the ballet』

사무엘 골덴베르크와 슈뮐레 *Samuel Goldenberg and Schmuyle*

가죽 모자에 잘 차려입고 부
자인 뚱보 골덴베르크가 거만하
게 나타나고, 가난하고 지저분하
며 바짝 마른 외모에 아첨기가
많은 슈뮐레가 종종걸음으로 나
타난다. 골덴베르크가 거드름을
피우며 이야기를 시작하고 이어

빅토르 하르트만,　　　　빅토르 하르트만,
『The Poor Jew』　　　　『The Rich Jew』

슈뮐레가 더듬거리며 길게 이야기한다. 골덴베르크가 헛기침을 크게 하
자 슈뮐레가 푹 움츠러들고 곁눈질한다.

프롬나드 5.

이제 조금 서둘러볼까? 앞으로 좋은 작품이 많을 거야. 설레고 기대
되는 마음에 발걸음이 약간 급해진다.

리모주 시장 *Limoges-The market*

프랑스 남서부에 위치한 도자기로 유명한 시장이란다. 여기저기 급
히 오가는 상인들과 손님들. 또 군데군데 큰 소리로 물건을 팔거나 다투
는 시장 사람들. 꼭 우리의 옛 시장을 5배속으로 보는 것 같다.

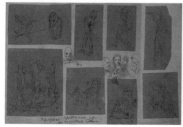 

빅토르 하르트만,　　　　　　　　빅토르 하르트만,
『Sketches of the market of Limoges 1』　　『Sketches of the market of Limoges 2』

카타콤 _Catacombs_

빅토르 하르트만, 『The Paris Catacombs』

로마의 지하묘지 앞에 하르트만과 그의 건축가 친구 케넬이 안내인과 함께 서 있다. 음산하고 무거운 분위기다. 무덤에 묻힌 사람들, 로마 시대 박해와 핍박을 피해 동굴에 살았던 그리스도교인들은 아닐까? 그들은 박해를 무릅쓰고 복음을 전파하기 위해 죽음을 선택한 순교자들 아닌가. 말이 없으나 조용히 그들의 목소리가 들려오는 듯하다. 쓸쓸한 여운이 맴돈다.

바바야가의 오두막 _The Hut on Fowl's Legs: Baba yaga_

괴상하게 생긴 시계 그림 같다. 위쪽에는 닭 두 마리와 클라리넷 모양이 양팔처럼 뻗어 나오고 가운데에는 시계가 자리하고 있는 그림이다. 슬라브 민담에 나오는 이상하게 생긴 두 개의 닭 다리 모양 위에 위치한 요술쟁이 할머니 바바야가의 오두막이라고 한다. 코가 크고 뾰쪽한 요술쟁이 할머니가 검은 모자와 장갑에 빗자루를 타고 창문을 통해 하늘로 날아오른다. 재미있는 거 뭐 없나? 골탕 먹이고 방

빅토르 하르트만,
『The Hut on Fowl's Legs.
Clock in the Russian style』

해하는 거면 정말 좋을 텐데. 기괴한 음악이지만 한편으로는 어린아이

같은 순진함이 녹아난다.

키예프의 대문 *The Great Gates at Kiev*

이슬람식 성문 같기도 하다. 중앙
의 큰 아치문은 인도 무희 얼굴 같기
도 하고 서역 국가의 전투모를 쓴 얼
굴 같기도 하다. 옆으로는 망루처럼
보이는 건물이 연결되어 있다. 손오
공의 서역 길에서 만날 것 같은 성문
이다. 성문 앞뒤로 많은 사람들이 왕
래하고, 군사 모자를 쓴 서역 병사가
말을 타고 쏜살같이 성문을 가로질러
달려간다. 거대한 문은 묵직하게 당
당히 서서 위용을 자랑한다. 보는 사

빅토르 하르트만,
『Plan for a City Gate in Kiev』

람에게 감탄을 자아내게 한다. 프롬나드에 맞추어 거인이 발걸음을 내
딛듯이 천천히 둘러보라고 하는 듯하다. 아름답고 당당하고 웅장한 대
문이다.

◎ 블라디미르 호로비츠, *1951*
◎ 스비아토슬라프 리히테르, 소피아 실황, *1958*
◎ 에르네스트 앙세르메, 스위스 로망드 오케스트라, *1959*

민둥산의 하룻밤

한밤중에 요괴들의 난장이 펼쳐진다. 으스스한 선율을 타고 요괴왕

이 등장하고 이어 요괴들이 나타
나기 시작한다. 요괴왕을 찬미하
고 어둠의 장례식을 지나 지옥의
향연이 펼쳐진다. 팔짝팔짝 뛰고
머리를 미친 듯이 흔들어 대고, 팔
과 다리는 제 멋대로 움직인다. 춤
에 미친 듯이 넋을 놓고 흔들며 어
수선한 요란스러운 난장판이다.
시간이 갈수록 요괴들의 춤은 광
란을 더해가며 클라이맥스로 향한
다. 교회의 새벽 종소리가 울리고
요괴들은 사라지고 아침이 밝아오

한스 발둥, 『마녀 안식일』

며 아름다운 선율을 타고 금빛 햇살이 떠오른다. 객석에 앉아 무대 위의
요괴 축제를 본 것 같다.

◉ 클라우디오 아바도, 베를린 필하모닉 오케스트라, 1997
◉ 에르네스트 앙세르메, 스위스 로망드 오케스트라, 1964

신비의 무채색

위스키, 코냑 등 증류 알코올음료에는 향을 첨가하여 풍미를 느끼게 하는 것이 일반적이다. 심지어 라틴아메리카의 독주 데킬라도 오크 통에서 숙성하여 호박색으로 유혹하며 술의 향미를 느끼게 한다. 그러나 북유럽 특히 러시아의 국민주인 보드카는 이와는 정반대로 향과 색을 철저히 제거하는 여과법을 사용하는 독특한 술이다. 최대한 물과 가까워지려고 한다. 원료는 무엇이든 상관없다. 밀, 보리, 감자 등 전분만 있으면 된다. 철저한 증류와 여과 과정을 거치기 때문이다.

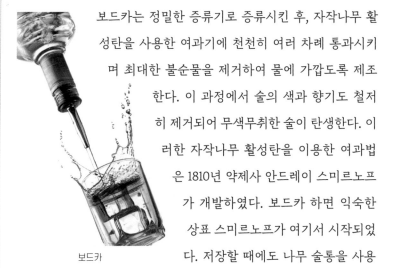

보드카는 정밀한 증류기로 증류시킨 후, 자작나무 활성탄을 사용한 여과기에 천천히 여러 차례 통과시키며 최대한 불순물을 제거하여 물에 가깝도록 제조한다. 이 과정에서 술의 색과 향기도 철저히 제거되어 무색무취한 술이 탄생한다. 이러한 자작나무 활성탄을 이용한 여과법은 1810년 약제사 안드레이 스미르노프가 개발하였다. 보드카 하면 익숙한 상표 스미르노프가 여기서 시작되었다. 저장할 때에도 나무 술통을 사용

보드카

하지 않고 스테인리스나 법랑 술통을 이용하여 다른 향이나 색이 침범하지 못하도록 관리한다.

원래 보드카는 러시아어로 물을 뜻하는 바다вода로 불렀으나 16세기 이반 뇌제(이반 4세) 시대에 이르러서 바다의 애칭인 보드카로 호칭이 바뀌었다. 추운 동토의 러시아에서는 몸을 데워주는 보드카가 생활필수품이나 다름없다. 러시아인들의 보드카 사랑을 표현하는 말들도 많이 있다. 오늘 마실 수 있는 것을 내일로 미루지 말라 / 보드카를 한 병만 사오는 사람은 바보다 / 하루가 즐거우려면 아침에 보드카를 마셔라 / 보드카를 위해서는 무엇이나 할 수 있지만, 유일하게 할 수 없는 일이 보드카를 마시지 않는 것이다 / 400㎞는 거리도 아니고, 영하 40도는 추위도 아니며, 40도의 보드카 4병은 술도 아니다 등…

보드카가 유럽과 미국에서 유명해지게 된 동기는 1917년 러시아 혁명정부가 보드카의 제조, 판매를 금지시키자 블라디미르 스미르노프가 파리로 망명하여 제조하기 시작한 것이 계기가 되어 유럽에 퍼져나갔으며, 미국의 경우에는 망명한 러시아인 쿠네트Rudolph Kunett가 1933년

블라드미르 마코프스키, 『가로수 길에서』

클래식과 인문단상 2

미국이 금주법을 폐지하자 스미르노프 보드카의 생산, 판매권을 확보하여 대량 보급에 나서면서 시작되었다.

술에 대하여 전해 내려오는 민담이 있다.

"목마른 악마가 농부에게 다가와 음료를 청했다. 악마는 농부의 호의에 대한 감사의 표시로 포도나무가 잘 자라도록 하는 경작법을 알려주었다. 양, 사자, 원숭이, 돼지의 피를 포도밭에 뿌리면 포도를 풍성하게 수확할 수 있다고. 그러나 그 포도로 만든 음료에서 부작용이 발생하였다. 사람이 포도주를 마시면 처음에는 양처럼 얌전하다가, 마실수록 점차 사나워지더니 나중에는 얼굴이 붉어지며 노래하고 춤추며 이성을 잃고 횡설수설한다. 결국에는 부끄러움과 더러움조차 모르고 기어 다니며 오물을 뒤집어쓰고 지저분해진다." 가장 강한 사람은 자신을 이기는 사람이라고 한다.

Pyotr Ilyich Tchaikovsky, 1840~1893

표트르 일리치 차이콥스키

♫ 표트르 일리치 차이콥스키

러시아의 음악을 세계에 알린 차이콥스키는 우랄지방의 광산 감독관
인 아버지 일리야 페트로비치와 프랑스 혈통의 어머니 알렉산드라 안드
레예브나 사이에서 1840년에 태어났다. 고운 목소리의 어머니는 피아노
를 연주할 수 있어서 그는 어렸을 때부터 음악을 접할 수 있었으며, 일곱
살부터는 가정교사에게서 피아노 교육을 받기 시작하였다. 상트페테르
부르크로 이사한 이후 어머니가 콜레라로 세상을 뜨는 충격을 겪게 되
며 평생을 그 아픔 속에서 살아간다.

1858년 법률학교에서 공부한 후 법무성 일등 서기관이 되었으나, 음
악에 대한 열정을 그만둘 수 없어 1863년에 직장을 그만두었다. 1860
년부터 루빈스타인 형제가 세운 상트페테르부르크 음악원에서 공부한
그는 1865년 졸업 후 동생 니콜라이 루빈스타인이 세운 모스크바 음악
원의 교수로 초빙되었다. 1876년 차이콥스키는 파리에서 비제의 오페
라 〈카르멘〉과 바그너의 〈니벨룽겐의 반지〉를 보고 큰 감명을 받았고,

이는 〈백조의 호수〉를 작곡하는 계기
가 되었다. 이 무렵 그는 인생에 지대한
영향을 준 나데즈다 폰 메크 부인을 알
게 되었다. 그녀는 부유한 철도 경영자
의 미망인이었으며 차이콥스키의 음악
을 존경하다가 후원이라는 이름으로 경
제적 지원을 시작하였다. 폰 메크 부인
이 편지 왕래만 허락할 뿐 서로 만나지
않는다는 조건을 달았기에, 그들은 평
생 딱 한 번 마주쳤을 뿐이었다. 그녀가

나데즈다 폰 메크 부인

1877년부터 1년에 6,000루블의 연금을 보내 주었기 때문에 차이콥스키
는 1878년 교수직을 그만두고 작곡에 전념할 수 있었다.

1877년 서른일곱 살 되던 해에 차이콥스키는 그의 제자 안토니나 밀
류코바의 열렬한 구애를 받고, 내키지 않았지만 상대의 순정에 빠져 결
혼하게 되었다. 그러나 애정이 없는 결혼생활은 한계에 이르고 파탄에
빠지고 말았다. 그의 아내는 남편의 음악에 대한 열정과 일에 대해서는
도무지 이해하지 못했기 때문이었다. 이 일로 인해 차이콥스키는 노이
로제에 걸리고 자살까지 시도하게 되었고, 결국은 상트페테르부르크로
도피해버리기도 하였다.

차이콥스키는 황무지나 다름없던 러시아에 서유럽 중심의 고전음악
을 소개하고 일군 작곡가이다. 서유럽 음악의 형식에 결코 뒤지지 않으
면서도 러시아의 정서를 고스란히 작품에 녹여냈기 때문이다. 훗날 차
이콥스키의 음악이 지나치게 서유럽화 되었다고 비판한 사람들도 있지

만, 만일 차이콥스키가 아니었으면 러시아 국민주의 음악도 제대로 된 형식을 갖기 어려웠을 것으로 보는 시각도 있다. 서유럽 낭만파 음악의 형식에 러시아의 정서와 삶의 고뇌를 가득 녹여낸 그의 음악은 오늘날에는 서유럽 작곡가의 음악과 어깨를 같이하며 가장 자주 연주되는 레퍼토리의 위치를 차지하며 세계 음악인의 사랑을 받고 있다.

차이콥스키 교향곡

고독과 고뇌에 몸부림친 수많은 작곡가 중에서 그러한 정서를 차이콥스키만큼 작품에 잘 녹여낸 작곡가가 얼마나 될까? 그의 〈교향곡 5번〉과 6번 〈비창〉을 듣다 보면 그러한 생각이 문득 떠오른다. 아니 오히려 들어야겠다고 마음먹는 순간부터 마음이 쓸쓸해지고 그의 고독과 슬픔이 밀려든다. 그의 사진만 봐도 그의 고독과 외로움이 느껴져 마음을 애잔하게 한다. 광활한 러시아의 대자연 앞에서 인간이 느끼는 왜소한 자화상처럼 말이다.

교향곡 5번

시작부터 나지막한 클라리넷 선율이 어깨를 지그시 누른다. 무거운 짐을 지고 홀로 먼 길을 떠나는 것 같은 크나큰 고독감이 영혼을 자극한다. 멀리 보이지 않는 곳에서 부르는 소리에 이끌려 한 걸음 한 걸음 따라갈수록 더욱 깊은 고독의 수렁으로 빠져들어 간다. 두 눈은 이미 초점을 잃고 깊은 상념에 빠져 있고 반복되는 주제 선율은 쓸쓸함의 깊이만을 더해줄 뿐이다. 그런 그에게 부드러운 선율 위로 호른이 달콤하고 부드럽게 노래하며 위로해준다. 관조하는 듯한 선율과 함께 모든 고독과 고뇌를 받아들이고 체화하고 어깨를 들썩이며 차오르는 속울음을 울어본다. 이제 힘내라며 어깨를 토닥이는 듯한 선율이 흐르고 조그만 희망의 불씨가 보이는 듯하지만 이내 사라지고 다시 어둠이 찾아오기를 반복한다.

가끔은 순간 불쑥 찾아온 용기가 용솟음치지만 이 또한 상실과 쓸쓸함이 쓸고 지나가기를 수없이 반복하는 가운데 '그래, 이제 힘을 내어 살아가야 해' 하며 밝고 아름다운 선율이 멀리서 다가와 조용히 기운을 북돋아 주고 희망으로 안내한다. 북방 왈츠의 왕의 작품답게 상큼하고 사뿐사뿐한 왈츠의 격려 속에 이제 새로운 생을 시작하기 위해 마음을 다잡고 가볍게 발걸음을 내디딘다. 동시에 현악과 관악의 선율이 웅장하고 당당하게 맞이한다. 이제는 가슴을 펴고 어깨를 바로 세우고 전진하리라 다시금 마음을 다잡는다. 그러나 마음만으로는 부족하다. 행진곡풍의 희망의 메시지와 함께 부지런도 내보고 분주한 생활에 열중이다. 모든 어려움을 극복하고 팀파니 연타와 트럼펫의 당당한 연주 속에 미래를 위해 희망을 위해 축배를 든다. 어느덧 어둡던 주제 선율도 희망의 메시지로 바뀌어 인간 의지의 승리를 축하한다.

차이콥스키는 4번째 교향곡을 작곡한 지 11년이라는 긴 세월이 지난 후인 1888년에 새로운 교향곡 작곡을 시작하였다. 오랜 서유럽 연주 여행을 마치고 돌아와 모스크바 근교의 숲에 둘러싸인 작고 한적한 마을에서 휴식을 취하며 작품을 구상하기 시작한 것이다. 이 작품에도 앞선 작품에서 보여줬던 어두운 정서와 우울감, 운명의 파도에 몸부림치는 어두운 정감이 강하게 자리 잡고 있다.

그러나 후반은 이를 극복하고 달콤하고 웅장한 생명의 기쁨을 노래하고 삶의 의지를 불태우며 마무리된다. 그해 11월에 자신의 지휘로 초연되었고 연주를 마친 후 청중의 반응은 열광적이었으나 비평가들의 평은 그리 좋지 않았다고 한다. 차이콥스키 자신도 이 곡에 대해 지나치게 치장한 색채가 있으며 사람들이 본능적으로 느끼는 조잡한 불성실함이 있다고 혹평했다고 한다. 그럼에도 러시아와 서유럽 청중의 반응은 열광적이어서 다시 자신감을 갖게 되었다고 한다.

◎ 예프게니 므라빈스키, 레닌그라드 필하모닉 오케스트라, 1960
◎ 헤르베르트 폰 카라얀, 베를린 필하모닉 오케스트라, 1984

교향곡 6번(비창)

이 분 정말 왜 이러시나? 〈5번〉에 이어 얼마나 깊은 절망의 나락으로 내동댕이치려 하시는 건가. 바순의 어둡고 무거운 선율이 바짝 긴장감을 돋운다. 슬픔이 가슴을 적시는 듯한 느낌이다. 뒤이어 조금 밝아지는가 싶더니 이내 차이콥스키다운 슬픔의 선율이 고독감으로 덮어버린다. 목관의 부드러운 선율과 현악의 슬픈 선율이 반복되며 슬픈 감정을 배가시킨다. 체념밖에는 어찌해 볼 수 없는 슬픔이 온몸에 배어든다. 이어 금관의 포효는 대상도 목적도 없이 절규를 내지르며 슬픔을 극대화시키고 슬픔의 파도가 덮쳐 저 끝없는 심연의 나락으로 내동댕이친다.

더 이상 추락할 수 없는 막장에 이르자 슬픔의 선율은 엷게 밝은 빛을 띠기 시작하고 이어 밝고 부드러운 코다의 선율이 멀리서 희망처럼 들려온다. 이어서 왈츠의 인상을 주는 러시아의 민요 선율이 흐른다. 슬픔을 감추고 춤추는 피에로 같은 느낌이다. 속울음을 삼키는 고니의 날갯짓이라고 해야 할까. 이내 좀 밝았던 기분은 점점 슬픔의 선율로 변하고 만다. 무슨 슬픔이 그리 크고 가슴 메이게 하는지, 어깨조차 들썩이지 못하고 숨조차 제대로 쉴 수 없을까. 할 수 있는 것이라고는 받아들이고 체념하는 것뿐인가.

추슬러 보기 위해 이런저런 즐거운 생각을 해보려고 애써본다. 사탕수수 요정의 춤도 생각해 보고 행진곡도 생각해 보며 점차 회복하여 가는 듯하다. 호두까기 인형극도 상상해 보고 씩씩한 근위대의 행진도 생각해 보며. 슬픔이 너무 깊었던 탓인가. 이내 행진은 슬픔으로 바뀌고 차이콥스키의 마지막 탄식의 노래가 시작된다. 현악과 금관이 서로 주고받으며 선율이 하강하며 침잠해가고 애절하기 그지없는 선율이 떠오른다. 슬픔이 큰 아치를 이루고, 무거운 공기를 가득 채우고 두껍게 펼쳐지는 화음과 함께 정점을 이룬 후 절망의 나락으로 떨어진다. 레퀴엠 같은 선율은 이 세상과의 영원한 작별을 고하는 듯, 슬픔과 황량한 선율이 감싸 흐른다. 오케스트라와 금관의 울부짖음은 감정을 극에 달하게 하고 하강하며 점점 사라져간다. 빈 곳에는 슬픔만이 남아있다. 모든 것이 사라진 빈껍데기 같은 느낌이다. 이 곡을 초연한 후 9일 만에 차이콥스키는 벗어날 수 없었던 고뇌를 벗어났다.

〈교향곡 6번〉은 1893년 10월 상트페테르부르크에서 작곡가 자신의 지휘로 초연되었다. 그러나 너무 절망적인 비애감과 우울함 때문에 청중의 반응은 호의적이지 않았다고 한다. 이 작품은 표제가 의미하듯이 삶의 절망, 공포, 고독, 슬픔으로 가득하고 끝맺음마저 반전이 없이 더욱 깊은 어두움 속으로 사라진다. 그다음 날 그는 동생 모데스트의 집을 방문하여 표제를 붙일 생각을 얘기했고 동생은 '비극적'이라고 붙이면 어떻겠냐고 권유했다. 그러나 모데스트는 형이 썩 내켜 하지 않음을 알아차리고 한참 후 〈비창〉을 제안하자 차이콥스키가 만족해하고 바로 악보에 써넣었다고 한다. 그 당시 러시아는 콜레라가 창궐하고 있었고, 그는 음식점에서 마신 냉수가 콜레라의 치명적인 원인이 되어 초연 9일 후인 1893년 11월 6일 생을 마감한다(나중에 동성애로 인한 자살로 밝혀진다). 그

1893년 차이콥스키의 장례식에 운집한 수많은 군중과 장례행렬

의 죽음 이틀 후 비창은 명지휘자 나프라브니크에 의해 상트페테르부르크에서 연주되었고 청중들은 비통의 눈물을 흘렸다고 한다.

     ● *예프게니 므라빈스키, 레닌그라드 필하모닉 오케스트라, 1960*
     ● *헤르베르트 폰 카라얀, 베를린 필하모닉 오케스트라, 1956*

러시아의 좀머 씨

파트리크 쥐스킨트의 「좀머 씨 이야기」는 눈이 오나 진눈깨비가 내리
거나 폭풍이 휘몰아치거나 비가 억수로 오거나 햇빛이 너무 뜨겁거나
태풍이 휘몰아치더라도 하루도 빠짐없이 잰걸음으로 걷는 좀머 씨에
대한 이야기이다. 그는 아침 일찍 빈 배낭을 메고 호두나무 지팡이를
쥐고 들판과 초원을 지나고 호수 주위와 숲을 지나서 시내나 이 마을
저 마을 사방을 늦은 저녁까지 걷고 걸었다. 사람들은 그가 무엇을 하
는 사람인지, 왜 날마다 그렇게 쫓기듯이 걷는지 알지 못했다. 다만 그
는 누가 말을 걸면 "나를 좀 제발 그냥 놔두시오"라고 퉁명스럽게 대
꾸할 뿐이다.

에드워드 호퍼, 『해질녘의 철로』

그는 쉬지도 못하였다. 누워서 쉬기도 전에 바로 일어서서 한숨을 몰아 내쉰다. 한숨이라기보다는 고통스러운 신음에 가까웠으며 홀가분해지고 싶은 갈망과 절망이 가슴으로부터 나오는 참담한 절규였다. 그러나 그 애절한 신음 소리에도 홀가분해지지 않아 다시 일어나 헐떡거리며 걸어야만 하는 운명이었다. 아내가 죽은 후에는 더욱 그가 집에 들어오는지, 잠은 어디에서 자는지, 어디서 밤을 보내는지, 어느 곳을 헤매며 돌아다니는지 아무도 관심이 없었으며 알지도 못했다. 그리고 마지막에는 호수로 들어가 사라지고 그의 밀짚모자만 물 위에 떠 있었다.

차이콥스키의 교향곡을 들으면 고독과 체념이 느껴진다. 그는 어려서 닥친 어머니의 죽음, 아내 밀류코바와의 결혼생활의 불화와 파탄으로 인한 자살기도, 성 정체성 문제로 평생을 우울증에 시달렸다. 또한 당시 러시아의 음울한 사회적 환경은 더욱 그를 답답하게 조여왔을 것이며 거기에 그의 병적인 섬세함과 소심함이 더해져 그의 삶은 좀머처럼 외롭게 혼자 걷는 힘든 여정이었을 것이다.

김환기, 『27 Ⅷ 70 #186』

차이콥스키의 음악에는 그의 삶의 생채기가 유려한 러시아의 선율에 감추어져 있어, 고단하고 쓸쓸한 삶의 흔적을 느끼게 한다. 황량한 벌판에서 가야 할 방향을 알지 못하는 나그네의 막막함, 사람들 속에서 투명하게 가로막힌 외톨이 같은 고립감, 메아리조차도 없을 것 같은 쓸쓸함과 절규, 체념이 그의 음악의 바닥을 쓸고 간다. 그의 음악에서는 좀머 씨의 허망한 발걸음 소리와 속을 후비는 신음 소리가 들려오며 가슴을 저리게 한다. 그의 삶이 나의 삶으로 옮겨온 듯이 공명한다. 이제는 그가 걷는 발걸음에 밝고 환한 빛이 동반자 되어 주기를 희망해 본다.

찰스 레이, 『퍼즐 병』

피아노 협주곡 1번

이 곡에 담긴 스토리는 특별하다. 차이콥스키는 1860년 안톤 루빈스타인과 그의 동생 니콜라이 루빈스타인이 상트페테르부르크에 개설한 음악원에서 안톤의 지도하에

극장 광장과 음악원

공부하며 본격적인 작곡가의 길을 걷게 되었다. 1865년 음악원을 졸업한 후, 니콜라이가 개설한 모스크바 음악원의 교수로 초빙되었다. 오늘날 이토록 유명한 이 협주곡을 1874년에 완성한 차이콥스키는 니콜라이에게 헌정할 예정이었다. 그동안 베풀어 준 은혜에 감사할 생각이었던 것이다.

초고를 받아든 니콜라이는 피아노 대가답게 악보를 읽자마자 거침없이 피아노를 치기 시작했고 연주가 끝나자마자 여기저기 작품의 결점을 들추어내고 혹평하며 가차 없이 매도했다. 훌륭한 교육자로 여기고 존경하던 니콜라이의 가혹하고 적의에 찬 충고에 차이콥스키의 얼굴은 분노로 경련을 일으켰다. 화가 난 차이콥스키는 음표 하나도 바꾸지 않고, 니콜라이에 대한 헌사마저 찢어버리고 독일의 명지휘자 한스 폰 뷜로에게 헌정하였다. 이렇게 두 사람의 관계는 금이 가고 말았다.

뷜로는 이 곡을 1875년 미국 초청 연주회 첫 음악회인 보스턴 연주회에서 선보인 후 각지를 순회하며 연주하여 미국 청중의 폭발적인 반응을 얻었다. 그 해에 상트페테르부르크와 모스크바에서도 연주되었으며 청중의 반응은 열광적이었다. 이때의 지휘자는 니콜라이 루빈스타인이

었으며 이후 그는 이 협주곡을 알리는 일에 앞장서게 된다.

　거대한 음향이 우주의 궁륭을 감싸는 가운데 하늘에는 은하수가 흐르고 땅에는 큰 기쁨이 가득한 축제가 열린다. 한밤중까지 계속되던 축제가 끝난 후 모두들 돌아간 곳에는 정적이 내려앉고 밤의 소리가 떨리는 문풍지의 사이로 들려온다. 고요한 밤의 시간, 평화의 시간이다. 사르르 눈꺼풀은 감기고, 정적을 가로지르며 꿈속의 세계로 들어선다. 반짝이는 요정들은 북구의 하늘에서 별빛을 받으며 춤추고 오로라의 신비하고 환상적인 빛은 상상의 세계로 이끈다. 물의 요정, 숲의 요정, 눈의 요정이 반짝이며 조심스레 두리번거리고, 사뿐사뿐 조심스럽게 걷는 소리가 들려오는 가운데 오케스트라와 맑은 피아노가 주고받으며 드넓고 광활한 눈의 숲을 펼쳐 놓는다. 어딘가에서 백설공주와 일곱 난쟁이의 얘기 소리가 들려오고, 미녀와 야수의 이야기가 펼쳐지며, 숲의 사냥꾼도 허리를 구부리고 열심히 걷고 있다. 밤의 가스파르가 느껴지는 가운데 평화스러운 꿈의 세계는 높이 멀리 날아간다.

　희미한 플루트가 이끌어 오는 피아노 소리는 부드럽고 서정적이다. 나도 함께 참여해 보고 싶다. 토슈즈를 신고 요정들과 함께 추는 춤은 천천히와 빠르게를 번갈아 가며 때로는 우아하게 때로는 기품 있게 전개된다. 부드러움과 간결함이 반복되는 차이콥스키의 러시아 선율은 마음을 태우고 흐르며 모두 정겹게 손잡고 함께하는 즐거운 시간으로 이어져 계속된다. 옛 초등학교 시절의 운동회에서 어린아이들이 손에 손잡고 군무를 하는 듯한 천진함과 귀여움이 그득하다.

　이제는 꿈에서 나와야 할 시간. 강렬한 러시아 선율이 잠을 깨우고 그 궁륭 같은 음악 속에서 크게 기지개를 켠다.

◎ 스비아토슬라프 리히테르, 피아노, 헤르베르트 폰 카라얀,
빈 필하모닉 오케스트라, 1962
◎ 블라디미르 호로비츠, 피아노, 아르투로 토스카니니,
NBC 심포니 오케스트라, 1941

바이올린 협주곡

차이콥스키는 〈바이올린 협주곡〉을 1878년 봄 스위스 여행 중에 작곡했다. 당시 그는 9세 연하의 제자 안토니나 밀류코바와 결혼한 직후였다. 그러나 상대의 열렬한 구혼을 내치지 못하고 애정 없이 진행된 결혼 생활은 곧 파탄에 이르게 되었고 이러한 불행에서 벗어나기 위해 여행을 떠난 것이다. 차이콥스키는 짧은 기간에 곡을 완성하고 당시 헝가리 출신이며 러시아에서 활동하던 바이올린 거장 아우어에게 보내어 그가 초연해 주기를 기대했으나 그는 연주하기에는 너무 어렵다고 단언하고 연주를 거절했다. 그렇게 묻히는 듯 하던 곡은 1881년 차이콥스키의 친구 아돌프 브로츠키가 초연하였으나 혹평에 시달렸다. 그러나 브로츠키는 곡의 진가를 알아보고 연주회마다 레퍼토리에 포함하면서 차츰 관객의 반응을 일으키고 지지를 얻으면서 오늘날 명곡의 대열에 오르는 토대를 마련했다. 이후 차이콥스키는 브로츠키에게 이 곡을 헌정하였다.

아돌프 브로츠키

누가 이렇게 부드럽게 마음을 노크할 수 있을까? 즐거운 마음으로 맞이하는 사람에게만 허락하는 별천지이다. 그래, 문을 열어 맞이하자. 문을 열자마자 태산 같은 음악이 밀고 들어온다. 곧이어 어루만지는 듯하고 호소하는 듯한 바이올린 선율이 가슴을 활짝 열어젖히고 음악으로 숨 쉬게 한다. 애절한 바이올린의 떨림이 음악과 하나 되게 하고 그 선율을 타고 별천지로 날아오른다.

어디일까?

꼭 〈종달새〉의 〈비상〉 같은 느낌이다. 허공에 큰 원을 그리며 활공하고, 창공을 맘껏 휘저으며 날아다닌다. 지상에는 헐거워진 대지를 뚫고 새싹이 파릇파릇 고개를 내밀고 시냇물은 살얼음 아래로 맑게 졸졸졸 소리 내며 흐른다. 큰 봄바람은 온 땅에 숨을 불어넣고 드넓은 동토를 휩쓸며 봄기운을 퍼뜨린다. 바이올린은 한껏 봄을 노래하며 봄기운을 완연하게 하고 만물은 부드럽고 따사로운 기운을 깊이 들이마신다. 이제는 나도 겨울이 지났으니 봄맞이 준비를 해야겠다. 헛간의 농기구도 꺼내어 손질하고, 묵은 먼지도 털어내고, 움츠린 마음도 씻어내고 가벼운 마음으로 단장해야겠다. 마음은 바빠지고 몸에는 생기가 돈다.

사랑의 칸초네타인가? 나지막이 부드러운 음악은 사랑을 노래하는 듯하다. 그 누구를 향한 노래이기보다는 한가로이 마음에서 흘러나오는 대상 없는 사랑 노래 같다. 아니 모두를 향한, 모든 것을 향한 마음의 노래일지도 모르겠다. 마음이 훈훈해진다. 사랑은 음악을 타고 흐른다.

이제 힘찬 피날레를 향해 나아간다. 즐거움 뒤에는 아쉬움이 남는 법. 오보에와 플루트 그리고 바이올린 등의 서정적인 대화가 아쉬움을 달래며 다시 경쾌하고 힘찬 종주를 향하여 나아간다. 큰 강물이 굽이치고 솟구치며 거대한 바다를 향하는 것처럼.

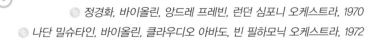

◉ 정경화, 바이올린, 앙드레 프레빈, 런던 심포니 오케스트라, 1970
◉ 나단 밀슈타인, 바이올린, 클라우디오 아바도, 빈 필하모닉 오케스트라, 1972

현악 육중주(플로렌스의 추억)

우울한 차이콥스키가 느낀 플로렌스(피렌체)는 어떤 인상일까? 밝고 경쾌함마저도 우울의 정서로 표현할까? 아니면 즐겁고 쾌활하게? 가서 보자 어떨지. 얇고 부드러운 바이올린 선율이 가슴을 스친다. 따스함을 품은 부드러운 바람결이 스치듯이. 바닷가 언덕 위 오두막에서 무릎을 세우고 얼굴을 괸 채 바다를 바라보는 느낌이다. 차이콥스키의 플로렌스에 대한 추억은 그렇게 부드럽고 아름다운 추억이었나 보다. 플로렌스에 여행하고 싶을 때 꺼내어 듣는 음악, 솜사탕처럼 달콤한 차이콥스키의 음악 선물인 것이다. 한없이 평화롭고 감미롭다. 울렁이는 투명한 햇빛과 잔잔하게 은빛으로 반짝이는 잔물결을 보고 있는 듯하다. 상념에 잠기어 있는 사이에 어느덧 꿈결처럼 감미로운 생각이 자리 잡는다.

토마스 콜, 『산 미니아토에서 바라본 플로렌스의 모습』

달콤하다. 스펀지 위를 걷는 듯한 부드러운 편안함이 함께한다.

이내 아름다운 선율에 스르르 눈이 감기고 미소가 지어진다. 들릴 듯 말 듯 한 멜로디가 어떻게 온 영혼을 흔들어 놓는지, 감미로운 선율 속으로 녹아들어 가는 것 같다. 귀를 통해 들어온 음악은 오감을 자극하고 영혼을 쉬게 하고 나른하게 한다. 멍하니 플로렌스의 바다를 바라보고 있는 느낌이다. 말로 할 수 없는 것들을 음악이 표현해낸다. 갑자기 불길한 예감이 드는 울림이 엄습하고 긴장케 하지만 이내 새롭게 감미로움을 돋보이기 위한 겉치레일 뿐이다. 단테의 연인, 어여쁜 소녀 베아트리체의 무릎에 난 조그만 상처처럼. 영원히 여기에 머물고 싶다.

익살스럽고 간지럽히는 듯한 변주에서는 강약의 스케르초풍 리듬이 반복되고 러시아 농민들이 춤을 추고 즐기는 듯하여, 자연스레 손가락이 음악에 맞추어 움직이고 이어 발끝이 그리고 몸도 연쇄 반응하며 리듬을 탄다. 조그맣게 보일 듯 말 듯 하게 움직이는 내가 재미있고 웃음도 난다.

그러나 역시 차이콥스키다. 뭔지 모를 우수의 감정이 묻어나오고, 소박하고 토속적인 빠른 템포의 러시아 춤곡풍 리듬이 격렬하고 웅장하게 클라이맥스를 이루며 여행을 마무리한다.

◉ 유리 유로프, 비올라, 미하일 밀만, 첼로, 보로딘 현악 사중주단, 1993

단테의 사랑

차이콥스키는 피렌체를 방문하는 중에 작곡을 시작하여 1890년 러시아에서 완성하였다. 브루넬레스코의 건축, 도나렐로의 조각과 보티첼리, 다빈치, 미켈란젤로, 라파엘로의 그림이 있는 곳, 메디치가의 도시, 중세 예술의 중심지이며 르네상스의 시작인 피렌체. 추운 러시아를 떠나 온화한 남방인 피렌체를 방문한 차이콥스키에게는 악상이 자연스레 떠올랐을 것이다. 그러나 여행 중 완성하지 못하고 돌아와 추억하며 완성하였으며, 그 과정에 자연스레 러시아 민요와 춤곡들이 삽입되었을 것이다.

이 곡을 듣고 있으면 자연스레 단테와 베아트리체의 사랑이 떠오른다. 보카치오, 페트라르카와 함께 르네상스의 시작을 알린 13세기의 천재 단테. 우리에게는 지옥, 연옥, 천국 3편으로 구성된 「신곡」의 작가로 알려져 있다. 지옥과 연옥에서 단테를 인도하는 길잡이는 트로이를 떠나 방황 끝에 로마를 세우는 내용의 「아이네이스」를 쓴 베르길리우스이고, 천국에서의 인도자

단테 알리기에리,
「신곡」, 1555

안토니에타 브랜다이스, 『폰테 베키오, 피렌체』

는 단테의 영원한 뮤즈 베아트리체이다. 아홉 살에 단테는 피렌체를 가로 흐르는 아르노강의 베키오 다리를 건너는 또래의 그녀를 보았고 평생을 가슴에 묻고 살았으리라. 평생 두 번 보았을 뿐이지만. 그는 스물네 살의 젊은 나이에 죽은 베아트리체와의 사랑을 승화해 「신곡」에서 그녀를 환생시켜 천국에서 그를 맞이하게 하였으니 얼마나 지고지순한 사랑인가.

헨리 홀리데이, 『베아트리체를 만난 단테』

현악 사중주 1번(일명 안단테 칸타빌레)

슬픔과 외로움의 아름다운 정서를 우아하게 표현하고 있다. 네 대의 현악기가 서로 다투지도 뒤처지지도 않으며 조화롭게 또 말없이 서로를 배려하는 듯하다. 사랑하는 사람을 보이지 않는 곳에서 보살피고 기도해주는 것 같다. 서두르지도, 느리지도, 드러나지도 않게 기다려주며, 한편으로는 무심한 듯이 감정을 드러내지 않고, 이제 조용히 말없이 외투를 걸쳐준다. 손끝의 감정은 오롯이 네 현악기의 떨림으로만 전해진다. 그래도 마음속 심장은 쿵쿵거리며 요동친다.

그 유명한 〈안단테 칸타빌레〉가 노래하듯이 느리게 다가온다. 톨스토이가 들으며 눈물을 흘렸다는, 이 노래를 듣는 이는 누구라도 자신도 모르는 가운데 눈가가 촉촉해질 수밖에 없을 것이다. 연인이나 다정한 부부가 서로 마주 보고 있지 않으면서, 상대방을 위해 뭔가를 말없이 조용히 준비하고 있다. 이 무심함의 마음이 공기의 파장을 타고 상대방에게 전해진다. 어찌 따스하지 아니한가! 아름다움을 초월하여 오히려 슬픔이 느껴지며 눈가가 촉촉해진다.

레프 톨스토이

하얀 이를 드러내며 서로 마주 보며 손잡고 소리 없는 미소 웃음을 짓는다. 그러나 말이 없다. 말은 사랑에 흠이 될 뿐이다. 오직 마음과 표정만으로 서로를 마주하고 맨발로 앞서거니 뒤서거니 양팔을 활짝 벌리고 달음질친다.

맑고 청순하고 화사한 사랑이 물 위에 동심원을 그리듯이 사방으로 퍼져나간다. 오선지 위의 음표는 선율 위를 춤추고, 서로 주고받고 합하기를 반복하며 사랑의 기쁨을 나타내며 서로의 마음을 연결해준다. 아름다움을 넘어 슬픔의 숭고한 사랑이다.

〈안단테 칸타빌레〉, 느리게 노래하듯이. 러시아의 대문호, 인간애에 대한 문학으로 톨스토이즘을 탄생시키고 세상에 사랑을 전파하고 확산시킨 톨스토이를 위한 연주회. 눈물을 가득 머금은 톨스토이가 열두 살 아래의 차이콥스키에게 "잊을 수 없는 추억을 주셨다"고 인사하자 "위대하신 분에게 기쁨이 되었다니 평생의 영광입니다"라고 답했다고 전해진다. 이 곡은 러시아 농민의 민요 선율을 차용했다고 한다. 억압과 착취로 얼룩진 황제의 나라 러시아, 동토에서의 농노의 삶은 얼마나 애달팠을까? 톨스토이의 마음에는 안단테 칸타빌레의 선율 위에 농노의 삶이 겹쳐졌을 것이다.

◉ 보로딘 현악 사중주단, 1993

슬픈 그리움

〈안단테 칸타빌레〉의 무엇이 톨스토이의 눈가를 촉촉하게 하였을까?
실연의 슬픔도 아니요, 상실의 깊은 상처도 아니며 달콤하고 낯선 감
정에서 오는 슬픔도 아니다. 아마 가슴 깊은 곳에 자리한 진한 그리움
아니었을까? 내 고향은 농촌 마을이었다. 새벽이면 잠결에 어머니 아
버지가 기침하시어 오늘 하루 해야 할 농사일과 자식들에 대해 두런
두런 나누시던 얘기가 안방에서 들려오곤 했다. 그런 후 부엌으로 난
문을 여는 소리와 함께 어머니는 아침 준비를 위해 나가시고 아버지
는 안방문을 열고 밖으로 나가시어 논밭을 둘러보고 오시곤 하였으며
마당에서 농기구를 준비하기도 하셨다.

그럼 우리 형제들은 그제야 눈 비비고 일어나 세수하고 밥상에 앉았
다. 밥상에 앉는 사람도 정해져 있었으니, 아버지 밥상에는 남자 형제
들이, 소찬만이 올려진 어머니의 키 낮은 소반에는 자매들이 둘러앉
았다. 아침 식사 후에는 누나와 형은 도시락을 들고 등교하였지만 저
학년인 나는 학교에서 나누어주는 옥수수죽이나 또는 묽은 우유 1컵,
아니면 1/4조각의 빵으로 점심을 대신하였다.

면 소재의 국민학교(현 초등학교)까지는 족히 30분은 걸어야 했다. 그리
고 국민학교를 졸업하면 대부분은 우리 면에서 6~7㎞ 떨어진 도회지

의 중학교로 입학하였고 일부는 부모님의 농사일을 도와야 했다. 나는 중학교에 입학하고 처음에는 면 소재지까지 걸어 나와 버스를 타고 도회지 중학교에 다녔다. 그러나 몸이 약했던 나에게는 버스 타는 것 자체가 힘든 일이었다. 버스가 도착하면 앞쪽 문으로는 여학생들이, 뒤쪽 문으로는 남학생들이 타는 보이지 않는 룰이 있었는데, 덩치 큰 형들은 힘으로 밀어붙이며 버스를 탔지만 힘이 약한 나는 눈치껏 몸을 쑤셔 넣어야 했다. 가끔 타려는 승객이 너무나 많을 때는 가방만 차 안으로 던져 넣고 두 손으로 차 문에 매달려야 했다.

한참을 승차 전쟁을 벌인 후 차장이 오라이~ 하며 버스를 세게 두드리면 문이 열린 채 승객과 차장이 매달린 상태로 버스는 출발하였다. 버스기사가 달리는 버스를 좌우로 흔들어대면 차 안이 정리되어 차 문이 닫힐 수 있었다. 앞쪽에서는 여학생들의 비명소리, 뒤쪽에서는 남학생들의 상스러운 악다구니 소리가 버스 안을 가득 메운 가운데 숨 쉬기조차 어려웠다. 그 와중에 도시락이 책가방 안에서 열리며 흘러내린 깻잎 김치며 온갖 반찬 냄새가 진동하여 질식할 지경이었다. 목적지에 도착하여 바깥 공기를 마시고 난 후에야 살았구나 하는 느낌이 들고는 하였다. 그야말로 등교 전쟁이었다.

버스 등교의 고달픔을 피하고자 자전거로 등하교를 시도해 보았으나 이 또한 만만치 않았다. 10㎞가 넘는 먼 길이고 버스가 다니는 도로로 다녀야 했기에 위험하였을 뿐만 아니라, 길은 울퉁불퉁 먼지 자욱한 자갈길이었으며, 중간에 두 번이나 언덕을 넘어야 했기에 여간 고역이 아니었다. 조금 가까운 길이 있기는 하였으나 그 길에서 만나는 언덕은 너무 높고 급경사가 있어서 자전거에서 내려 한참을 끌고서 걸어 올라가야 했다. 물론 내려갈 때의 쾌감은 위험보다는 짜릿함이 훨씬 더 컸었다. 결국은 형과 함께 자취방을 얻어 자취를 시작하였다. 내가 중학교 1학년이나 2학년 시절이었던 것 같다.

그러나 식사와 도시락을 스스로 준비하여야 했으므로 주말이면 집에
다녀와야만 했다. 토요일 오전 수업이 끝나면 자취방으로 돌아와 간
단히 점심을 먹고 주섬주섬 반찬통들을 챙겨서 버스 정류장으로 나갔
다. 그 시간이 제일 행복한 순간이었다. 그 당시 나는 사춘기를 지나고
있었던 것 같다. 학교까지 걸어다니며 마주치는 이웃 학교의 여중생
을 보면 괜히 마음이 설레고 부끄러워지고 고개를 숙이고 더 빨리 옆
을 지나치고는 하였다. 사춘기에 보자기를 들고 다닌다는 것은 왠지
부끄럽거나 창피한 일이었다. 그러나 그 순간만은 용감해졌다. 집에
간다는 기쁨이 부끄러움을 이겼다.

버스를 타고 걸어서 집에 도착하면 늦은 오후가 되었다. 짐을 부리듯
이 반찬통을 던져 놓고 친구들이 놀고 있는 곳으로 달려가 어울린 후
어둑해서 집에 돌아오면 부모님이 농사일에서 돌아와 계셨다. 대문을
열고 어머니를 부르며 뛰어 들어가자 아버지는 미소를 지으시고 어머
니는 행주치마에 손을 닦으시며 부엌에서 뛰어나와 '내 새끼' 하며 숨
이 막힐 정도로 꼭 안아 주셨다. 일요일 아침이 되면 어머니는 나에게
들려 보낼 반찬을 준비하시고, 나는 아버지의 농사일을 도우러 따라
나섰다. 집에 돌아와 점심 밥상에 앉으면 그 순간부터 괜히 마음이 천
근만근 내려앉는다. 이제 이 점심을 마치면 어머니는 우리 형제의 일
주일 반찬을 통에 담고, 보자기로 싸실 것이다. 집을 떠나야 할 시간이
째각째각 다가오며 나의 숨소리도 거칠어진다.

아버지께 인사드리고 어머니의 손을 잡고 길을 나선다. 어제 왔던 느
낌이 생생한데 시간은 왜 이렇게 빨리 날아가는지 시간이 원망스럽

다. 눈 깜짝 한 번이 하루라니. 발걸음이 천근만근이다. 꽉 잡고 있는 손에서 핏줄이 꿈틀거리고 땀이 손을 흥건하게 적시며 손바닥으로 전류가 흐른다. 걸을수록 손에 힘이 더해지며 엄마의 손이 무거워진다. 밥 굶지 말아라, 연탄가스 조심해라, 선생님 말씀 잘 듣고 친구들과 사이좋게 지내라, 차 조심하고 건강해야 한다는 어머니 말씀이 한숨처럼 느려진다. 세 걸음밖에 걷지 않은 것 같은데 벌써 면 소재지가 내려다보이는 비탈길 언덕 위에 도착하였다. 엄마와 항상 헤어지던 곳이다. 깊은 한숨으로 세상은 멈추어버리고 오직 적막만이 지배하는 가운데 슬로 비디오처럼 맞잡았던 손이 서서히 풀리고 엄마 손의 반찬통이 내 손으로 옮겨온다.

나는 뒤돌아서 언덕을 내려가고 굽은 길을 앞두고 뒤돌아본다. 엄마는 그대로 망부석처럼 서 있다. 초겨울이라 길은 얼었고 싸락눈이 내린 뒤여서 하늘은 회색 구름이 덮고 있다. 바람이 불어와 어머니의 머리와 치마를 흩날린다. 말조차도 손조차도 흔들 수가 없다. 모네의 『양산을 든 여인』이 떠오른다. 여인은 파란 하늘과 흰 구름을 배경으로 양산을 쓰고 밀짚모자에 푸른 스카프를 날리며 언덕 위 풀밭 사이에 서 있다. 희고 풍성한 블라우스와 치마를 바람에 흩날리며 서 있는 모습이 하늘과 풀밭과 조화를 이루며 눈길을 끌어당긴다. 그러나 그녀의 시선은 무엇을 응시하기

클로드 모네, 『양산을 든 여인』

보다는 바람만큼이나 쓸쓸하고 어찌할 수 없이 방황하는 내면의 눈길이다. 어머니는 머리카락이 눈가로 흘날리고 질끈 동여맨 치마가 삭풍에 날려도 망부석처럼 그 자리에 그대로 서 있다. 나는 촉촉해진 흐릿한 눈으로 대숲을 돌아 버스 정류장으로 발걸음을 내디딘다.

아름답고 아련한 진한 그리움과 슬픔이 영롱한 이슬처럼 아름답다. 조선 선조 때의 선비 노계蘆溪 박인로朴仁老의 「조홍시가早紅柿歌」가 생각난다.

김상원, 『감나무1830』(ⓒ대경뮤지엄)

Nikolai Andreevich Rimsky-Korsakov,
1844~1908

림스키코르사코프

🎵 림스키코르사코프

러시아 국민악파 5인조(발라키레프, 큐이, 보로딘, 무소르그스키) 중 한
명인 림스키코르사코프는 1844년 러시아의 노브고로드에서 태어났다.
집안은 대대로 해군장교를 지내왔고 그의 아버지도 해군장교였다. 음악
가 집안은 아니었지만 부모 모두 피아노를 잘 쳤으며 그 또한 음악에 재
능이 있었으나 음악가가 되리라고는 생각조차 하지 않았고 음악은 단지
생활의 일부라고 여겼었다. 그런데 집안의 전통에 따라 해군사관학교에
입학하기 위하여 갔던 상트페테르부르크에서 우연히 오페라를 접하고
푹 빠져들었다. 사관학교를 졸업한 뒤 해군장교가 되어 세계를 항해하
였으나 음악에 대한 열정은 식지 않았고 군 복무 중에 교향곡을 작곡하
기도 하였다.

발라키레프의 권유에 의해 음악을 본업으로 선택한 후, 정식 교육을
받지 않았음에도 불구하고 상트페테르부르크 음악원 교수가 된 그는 주
위의 도움으로 음악 이론에 대한 실력을 스펀지가 물을 흡수하듯이 키
워 근대 관현악의 대가로 우뚝 서게 되었다. 그의 작품은 스크랴빈의 음

악처럼 색채감이 풍부하고 주제에 대해 그림을 그려가는 듯한 붓놀림의 인상을 준다. 자력으로 습득한 그의 이러한 뛰어난 관현악법은 후대에도 여러 작곡가에게 영향을 주었으며, 특히 그의 제자인 이탈리아 작곡가 레스피기의 걸작 〈로마 3부작(로마의 분수, 로마의 소나무, 로마의 축제)〉에는 그의 영향이 잘 드러나 있기도 하다.

셰헤라자데

셰헤라자데는 들을 때마다 오늘은 어떤 이국적 신비함으로 다가오려나 설렌다. 어렸을 적 재미있는 만화책을 앞두고 있는 느낌이랄까? 거기에 아라비안나이트라니! 손가락에 침 발라 창호지에 구멍 내어서 신방 구경하는 것 같은 그런 느낌? 조선이 아닌 이국적인 풍경이 생각나는 아라비아, 더하여 그것도 밤 이야기라니, 얼마나 은밀하고 신비로울까 하는 가슴 떨림이 있다.

김연아 선수의 피겨스케이팅 음악으로 사용되어 거의 모든 사람이 어디서 들어본 멜로디로 생각하겠지만 그래도 음악에 대한 사전 지식이 있으면 더 친숙하고 재미있게 감상할 수 있다.

아라비안나이트, 즉 「천일야화」는 저자와 연대를 알 수가 없다. 6세기경에 저술되었다는 설과 이슬람 제국 최대 번영기인 아바스 왕조(8~11세기)라는 설도 있어서 단정하기는 어려우나, 개인적인 소견으로는 후자가 아닐까 싶다. 이 시기에 이슬람 제국은 육지와 해상을 누비고 있었으니, 신드바드와 바다 이야기 등이 나오는 것을 보면 그러한 가설이 어느 정도 타당성이 있기 때문이다.

「천일야화」의 서두는 이렇다. 샤리아르 왕과 그의 동생 샤자만은 서

로 사이가 좋았고 어진 임금이며 국민의 신망 또한 높았다. 하루는 동생
이 형의 나라를 방문하기 위하여 집을 나섰으나, 이내 형에게 줄 보석을
놓고 온 것을 알고 다시 집으로 돌아갔는데, 그의 아내가 흑인 노예의 품
에 안겨 있었다. 분노한 동생은 그 자리에서 칼을 뽑아 둘의 목을 치고
형의 나라로 향했다.

안색이 좋지 않은 동생
을 보고 걱정이 된 형이
그 이유를 물었으나 답
이 없었다. 어느 날 형
이 사냥을 나갔을 때 그
의 형수, 왕비가 흑인
노예와 침실에서 희롱
하는 것을 보고 분노한

페르디낭 로이베, 『Odalisque (La Sultane)』

동생은 형이 돌아오자 그간의 모든 사실을 얘기했고, 격분한 형 역시 둘
의 목을 베었으며, 이때부터 세상의 여자를 믿지 않게 되었다.

여자의 경박함과 배신으로 증오에 가득 찬 샤리아르 왕은 매일 밤 처
녀를 불러들여 하룻밤을 보내고 아침에 목을 베었다. 이렇게 3년이 흐
르고 나라 안에서 더 이상 처녀를 찾을 수 없게 되자, 처녀를 찾아 나섰
던 대신은 걱정으로 귀가하였다. 이 대신에게는 두 딸이 있었는데 언니
세헤라자데와 동생 두냐자데였다. 그녀들은 아버지의 걱정을 덜어 드릴
목적으로 자신들이 왕에게 가겠다고 아버지에게 자청하였다.

둘은 왕에게 가기 전에 모의하였고, 동생은 왕에게 언니가 죽기 전
에 작별 인사를 할 시간을 달라고 부탁하였다. 왕의 허락으로 작별 인사
를 하던 동생은 언니에게 혼자 남은 자신이 밤 동안 지루하지 않도록 재

미있는 이야기를 들려줄 것을 청하
였다. 언니는 동생의 요청으로 이야
기를 시작하였으며 옆에서 듣고 있던
왕은 이야기에 빠져들고 매일 밤 이
야기를 하도록 명령하였다. 이야기
는 꼬리에 꼬리를 물고 이어져 1,000
일 동안 지속되었으며 이후 왕과 셰
헤라자데는 잘 먹고 잘살았다는 이야
기로, 림스키코르사코프는 그중 4개
의 스토리에 곡을 붙였다.

셰헤라자데

1곡: 바다와 신드바드의 항해

배는 웅장한 뱃고동과 함께 항해에 나서고, 신비한 선율과 함께 한
없이 넓고 잔잔한 바다를 미끄러지듯 앞으로 나아간다. 선수에 선 신드
바드가 바다의 꿈을 안고 먼 곳을 응시하고, 처음 맞이하는 대양에 쏟아
지는 별과 아름다운 선율이 어우러지며 사랑하는 사람과 부드러운 애
무의 춤을 춘다. 갑자기 몰아치는 거친 파도와 폭풍우는 신드바드의 힘
에 굴복하고 이내 잠잠해진다. 폭풍우를 견딘 배는 힘찬 뱃고동을 울리
며 거친 바다를 항해하고 조용한 밤바다는 상념에 잠기게 한다.

2곡: 칼렌다 왕자의 이야기

이국적 부드러운 선율이 문을 열고 칼렌다 왕자의 고뇌하는 모습이
보인다. 삶에 대한 의문과 고뇌는 계속되고, 아수라, 아귀 등 온갖 악귀
가 그의 고행을 방해한다. 왕자는 반복되는 악귀들의 공격을 물리치고,
희미하게 여명이 밝아오듯이 깨달음의 경지에 다다르고 처음의 선율이

반복되며 희열의 경지에 든다. 림스키코르사코프가 부처의 수행을 알았을까? 부처의 삶을 옮겨 놓은 듯하다.

3곡: 젊은 왕자와 공주

부드러운 선율이 비단결같이 부드러운 바람에 날리며 흐르는 것 같다. 젊은 왕자와 아름다운 공주의 사랑의 속삭임을 전하는 것처럼. 세밀화가 떠오른다. 초승달과 별들이 빛나고 아름답기 그지없는 꽃들이 만발한 정원에서 만난 젊은 왕자와 공주. 정원 양편에 서성이며 두근거리는 사랑의 마음을 간직한 채로 꽃과 나무를 감상하는 왕자와 공주의 눈부신 아름다움. 순수하고 아름다운 사랑 이야기가 펼쳐지는 세밀화 위에 목관악기가 아름다운 색채를 덧칠해 준다. 귓가에 들려오는 아름다운 선율이 눈과 입가에 미소 짓게 하고 바이올린과 하프의 선율이 천상으로 이끌어 준다.

4곡: 바그다드의 축제, 바다, 청동 전사들에 둘러싸인 바위섬에 난파된 배, 결말

세헤라자데와 샤리아르의 주제에 이어 빠른 템포의 화려하고 흥겨운 바그다드의 축제가 시작되며, 신드바드의 광란의 춤, 철저히 난파되는 배의 장면이 펼쳐진다. 앞선 세 악장의 주제와 변주가 반복되며, 춤판과 난파의 난장에 땅거미가 내리고 사람들이 하나둘 돌아가자 나지막한 주제음이 반복되며 사라져간다.

◎ 유진 오르먼디, 필라델피아 오케스트라, 1971
◎ 에르네스트 앙세르메, 스위스 로망드 오케스트라, 1961

욕망과 덧없음

오르한 파묵, 「내 이름은 빨강」,
1998

셰헤라자데를 들을 때면 터키의 노벨상 작가 오르한 파묵의 「내 이름은 빨강」이 떠오른다.

오스만 제국 이스탄불에서 최고의 세밀화를 그리기 위해 분투하며 스스로 눈을 멀게 하고 목숨까지 바치는, 비장하고 아름다운 세밀화가들의 이야기는 가슴을 먹 먹 하게 한다.

자신의 정원에서 중국 공주를 만나는 페르시아 왕자 후마이

탐미주의적 소설이라고도 할 수 있겠다. 이슬람의 많은 나라가 아직도 히잡 등으로 얼굴을 가리지만 내면의 욕망을 모두 덮을 수는 없을 것이다. 그러한 가려진 욕망을 성스러운 세밀화를 빌려 승화시킨 것은 아닐까?

11세기 페르시아 시인 오마르 하이얌

의 「루바이야트(페르시아어로 4행시)」가 떠오른다. 술을 금기로 여기는 이슬람이지만 언제나 술과 향락을 즐기는 삶은 있게 마련이고 하이얌 의 시대에도 그랬던 모양이다. 하이얌은 술을 빗대어 지금 이 순간을 즐기며 현재에 충실히 살라는 메타포를 던지는 것이 아닐까 싶다. 그 의 루바이 몇 수를 음미해 보자.

고운 여인이여, 일어나 우리 마음 위해 와주오
그대 아름다움으로 우리 어려움 풀어주오
우리 육신의 흙으로 옹기가 빚어지기 전에
포도주나 한 동이 함께 마십시다
– 중략 –

내일의 슬픔은 어서 함께 잊으세나
단 한 순간의 이 인생을 붙잡아야지.
...

_오마르 하이얌, 「루바이야트」 중에서

오마르 하이얌, 「루바이야트」,
미국판, 1878

알렉산드르 스크랴빈

♫ 알렉산드르 스크랴빈

　스크랴빈은 모스크바의 부유한 가정에서 태어났다. 아버지는 법률
가였고, 어머니는 피아니스트로, 차이콥스키의 스승인 안톤 루빈스타인
의 제자였다. 그러나 스크랴빈이 태어나고 1년 뒤에 어머니가 세상을 떠
나, 그는 할머니와 고모에게서 양육되었다. 스크랴빈은 라흐마니노프와
함께 당대 러시아의 유명 피아니스트인 니콜라이 즈베레프에게서 피아
노를 배웠으며, 모스크바 음악원에도 함께 입학하여 차이콥스키와 아렌
스키의 지도를 받았다. 뛰어난 피아노 연주 실력을 갖춘 스크랴빈은 졸
업 연주에서 라흐마니노프에 이어 2등을 하였으며, 졸업 무렵에는 녹턴,
왈츠, 전주곡, 마주르카와 연습곡 같은 피아노 소품들을 작곡하고 종종
연주회를 열기도 하였다. 그의 작품은 6개의 교향곡을 제외하면 대부분
피아노곡으로, 총 400여 개의 피아노곡을 남겼다.

　그의 음악적 경향을 얘기할 때마다 언급되는 것은 "신비 화음"이다.
스크랴빈은 초기에는 "러시아적 쇼팽"이라 불리는 낭만적 경향을 보이다가, 과도기에는 점차 무조성에 가까운 난해한 음악으로 변하였으며, 말기에는 니체의 초인주의와 동양철학에 심취해 유사 신비주의자로서의 면모를 보이더니 급기야는 그의 독자적 어법을 사용한 초현실적인 신비주의적 작품을 생산해냈다. 그는 예술을 "세계를 변화시키기 위한 종교적 수단"으로 간주했으며, 음악과 빛, 색, 춤, 향기 등이 결합한 종합 예술 형식을 빌려 종교적 무아의 경지를 느끼는 "신비주의적 예술"을 추구했다. 그 자신도 약간의 과대망상증과 미망에 빠져 스스로를 메시아로 여겼으며, 음악은 인간에게 파라다이스를 회복시켜 줄 것이라고 믿었다.

이러한 성향은 그의 교향곡 3번 〈신성한 시〉, 교향시 〈법열의 시(교향곡 4번)〉와 〈프로메테우스(불의 시, 교향곡 5번)〉 그리고 인도의 호숫가에 위치한 반구형의 사원과 호수에 비친 그림자가 만나 완전한 구를 이룬다는 그의 미완성 작품 〈미스테리움*Mysterium*〉에서 잘 나타난다. 이 곡은 히말라야 산기슭에서 일주일간의 행사로 고안된 작품이기도 하다. 그는 말년에 기행을 일삼으며 호수 위를 걷거나, 하늘을 나는 실험을 시도하기도 하였으며, 이러한 기행과 서투른 사회성으로 동시대인들의 비웃음을 사기도 하였다. 1915년 모스크바에서 패혈증으로 사망한 후, 그의 작품들은 잊혀지는 듯하였으나 오늘날 그의 음악과 어법이 재조명되며

알렉산드르 스크랴빈 스승(중앙)과
스크리아빈(좌측), 라흐마니노프(우측)

자주 연주되고 있다.

법열의 시

러시아 관현악의 대가 림스키코르사코프가 이 곡을 듣고 "이거 순 미친놈 아냐?"라고 평했다는 〈법열의 시 *The Poem of Ecstasy op.54*〉는 네 악장의 교향곡으로 계획하였으나 1907년에 단악장의 시로 발표하였다. 플루트의 나른하고 몽환적인 선율이 관능적이다. 뱀의 혀로 천천히 알몸을 핥는 것 같다. 몸속에 스멀스멀 욕망이 차오르는 나른한 오후다. 신비롭고 유혹적인 색깔의 음색이 관능적 에로티시즘을 더한다. 그러나 욕망을 물리치는 팡파르가 들려오고 갈등을 극복하려고 애쓰지만 곳곳에서 유혹의 손길이 손짓한다.

사방은 온통 붉은 꽃이 뿌려져 있다. 생명의 잉태를 기다리는 것 같다. 간간이 혼미한 정신을 붙잡아도, 유혹의 환영은 끝없이 정신을 어지럽힌다. 온갖 유혹을 뿌리치며 수행에 정진하는 수도자에게 갑자기 멀리서 한 줄기 빛이 희미하게 비쳐오고, 드디어 흔들리지 않는 고목처럼 가부좌하고 삼매에 들어 법을 깨닫는다. 주위의 유혹은 일순간 이슬처럼 사라져 버리고 고통과 윤회에서 벗어나 진리를 만나는 신비를 체험함과 동시에 영적 황홀함을 누린다. 천상의 울림이 파문을 일으키며 우주로 퍼져나간다.

🎧 *발레리 게르기예프, 키로프 오케스트라, 1999*

탄트라

인도에서 7세기경에 엄격한 제식주의와 베다 경전의 난해함 그리고 불가촉천민을 배제한 브라만교에 반대하는 모신 숭배가 나타났으며 그들의 경전이 "탄트라"였다. 탄트라에 따르면 우주에는 남성성의 상징이자 궁극적 실재인 "시바"와 여성성의 상징이자 활동성인 "샥티"가 존재한다. 시바와 샥티의 결합은 모든 창조 활동의 근원이며 그중 모신인 샥티의 활동성과 창조력에 더 중심을 두고 있다. 시바의 부인인 "두르가"를 숭배하는 집단을 "샥티파(탄트라파)"라고 부르며, 성적 상징과 비밀스러운 종교의식을 강조하였다.

이를 활용한 요가 수행법이 "탄트라 요가"이다. 탄트라는 "정신적 지식을 넓힘"이라는 산스크리트어이다. 탄트라에서는 육체는 신이 거주하는 곳이며, 기존 종교의 수행 방법인 고행이나 금욕을 통한 명상이 아니라, 육체를 활용하여 해탈의 경지

무지개빛 차크라

즉 모든 제약을 초월하여 절대자유와 신비를 체험하는 경지에 이르고자 하였다. 이러한 탄트라 지식은 은밀하게 전수되었기에 불교에서는 탄트라를 "밀교"라 불렀다.

"탄트리즘(샥티즘)"은 탄트라 경전에 근거하여 삼매의 경지에 도달하게 하는 수행 방법으로 서민들이 이해하기 쉽고 어렵지 않게 실천할 수 있어 주목을 받았다. 그중 하나가 "진언(만트라)"으로 비교적 짧은 주문인 "옴", "나무", "흠"으로 시작해 "사바하"로 끝을 맺는다. 진언은 뜻이 없는 순수한 소리로 우주의 파동이며 내면의 깊숙한 소리이다. 진언은 브라만교의 리그베다에서 "수리수리 마하수리 수수리 사바하"에서 처음 사용되었으며, 진리를 깨닫는 소리인 "옴"은 우파니샤드에서 사용하는 진언으로 아트만과 브라흐만을 가리킨다. 여기서 유래한 것이 불교의 "옴(하늘)마(아수라)니(인간)밧(짐승)메(아귀)훔(지옥세계)"이라는 6자 진언으로 티베트 등지에서는 1백만 번 외우면 성불할 수 있다고 한다.

탄트라는 탄트라 요가라는 성력 숭배와 성생활을 통해 해탈의 경지에 도달할 수 있다는 실천적 방법을 제시한다. 본래 우주는 시바와 샥티의 성적 합일에 의해 만들어졌으나, 둘이 분리되며 환영의 세계가 창출되었으므로, 다시 합일을 이루면 이러한 분열을 초월하여 해탈에 이르게 된다는 논리를 수행의 요체로 삼고 있는 것이 탄트라이다. 탄트리즘에서 샥티는 "신성한 힘"이라는 뜻으로 우주 전체를 관통하여 흐르는 우주의 원초적 활동 에너지를 말한다.

샥티파(탄트라파)는 인체에 흐르는 기氣를 믿었으며, 체내에 기가 교차하는 6개의 교차점인 "차크라"와 머리 위 정수리에 남성의 원리 "시바"가 자리하고 있다고 보았다. 정신분석학자 칼 융은 차크라를 "정신적 체계, 회음부에서 머리 꼭대기까지 올라가는 의식이 자리하는 곳"이며 "의식의 다양한 위치에 자리하고 있는 연꽃

앙코르 와트 벽면 부조와 압사라 조각

처럼 생긴 센터"라고 불렀다. 여성 원리로서 생명 에너지인 샥티는 가장 아랫부분 즉 회음부에 있는 차크라에 똬리를 틀고 잠자고 있는 뱀의 모양으로 존재하고 있다. 이를 잠자는 뱀이라는 의미를 지닌 "쿤달리니"라 부르며 평소에는 깨어나지 못하고 잠들어 있다.

탄트라 요가의 핵심은 잠자고 있는 쿤달리니를 깨우는 것이다. 쿤달리니가 정수리에 도착하여 남성 원리 시바와 합하면 신과의 합일을 경험하고 지극한 희열의 상태에 이른다는 것이다. 이렇게 성적 결합을 통하여 분리되어 있던 남녀가 분열 이전의 원초적 상태를 회복함으로써 해탈을 경험한다고 보았다. 탄트라 요가는 단순히 육체적 쾌락을 탐닉하는 것이 아니라 성교의 에너지를 정수리까지 끌어올림으로써 절대적 엑스터시를 통해 궁극적인 해탈의 영적 기쁨을 맛보는 것이다. 이것이 탄트라 수행의 정수이다.

종교마다 다른 성性에 대한 관점

불교나 기독교 또는 많은 동양 종교에서는 성에 대한 욕망은 절제되어야 하며 오직 창조주가 허락한 "생식의 목적"으로만 사용할 것을 권장한다. 심지어 기독교에서는 목요일은 그리스도가 잡힌 날, 금요일은 십자가에 못 박힌 날,

토요일은 성모의 영광을 위한 날, 주일은 부활의 날, 월요일은 순교자를 위한 날로 성관계를 금기시하였다. 그러나 유대교는 자손이 번성하라고 하신 여호와의 말씀에 따라 안식일에 부부관계를 권장하였으며 유대인이 자녀가 많은 이유이기도 하다. 이슬람교에서는 라마단 기간에는 성행위가 금지되며 순례와 금식 등 경건한 기도 생활을 강조하고 있다.

세르게이 라흐마니노프

세르게이 라흐마니노프

최후의 낭만주의 작곡가 라흐마니노프는 1873년 노브고로드 인근 세묘노보에서 태어났다. 타타르계 귀족 가문 출신의 근위대 장교인 아버지와 피아니스트인 어머니 사이에서 태어난 그는 어려서부터 어머니에게서 피아노를 배웠다. 러시아의 농노해방 이후 급변하는 사회 상황에서 낭비벽이 심한 아버지로 인하여 가정이 기울자 1882년 고향을 떠나 상트페테르부르크로 이사하여 그곳 음악원 유아 과정에 입학하여 피아노 수업을 계속하였다. 1885년 부모의 이혼으로 모스크바로 간 그는 모스크바 음악원에 입학하여 리스트의 제자인 사촌 형 알렉산드르 질로티에게서 피아노를, 차이콥스키의 제자인 안톤 아렌스키와 세르게이 타네예프에게서 작곡을 배웠다.

학창시절 〈피아노 협주곡 1번〉을 작곡하여 사촌 형 질로티에게 헌정하고, 졸업작품으로 푸시킨의 시로 쓴 단막 오페라 〈알레코〉를 작곡하여 최고상인 작곡 대상을 받기도 하였다. 차이콥스키도 이 작품을 통해 라흐마니노프의 재능을 알아보고 내심 자신의 후계자로 지목하기도 하였다. 그러나 덩치 큰 소심쟁이 라흐마니노프에게 큰 어려움이 닥쳐왔다. 그의 나이 스무세 살인 1897년에 완성한 〈교향곡 1번〉 초연의 지휘를 음악원 선배 알렉산드르 글라주노프에게 부탁하였으나 연습이 부족한 상태로 공연을 하여 크게 실패하고 말았다. 일설에는 지휘대에 오른 글라주노프가 만취 상태였다고 전해오고 있다. 훗날 쇼스타코비치는 알코올 중독 수준인 글라주노프를 위해 아버지의 연구실에서 에탄올을 구해 주었을 정도였다고 한다. 여기에 더하여 세자르 큐이는 "애굽에 내린 재앙"이라며 혹평하였다.

이 일로 충격을 받은 라흐마니노프는 3년 동안이나 창작 활동을 할 수 없었다. 그는 당시를 이렇게 회상하곤 하였다. "갑작스러운 발작을 일으켜 졸도한 것 같은 멍한 날들을 보냈다. 하루의 절반 이상을 침대에 누워 파괴되어 버린 인생을 한탄하며 보내고 있었다"라고. 창작 의욕을 완전히 상실한 그는 작곡을 그만두고 피아니스트로 나서기로 결심하였다. 스물여섯 살 되던 해에 런던 공연을 시작으로 피아니스트로 데뷔한 후 명성을 쌓아가던 라흐마니노프에게 다시 작곡에 대한 욕구가 스멀스멀 싹트고 있었다. 작곡을 하려면 자신감 회복이 필요했던 라흐마니노프는 음악 애호가인 정신과 의사 니콜라이 달 박사를 찾아가 최면과 자기암시 요법의 치료를 받고 자신감을 회복하였다. 일설에는 달 박사의 딸에 대한 애정 때문에 나았다고도 한다. 자신감을 회복한 라흐마니노프는 그의 대표작이라 할 수 있는 〈피아노 협주곡 2번〉을 작곡하여 달 박사에게 헌정하였다. 이 곡의 성공으로 창작의 공포에서 완전히 벗어나 피아니스트로, 작곡가로, 지휘자로 활동하기 시작한 그는 1904년에는 볼쇼이 극장의 지휘자로 임명되었다.

라흐마니노프는 사촌 나탈리아 사티나와 결혼하고 1907년에서 1909년 사이에 드레스덴에 머물며 특히 2악장이 수채화처럼 아름다운 〈교향곡 2번〉을 작곡하였다. 이 곡은 1908년 자신의 지휘로 상트페테르부르크에서 초연하여 글린카상을 받기도 하였다. 1909년에는 〈피아노 협주곡 3번〉을 들고 미국을 방문하여 구스타프 말러가 지휘하는 뉴욕 필하모닉과 협연하여 큰 찬사를 받았으며 이 연주 여행으로 그

세르게이 라흐마니노프와
부인 나탈리아 사티나

는 피아니스트로서 최고의 명성을 얻었다. 미국 연주 여행 후 빡빡한 연주 일정으로 창작에 소홀함을 깨닫고 연주 일정의 상당 부분을 취소하면서까지 차이콥스키 형제가 크리스마스를 보내기도 했던 이탈리아의 집에 머물며 창작에 몰두하였다.

이 시기에 그의 대표적 합창 교향곡 〈성 요한 크리소스톰의 전례 (1910)〉, 다닐로바라는 여인의 부탁으로 에드거 앨런 포가 뉴욕 브롱크스에 있는 포덤대학의 교회 종소리를 듣고 종소리의 흐름을 인생에 비유해서 쓴 시 「종」을 기반으로 한 네 악장(썰매은종: 탄생, 금종: 결혼, 동종: 공포, 쇠종: 죽음)의 〈종(1913)〉, 〈저녁기도(1915, 철야기도로도 칭함)〉가 탄생하였다. 특히 〈종〉은 라흐마니노프가 1939년 필라델피아 오케스트라를 마지막으로 지휘하던 때와 1941년 지휘자로서 마지막 무대였던 시카고 심포니의 공연 때에도 연주할 만큼 사랑하는 곡이다.

라흐마니노프는 1917년 2월혁명과 10월혁명 등으로 불안한 러시아를 떠나기로 결심하였다. 마침 스톡홀름 연주가 예정되어 있어 국경을 넘을 수 있었으며 파리를 거쳐 미국으로 건너가 여생의 뿌리를 내리게 되었다. 그러나 러시아를 떠나며 창작의 영감은 고국에 두고 온 것일까? 미국으로 오기 전에는 39곡을 출판했지만 미국으로 온 후에는 6곡밖에 남기지 못하였다. 1934년 파가니니의 무반주 바이올린 카프리치오를 차용하여 작곡한 〈파가니니 주제에 의한 랩소디〉, 1936년의 〈교향곡 3번〉, 1940년의 마지막 미완성 작품 〈심포닉 댄스〉 등이 이 기간에 작곡한 작품들이다. 1931년에는 러시아가 소련 체제에 반대하는 라흐마니노프의 곡을 연주하는 것을 금지하자 1935년 미국 시민이 되는 쪽을 선택하였다.

198㎝의 키에 한 뼘의 길이가 30㎝가 넘어 13도의 음정까지 짚어낼 수 있을 만큼 손이 커서 이웃에 살던 스트라빈스키가 〈1미터 90의 괴물〉이라 불렀던 라흐마니노프. 그러나 이웃 스트라빈스키의 집에 꿀을 전하라는 아내의 심부름으로 그의 집을 방문했다가도 밤이 늦어 폐가 될

미국 망명 후 스타인웨이 피아노의 간판스타가 되었다.

까 봐 문 앞에 두고 왔다는 소심쟁이. 스트라빈스키는 "그의 과묵함은 보통 음악가들의 유일한 대화인 자화자찬과는 반대되는 고상함이었다. 그는 내가 아는 피아니스트 중에 유일하게 연주할 때 찡그리지 않는 피아니스트였다. 그 덕은 많은 점을 말해준다"라고 말하기도 하였다.

그는 음악원 시절 아무리 난해하고 긴 곡이라 해도 하루 만에 암기하여 다음 날 완벽하게 연주하여 친구들을 놀라게 했을 뿐만 아니라 정확한 테크닉과 벨벳같이 부드러운 음색을 지니고 있었으며, 아무리 어려운 곡도 뛰어난 기교와 힘으로 완벽히 소화해 내는 비르투오소 피아니스트로서 지금도 그가 연주한 음반들은 명반의 위치를 차지하고 있다. 최후의 낭만주의자이자 소심쟁이 센티멘탈리스트였던 라흐마니노프는 1943년 베벌리 힐스의 자택에서 그의 70번째 생일을 앞두고 영면에 들었다.

피아노 협주곡 2번

어느 라디오 방송국에서 청취자들을 대상으로 한 설문에서 좋아하는 클래식 협주곡 장르 1위 그리고 종합에서도 1위를 차지한 라흐마니노프의 대표곡 〈피아노 협주곡 2번〉. 우리나라 클래식 음악 애호가들이 가장 선호하는 곡이다. 차이콥스키의 〈피아노 협주곡 1번〉과 쌍벽을 이루는 대작이기도 하다. 〈교향곡 1번〉의 실패로 인한 3년간의 굴레에서 벗어나기 위해 러시아의 대문호 톨스토이를 찾아가기도 하고, 달 박사로부터 심리치료를 받은 후 작곡한 곡이며, 이 곡의 성공은 이후 보석 같은 작품들을 쏟아내는 계기가 되었다.

정신과 의사 달 박사는 "당신은 이제 좋은 작품을 쓸 수 있다. 그것은 대단히 훌륭한 일이 될 것이다"라고 자기암시 처방을 해주었다. 그 후 회복한 라흐마니노프는 이 곡을 작곡하고 감사의 표시로 달 박사에게 헌정하였다. 오랜 기간 내면의 투쟁을 통해 절망의 나락에서 벗어난 후에 작곡한 작품은 어떤 내용일까? 그동안 겪었던 상처, 회한, 몸부림의 환영이 드리우고 좌절과 고뇌, 투쟁과 극복 의지를 담아 고난에서 환희로, 절망에서 승리로 향하는 여정을 그려내지 않을까?

시작부터 장중하고 무겁다. 크렘린의 종소리라는 별명을 가진 종소리가 무겁고 장중하게 울린다. 고난과 역경에서 빠져나오는 듯하다. 한 걸음 한 걸음 무거운 발걸음을 옮기며 의지를 불태우는 가운데 드넓은 벌판을 휩쓸고 지나가는 러시아적인 현악의 선율과 어우러지며 쓸쓸하고 외로움을 물씬 머금은 서정미가 아름답다. 어둡던 시절을 생각하는 것일까? 무릎을 세우고 팔을 걸치고 앉아 지친 몸의 휴식을 취하며, 지나온 길에 대한 회상, 위로, 외로움과 고독이 느껴지는 피아노와 관악의 긴 선율이 끝없이 겹쳐지며 더욱 애처로움을 더한다.

오늘은 슬픔이지만 지나온 과거는 아름답다고 했던가? 조용히 계속되는 피아노와 클라리넷 선율이 그지없이 평화롭고 아름답다. 꿈을 꾸는 듯이 몽환적이고 서정적이며 촉촉하다. 라흐마니노프의 의식의 흐름을 그린 듯하다. 힘들었던 과거를 잘 견뎌왔구나. 이제는 새롭게 시작할 수 있을 거야. 아름답게 회상되는 옛날이 이제는 힘이 될 거야. 스스로에게 속삭여 본다. 부드러운 바람에 날리는 머리카락이 얼굴을 간지럽히며 희망의 내일로 실어다 준다. 이 얼마나 달콤한 꿈인가!

가자, 희망의 미래로! 마음도 발걸음도 가볍게. 이제는 밝아진 러시아의 선율이 함께한다. 마음은 한층 고양되어 가고 두 팔을 크게 펴고 목이 터지도록 외치고 싶다. 힘차게 걷자. 희망은 부풀어 오르고 밝은 미래가 기다리고 있다. 서두르지 말고 한 걸음 한 걸음 힘차게 나가자. 가

숨은 터질 듯이 벅차고 미래는 나의 것이리라. 얼마나 아름다운가! 아름다운 선율이 위무하고 감싸며 미래를 위한 축배를 제의한다.

◎ 스비아토슬라프 리히테르, 피아노, 스타니슬라프 비슬로츠키,
바르샤바 필하모닉 오케스트라, 1959
◎ 세르게이 라흐마니노프, 피아노, 레오폴드 스토코프스키,
필라델피아 오케스트라, 1929

두 개의 슬픔의 삼중주
차이콥스키 피아노 트리오 1번 / 라흐마니노프 피아노 트리오 2번 엘레지

인생이란 태어나서부터 죽음을 향하는 여정이다. 그 가운데 가족, 친지, 친구, 연인과 만나고 동행하며 가족애와 우정 그리고 사랑을 나누며 살아간다. 가끔은 서로 다투고 돌아서기도 하며 미운 정 고운 정이 쌓여 자신의 일부가 된다. 그러나 운명은 이 세상에서 영생을 허락하지 않고 언젠가는 전부 같은 일부를 보내야 하는 이별의 순간을 피할 수가 없다. 이러한 상실 앞에서 어쩔 줄 몰라 하며 망연자실하게 되지만 삶이란 살아내야만 하는 것. 인생이란 무너질 것 같은 슬픔과 아픔을 간직한 채 견디고 일어나 일상을 살아내야만 하는 연약하고 무상한 것이다.

차이콥스키는 1882년 두 악장으로 구성된 자신의 유일한 〈피아노 삼중주〉를 작곡했다. "위대한 예술가를 그리며"란 부제가 붙어 있고 두 악장이 변주의 형태로 1881년 사망한 그의 스승 니콜라이 루빈스타인을 묘사하고 있다. 이 곡은 작곡가로서의 차이콥스키 삶에 가장 큰 영향을 주었으며, 〈피아노 협주곡 1번〉을 혹평했으나 나중에 적극적으로 세상에 알렸던 스승 루빈스타인이 세상을 떠나고 그의 추모 1주년인 1882년

3월 모스크바 음악원에서 초연되었다.

가슴을 에는 듯, 절제된 비통함과 슬픔의 선율에서 먼 곳에 상여를 메고 가는 모습이 떠오른다. 양지바른 화창한 봄날 꽃잎은 날리고 퀭한 눈이 초점을 잃고 있다. 눈물도 말라버렸나 보다. 부대끼며 저항하고 어제를 잡으려 몸부림쳐 보지만 지나간 시간을 되돌릴 수가 없다. 슬픔이 깊어져 어찌할 수 없이 모든 것을 내려놓으니 오히려 무심한 마음이 된다. 그래, 고난의 이 세상보다 평안의 저세상에서는 더 나을 거야. 스스로를 위로하며 달래어 본다. 그러나 잠시 다시 그리움이 사무치고 차오르는 슬픔을 훌쩍이며, 삶을 하나하나 손으로 더듬어 보고, 애지중지하던 물건들을 닿으면 부서질세라 가만가만 쓰다듬으며 미소도 지어 보고 그와의 아름다웠던 기억들과 아팠던 순간들을 회상해 본다. 그래 그는 멋진 삶을 살았지. 그의 행적은 영원히 기억될 거야. 그의 모습이 가슴에 살아 숨 쉬며 항상 함께할 거야.

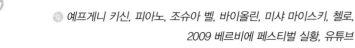

◎ *예프게니 키신, 피아노, 조슈아 벨, 바이올린, 미샤 마이스키, 첼로,*
2009 베르비에 페스티벌 실황, 유튜브
◎ *백만불 트리오, 1950*

라흐마니노프의 피아노 삼중주 2번 〈엘레지*Elegiaque*〉는 그가 정신적 지주로 생각하고 존경했던 위대한 스승, 그를 후계자로 생각했던 차이콥스키를 그리워하며 1893년 작곡한 추모의 곡이다. 스스로 "진실하고 고통스럽게, 온 정신을 집중시키며⋯ 나의 모든 감정과 힘을 이 삼중주 곡에 쏟아내었다"라고 적고 있다.

이처럼 슬픔이 절절히 묻어나는 음악이 있을까? 장례식의 발걸음 소리와 탄식의 소리가 들려온다. 휘감기는 마음의 소용돌이와 비통함이 그지없다. 마음 저 깊은 곳을 훑고 나오는 비탄의 울음을 울고 있는 듯하다. 애끓는 후회가 가슴에 가득하여 영원히 지워지지 않을 듯하다. 누구를 원망할까? 모든 것이 내 잘못인 듯하다. 이럴 줄 왜 몰랐을까? 왜 더 잘하지 못했을까. 주체할 수 없는 후회와 슬픔이 거친 밀물처럼 밀려온다. 이제는 울 수도 몸을 가눌 수도 없다. 쓰러져 물처럼 녹아내리는 듯하다.

소중했던 순간들, 아픈 기억들, 즐거웠던 시간들, 손을 잡고 함께 걸으며 하얀 이를 드러내며 함박웃음을 웃던 추억들, 모든 과거가 가슴에 아련하며 아름답다. 나에게 남은 것은 오직 그와의 추억뿐이다. 인간은 추억을 먹으며 살아가는가 보다. 함께했던 추억만이 바닥에서 일어나 삶을 살아가게 하는 힘이다. 힘들 때나 기쁠 때나 항상 함께하며 나의 삶을 그에게 바친다. 라흐마니노프는 차이콥스키를 끌어안고 비통해하며 존경과 사랑을 담아 차이콥스키의 영전에 마음을 바쳤다.

◎ 니콜라이 루간스키, 피아노, 줄리안 라흘린, 바이올린, 미샤 마이스키, 첼로, 2008 베르비에 페스티벌 실황, 유튜브
◎ 다닐 트리포노프, 피아노, 기돈 크레머, 바이올린, 기에드레 디르바나우스카이테, 첼로, 2017

위로할 수 없는 슬픔

이반 크람스코이, 『위로할 수 없는 슬픔』

세르게이 프로코피예프

🎵 세르게이 프로코피예프

20세기 소련 음악계의 맏형 격인 프로코피예프는 1891년 우크라이나 손초프카 마을에서 농장 관리인인 아버지와 피아노를 꽤 잘 연주하는 음악 애호가인 어머니 사이에 태어났다. 다섯 살에 피아노를 연주하였고, 아홉 살에는 직접 대본을 써서 오페라 〈거인〉을 작곡하였으며, 열세 살에 상트페테르부르크 음악원에 입학하기 전까지 오페라 4곡, 소나타 2곡, 교향곡 1곡을 작곡할 정도로 어려서부터 천재적인 재능을 보였다. 그는 그곳에서 관현악의 대가인 림스키코르사코프를 사사하였다. 그의 음악은 매우 감각적이고 심플하다. 그는 전통을 거부하고 그만의 음악세계를 구축했다. 그는 논리와 사상 따위는 무시하고 감성을 중요시하였으며 감각적인 작품들을 썼다. 비르투오소 피아니스트 리히테르는 그의 노트에 "그에게서는 늘 기적을 기대할 수 있었고, 막대를 휘둘러 무엇이든 신기한 보물로 바꾸어 버리는 마술사 같았다"라고 적고 있다.

프로코피예프는 성격도 마초적인 카리스마가 있었고, 직선적이고 비타협적이어서 좋고 싫음을 분명하게 표현했다. 그러한 성격 탓에 자신의 작품을 어떻게 평가하든 신경 쓰지 않고 대담하게 새로운 음악을 시도했다. 심지어는 음악원 시절에 교수법에 대해 교수들과도 언쟁을 벌이기도 하였다. 당시 러시아는 제1차 세계대전과 볼셰비키 혁명으로 어수선하여 작품 활동이 어렵게 되자 잠잠해지면 다시 돌아올 생각으로 1918년 일본을 거쳐 미국으로 건너갔다. 그러나 미국에서 그는 작곡가로서 외면당하였고 피아니스트로 간신히 생활을 이어갔다. 와신상담하며 작곡한 오페라 〈세개의 오렌지에 대한 사랑〉도 공연을 추진하던 지휘자가 갑자기 사망함으로써 다시 한번 비참함을 맛봐야만 했다.

미국에서 버림받은 그는 1,000달러만 달랑 주머니에 넣고 프랑스로 향하였다. 다행히 그가 프랑스에서 〈스키타이 모음곡〉과 〈어릿광대〉로 대성공을 거두고 있을 즈음, 러시아는 민중에게 호소하고 또 외부

세르게이 프로코피예프와 아내인 미라 멘델손

세계에 자신들의 치적을 선전하기 위한 작품이 필요하였으므로 프랑스에서 성공을 거두고 세계적 명성을 얻은 프로코피예프에게 귀국할 것을 계속해서 종용하였다. 프로코피예프도 외국에서의 창작 활동에 한계를 느끼고 있던 터라 귀국을 결심하고 고국을 떠난 지 18년 만인 1935년 귀국길에 올랐다. 그러나 프로코피예프를 열렬히 환영하던 귀국 때와는

다르게 당국은 사회주의 리얼리즘에 맞는 작품을 쓸 것을 지시하고 감독하였다. 이에 벗어날 경우 가차 없이 반동으로 몰아붙이는 것은 물론이었고, 또한 악명 높은 즈다노프의 비판을 감내해야 하는 등 프로코피예프는 우여곡절을 겪었다.

그러나 천성적으로 호방한 삶을 살았던 프로코피예프는 8개의 오페라, 7개의 발레, 9곡의 피아노 소나타, 각각 10곡의 교향곡과 협주곡 외에도 많은 작품을 남기고 뇌출혈로 1953년 3월 5일 스탈린과 같은 날 사망하였다.

피아노 협주곡 3번

피아노 협주곡인가? 타악기 협주곡인가? 피아노로 연주가 가능하기는 한가? 무슨 소리인가? 고흐의 『별이 빛나는 밤』의 별이 쏟아져 내리는 건가? 수력발전소의 수문을 열었나? 금요일 종례를 앞둔, 교실 안 들뜬 어린이들이 떠드는 소리인가? 압도하는 음향에 정신이 멍하다. 어떻게 이렇게 강렬하고 정신없는 소리가 이토록 리드미컬하고 신나지? 듣는 것만으로 들썩거린다. 어!

빈센트 반 고흐, 『별이 빛나는 밤』

이번에는 뭐지? 오리가 새끼들을 거느리고 뒤뚱거리며 걷는 건가? 이 신비한 소리는 어디서 나는 거야? 동굴 안에서 물방울 떨어지는 소리인가? 귀 기울여 보자. 계속 깊어지네. 나오려면 힘들 수도 있는데. 오? 인형극인가? 인형들이 행진도 하고 춤도 추네. 붉은 볏의 수탉이 꽁지깃을 세우고 거만하게 걷고 있네.

이제 은막이 내리고 무대에는 비눗방울이 둥둥 떠다니며 아쉬움의 음악이 흐른다. 밖으로 나오니 어두운 하늘에서 샴페인 거품 같은 별이 마구 쏟아지고 폭죽 불꽃이 하늘을 수놓으며 프로코피예프가 마련한 환상의 세계가 펼쳐지고 있다. 이 작품은 차이콥스키의 〈피아노 협주곡 1번〉, 라흐마니노프의 〈피아노 협주곡 2번〉과 더불어 러시아 3대 피아노 협주곡으로 분류되기도 한다. 러시아 작곡가들에게서 나타나는 향수나 쓸쓸함은 나타나지 않고 낙천적이고 경쾌하다. 프로코피예프는 프랑스에 머물던 시절에 이 곡을 작곡하여 자신의 연주로 시카고 심포니 오케스트라와 초연하여 좋은 반응을 얻었으며, 그의 강철 같은 타건과 야성적이고 맹렬하며 타오르는 듯한 연주는 청중을 압도하고 아연 실색게 하였다고 한다.

◎ 마르타 아르헤리치, 피아노, 샤를 뒤투아, 몬트리올 심포니 오케스트라, 1997
◎ 유자 왕, 피아노, 클라우디오 아바도, 루체른 페스티벌 오케스트라,
2009 실황, 유튜브

드미트리 쇼스타코비치

🎵 드미트리 쇼스타코비치

1906년 상트페테르부르크에서 태어난 쇼스타코비치는 엔지니어인 아버지와 음악원을 졸업한 아마추어 피아니스트 어머니 사이에서 태어났다. 어린 쇼스타코비치는 피아노는 물론 작곡을 정식으로 배우기도 전에 피아노 소품들을 작곡하여 주위를 놀라게 하였다. 불과 열세 살의 나이에 상트페테르부르크 음악원에 입학하여 〈스텐카 라진〉을 작곡하여 당시에 이름을 떨치고 있던 음악원장인 알렉산드르 글라주노프의 눈에 띄었다. 글라주노프는 쇼스타코비치의 작곡 재능을 알아보고 그에게 피아노와 작곡을 병행하도록 권유함으로써 작곡가의 길로 들어서게 되었다. 열아홉 살인 1925년 음악원 졸업작품으로 작곡한 〈교향곡 1번〉은 유럽은 물론 미국에서도 작품성과 완성도 면에서 인정을 받았으며, 레오폴드 스토코프스키가 필라델피아 오케스트라와 연주하여 크게 주목받기도 하였다.

이후 그는 승승장구하며 음악에 대한 열정을 불태워 교향곡을 연달

상트페테르부르크

아 작곡하고 오페라까지 범위를 넓혀갔다. 그러나 그는 오페라 〈므첸스크의 맥베스 부인〉에서 제동이 걸리고 말았다. 오페라는 부잣집 며느리 카테리나가 하인 세르게이와 불륜에 빠지고, 자신의 몸을 탐하는 시아버지를 독살하고, 정부와 짜고 자기 남편마저도 살해하는 내용이었다. 1936년 1월 26일 공산당 서기장 스탈린이 공산당 간부들을 대동하고 볼쇼이 극장에 나타났다. 스탈린은 이 공연을 관람하던 중에 내용이 부도덕하고 퇴폐적이라며 자리를 박차고 나가버렸다.

이에 기관지 「프라우다Pravda」는 이 오페라를 '형식주의적인 작품이며 사회주의적 리얼리즘에 반한다'면서 부르주아적이며 인민의 적이라고 비판하였다. 즉 사회주의에서 음악은 인민과의 의사소통 수단이며 형식보다는 내용이 우선되어야 했기 때문이었다. 쇼스타코비치는 바람 앞의 등불 격이 되었다. 이를 만회하기 위해서는 비판을 잠재울 수 있는 작품이 필요했고 이때 탄생한 작품이 〈교향곡 5번〉(혁명: 이 부제는 일본인들이 붙인 제목이며 그것이 그대로 우리나라에 도입되었다. 유럽이나 미국에서는 부제가 사용되지 않고 있다)이다. 이 작품으로 절박한 위기에서는 벗어나지만 쇼스타코비치는 항상 당국의 감시하에 놓이게 되었다.

그는 제2차 세계대전 기간에 3곡의 〈교향곡 전쟁 3부작〉을 작곡하였다. 그중 첫 번째인 〈교향곡 7번(레닌그라드)〉은 1942년 히틀러에 의한 레닌그라드 봉쇄로 100만 명의 시민이 굶어 죽는 상황에서 시민들에게 희망을 주고자 작곡된 곡으로, 1942년 8월 9일 연주되었다. 전쟁 중 이미 많은 연주자들이 전장에서 죽거나 실종되어 최소한의 연주마저 어려운 상황에서 지휘자 엘리아스베르크는 〈교향곡 7번〉을 연주하기 위하여 레닌그라드 방어전 책임자 고보로프 장군에게 연주 가능한 병사를 요청하기도 하였다. 장군은 이를 허락하였을 뿐만 아니라, 연주를 멈추지 않도록 하기 위하여 연주 시간 동안 독일 포병 부대에 멈추지 않고 포격을 쏟아 부었다.

연주는 라디오의 전파를 타고 레닌그라드 상공을 날아 구석구석에 이르고 시민들은 숨소리마저 멈춘 채 귀를 기울였다고 한다. 서방 세계는 이 악보를 구하기 위해 경쟁하였으며 마이크로필름에 담아 군함을 통해 확보하기도 하였다. 토스카니니와 NBC 오케스트라의 미국 초연은 전국에 방송되었고 그해에만 미국에서 62회 연주되기도 할 만큼 인기가 높았다. 전쟁 3부작 중 마지막 작품인 〈교향곡 9번〉은 종전 후 한껏 기대에 부풀어 있던 청중들 앞에 1945년 11월 3일 므라빈스키가 지휘하는 레닌그라드 오케스트라의 연주로 선보이게 되었다.

음악사에서 9번이 갖는 의미는 아주 남다르다. 베토벤의 〈교향곡 9번 합창〉, 슈베르트의 〈9번〉, 브루크너의 〈9번〉, 드보르자크의 〈9번〉 등이 있으며, 이 교향곡들은 승리에 대한 인간의 염원을 담고 있는 웅장한 곡들이다. 그러나 기대와는 다르게 쇼스타코비치는 디베르티멘토 형식의 작고 밝은 경쾌한 곡으로 작곡하였다. 이전 작곡가들처럼 웅장하고 승리에 도취된 〈교향곡 9번〉을 기대했던 청중들이 얼마나 당혹스러웠을지는 충분히 짐작이 된다. 연주 당시에는 그나마 우리의 위대한 승리를 표현하고 있다는 평가를 받았으나 이듬해부터 사회주의 리얼리즘이 결여된 작품이라는 혹평이 시작되더니, 1948년에는 스탈린의 예술 고문으로서

이오시프 스탈린

예술가들의 저승사자라 할 만한 즈다노프에 의해 금지곡으로 지정되고, 쇼스타코비치는 형식주의자로 낙인찍혀 자아비판을 감수해야 했다.

　지난한 시간이 흐르고 1953년 스탈린이 사망하고 약간의 자유스러운 분위기 속에서 쇼스타코비치는 거의 10여 년 만에 〈교향곡 10번〉을 손대기 시작하여 짧은 시간에 자신의 내면적이고 사색적인 감정을 녹여낸 명작을 내놓으며 음악적 소신을 발산한다. 러시아의 어두운 터널 같은 현대사를 관통해 온 쇼스타코비치는 15곡의 교향곡과 현악 사중주 15곡, 영화음악 40여 편과 협주곡 등 다양한 장르에서 걸출한 작품을 남긴 20세기 음악사에 우뚝 선 거인이다. 우리에게 익숙한 재즈 모음곡 중 〈왈츠 2번〉, 아일랜드 작가 에텔 보이니치의 소설을 원작으로 하는 「등에」의 영화음악 모음곡 12곡 중 8번 〈로망스〉 등은 살얼음 같은 그의 삶 가운데 피어난 또 다른 영혼의 불꽃 같다.

　쇼스타코비치의 음악
　음악을 듣고 깊이 즐기는 방법은 두 가지 길이 있는 것 같다. 첫째

클래식과 인문단상 2

는 일반적인 순수음악으로 음악 그 자체를 들으며 자신이 알고 있는 그림, 신화, 역사, 철학, 자연 그리고 사색 등 인문학적 상상의 나래를 펴며 즐길 수도 있겠고, 다른 하나는 모든 예술이 마찬가지겠지만 작곡가의 생애를 파악하여 작곡 당시의 역사적 상황이나 처지를 작곡가의 일기나 회고록 또는 타인을 통해 전해오는 기록이나 말을 통해 파악함으로써 음악에 대해 깊은 이해와 감정을 교류하며 감상하는 방법도 있을 것이다.

쇼스타코비치는 1906년에 상트페테르부르크(당시 레닌그라드)에서 태어나 20세기 러시아 폭풍의 시대(1905년 피의 일요일, 1917년 볼셰비키 혁명, 제1, 2차 세계대전, 레닌과 스탈린의 철권 통치 시대, 약간의 예술적 자유로움이 허용되었던 말렌코프 시대)를 고스란히 가로지르며 몸으로 체험하고 건너온 작곡가이다. 그는 당시 세계를 주름잡던 유명한 음악가, 프로코피에프, 라흐마니노프, 스트라빈스키, 호로비츠, 하이페츠 등과 달리, 해외로 망명하지 않고 스스로 전쟁에 자원하여 소방수로 2년간 근무할 정도로 조국 러시아를 사랑한 음악가였다. 그러나 그에게 조국 러시아는 스탈린 치하의 빅 브라더 같은 감시 눈

1942 타임지 표지에 실린
소방수 차림의 드미트리 쇼스타코비치

초리와 공산당의 가혹한 압제만을 가할 뿐이었다. 질곡의 삶 속에서 그는 희망을 찾고 음악을 지키려 몸부림치며 살아온 작곡가이다. 그의 음악을 들을 때마다 서글픈 마음이 오랜 시간 여운을 남기는 것도 그의 생애가 겹쳐지기 때문일 것이다.

교향곡 5번(혁명)

어떻게 들어야 할까? 베토벤의 〈교향곡 5번 운명〉처럼 고난을 헤치고 환희와 영광으로? 그러나 마음은 선뜻 동의하지 않는다. 그냥 들리는 대로 들으라고 한다. 이미 쇼스타코비치의 고난을 알고 있고 이 곡으로 잠시 어려움이 옅어졌을 뿐, 그의 삶은 근본적으로 변함이 없는데. 햄릿 같이 연약한 그가 헤쳐나가야 할 길은 아직도 멀고 험한데.

검은 숲에 들어가는 듯한 긴장감이랄까? 무엇인지 모를 신경을 곤두서게 하는 어두움이 이어진다. 앞선 작품에서와는 다르게 스탈린 체제하에 어울리는 사회주의적 리얼리즘 즉 고난을 넘어 승리를 보여 줘야만 하는데. 서주의 고난은 누구에게나 일상적인 삶의 강퍅함으로부터의 힘듦이라기보다는 보이지 않는 이데올로기적 압제 같다는 느낌이다. 뭔가에 쫓기는 듯한 다급함에서 벗어나야 할 것 같은 조급함이 마음을 서두르게 한다. 경쾌하게 들려오는 행진곡에도 힘이 솟아나고 마음이 즐거워지기보다는 감추어진 듯한 위장된 쾌활함이 느껴진다. 이것이 쇼스타코비치가 벼랑 끝을 걷고 있는 불안과 고난이었을까 하는 생각이 든다. 아름답고 부드러운 선율마저도 있는 그대로 전달되어 오지 않고 마음속의 불길함을 쫓아내기에는 부족하다. 고난이라기보다는 불안과 초조함 같다.

밝은 분위기에 사뿐사뿐 발걸음도 떼어 보고, 날아갈 듯한 기분을 위해 애써 보지만 어딘지 모르게 어색하다. 이제 외면적인 것보다는 내면의 평안을 모색해 본다. 느리고 서정적인 선율에 몸을 맡기고 불길함을 쫓아내고 스스로 내면에 침잠한다. 아름답고 감미로운 평화의 노래가 끝없이 이어지고 천상의 소리가 더욱더 고양시키고 한 걸음 한 걸음 걷는 듯한 평화의 순간들이 지속되고 멀리서 플루트 소리가 희망을 싣고 오며, 클라리넷은 메시지를 전해준다. 끊어질 듯 이어지는 소리에 귀 기울이면 어느새 안식이 마음에 자리하고 점점 뭉클뭉클한 희망이 힘을 더하며 커져간다.

그러나 이어 마음은 가라앉고 희망은 옅어지며 비가 같은 음악이 들려온다. 희망과 절망이 서로 바꾸어가며 찾아오는 가운데, 긴 어둠의 터널을 뚫고 희망의 불씨가 고개를 슬며시 내민다. 실낱같은 희망을 붙들고 숨을 몰아쉬며 생명의 의지를 이어 나가자. 바닥을 지나왔으니 그 무엇을 두려워하랴. 힘을 내어 뛰어오르자. 다시 삶을 불태워 보자. 지난 일은 잊어버리고 역사의 궤적을 만들어가자. 허기지고 부족한 숨을 부여잡고 의지를 불태우자. 자, 가자, 앞으로. 저 태양을 향해 솟아오르자. 희망의 불씨여! 거침없이 나아가자. 지난날은 모두 날려버리고 오직 희망을 위해 승리를 위해 힘차게 행진하자.
스탈린의 사회주의 리얼리즘은 이렇게 끝을 맺는다. 그러나 그 승리는 아주 잠깐이다. 스탈린의 승리를 노래한 것일까? 쇼스타코비치의 외마디 외침일까? 다른 고난이 그를 기다리고 있음을 예견하는 듯하다.

● 키릴 콘드라신, 모스크바 필하모닉 오케스트라, 1968
● 예프게니 므라빈스키, 레닌그라드 필하모닉 오케스트라, 1967

교향곡 10번
스탈린이 사망(1953.3)한 1953년 7월에서 10월 사이에 작곡되었으며 그해 12월 17일 므라빈스키가 지휘하는 레닌그라드 필하모닉에 의해 초연되었다. 그는 "평화를 사랑하며 전쟁을 거부하고 인류의 사명은 창조라는 현대의 사상을 표현한 것" 그리고 "인간의 감정과 열정을 그려내고 싶었다"라고 밝히고 있다. 이 작품의 특이점은 2악장이 광폭한 스탈린을 묘사하고 있다는 것과 3악장부터는 자신의 이니셜인 D-S-C-H가 사용되었다는 것이다.

어둠이 조금 걷히고 마음의 안도감을 어느 정도 회복한 것일까? 두껍고 묵직하게 시작하지만 어둡기만 하기보다는 차분하며 사색적이다. 이완되고 긴장감이 없는 여유로운 모습이다. 재촉하듯 누군가 뒤에서 따라오는 듯한 웅크림이 아니라 앞을 보며 자신을 되돌아보고 내면과 대화하는 듯한 여유로움이 묻어난다. 이런 쇼스타코비치를 보니 한결 마음이 푸근하고 편안해진다. 그를 생각할 때마다 눌리고 위축되고 감시받는 느낌이었는데 그에게도 이런 시절이 왔구나 싶어 감회가 새롭다. 지금 그는 무슨 생각을 하고 있을까? 지나온 어려운 시절을 되뇌는 것일까? 아마 그럴 것 같다.

긴 시간 동안 일어났던 급박했던 순간, 또는 좀 나았던 시간 등의 여러 가지 일들을 반추하다 보면, 상념에 잠기어 쓴웃음도 짓고 헛웃음도 지으며 이것이 삶인가, 용케도 버텨왔구나 하는 생각들이 마음을 아프게도 할 것이다. 좋은 삶이란 불가능했던 것인가? 지나온 과거가 급류처럼, 사행천처럼 파노라마가 되어 흐른다. 어둡고 무거워 보이지만 서정적이고 고요하며 때로는 물결이 일렁이는 듯한 삶의 궤적을 그려낸다. 뒤이어 빠른 선율이 요동친다. 울리고 두드리며 흥겨운 모습이다. 서두르고 내달리고 스릴이 느껴지더니 겨울바람 같은 휘날림, 현기증이 나고 너무 소란스러움에 공포감이 느껴진다. 내려치는 듯한 광포함이 정신을 혼미하게 한다. 정신이 아득하다. 악몽을 꾼 것일까?

이어 왈츠풍의 리듬이 슬며시 손을 당긴다. 현악기와 관악기들이 주고받는 울림의 메아리가 들려오고 사색적인 분위기로 들어선다. 큰 역경 뒤의 공허라고나 할까, 후유중이라고나 할까. 혼잣말을 중얼거리기도 하고 또 힘이 불끈 솟아서 기분이 상승하고 부풀어 올라서 흥분되기도 한다. 이내 다시 자신에게로 돌아오고 허무감이 깊이 밀려온다.

서정적이나 여전히 불안하고 어두움이 계속되는 듯하다가 자연스럽게 현과 관이 주고받으며 밝은 분위기를 이루어 간다. 오랜 치유의 과정을 통하여 이제 자신을 찾고 자신감을 회복해 나간다. 씩씩하고 밝은 리듬과 타악기의 힘차고 경쾌함이 어우러지며 전진해 나간다. 드디어 산과 협곡을 지나 황금빛이 반짝이는 바닷가에 도달하고 아름다운 선율이 위무하는 가운데 자신의 새로운 길을 향해 첫걸음을 내디딘다.

◎ 키릴 콘드라신, 모스크바 필하모닉 오케스트라, 1973
◎ 바실리 페트렌코, 로열 리버풀 필하모닉 오케스트라, 2009

아! 자유

삶이 그대를 속일지라도

알렉산드르 푸시킨(1799~1837)

삶이 그대를 속일지라도
슬퍼하거나 노여워 말라.
슬픔의 날을 참고 견디면
기쁨의 날이 찾아오리니.

- 중략 -

마음은 미래에 살고
오늘은 언제나 슬픈 것.
모든 것은 한순간에 지나가고
지나간 것은 또다시 그리워지는 것을

어린 시절 이발소 그림 액자 속에 적혀 있던 시이다. 워낙 여러 곳에 붙어 있었던 시라서 그냥 지나치기도 하고 한편으로는 너무 값싸 보이기도 해서 그냥 무시하고 말았었다. 지금도 많은 사람들이 '이발소 그림이네' 하며 싸구려 이미지를 떠올린다. 아마 그 당시의 기억이 강하게 남아 있기 때문일 것이다. 정작 그때에는 그 그림을 자세히 보지도 않았으며 그 시의 의미를 곱씹어본 적도 없다. 어느 시인은 자세히 보아야, 오래 보아야 예쁘다고 노래하지 않던가.

알렉산드르 푸시킨

언제부터인가 그 시가 입에서 자주 들먹거려지는 것을 깨달았다. 이렇게 쉬운 표현으로 밝은 내일이 올 것이라는 희망의 메시지를 전할 수 있다니. 나이와 함께 갖가지 삶의 고달픔이 마음속에 켜켜이 쌓여 있음이리라. 삶은 누구에게나 언제나 힘들다. 희망이 고문일지라도 그것마저 없다면 삶을 지속하기가 어려울 것이다. 지금은 마음이 심란하고 어려울 때 이 시를 중얼거리며 나 자신을 치유하고 용기를 북돋아 본다. 언젠가 장마철에 강변북로 위를 천천히 흐르는 자동차 행렬을 따라 흐르고 있었다. 낮에는 금방이라도 모든 것을 부숴버릴 듯이 폭우가 쏟아졌었고 뉴스에서는 여기저기 비 피해 상황이 전파를 타고 있었다. 폭우가 멈추고 얼마 지나지 않아 하늘이 개더니 언제 폭우가 내렸나 싶을 정도로 한강 너머 저 멀리 서쪽 하늘에 저녁놀이 황홀하게 채색되었다.

쇼스타코비치는 영광과 굴욕이 점철된 그야말로 굴곡의 삶을 살다 간 작곡가이다. 다른 유명한 러시아 작곡가들은 해외로 망명하였으나 자신은 조국에 남아 전쟁에 자원하는 등 조국을 향한 애국심을 불태웠다. 그러나 이미 공산화된 러시아는 그를 사회주의를 위하여 복무해

일리야 레핀, 『오 자유!』

야 할 한낱 도구로 취급하였다. 쇼스타코비치는 그의 오페라와 〈교향
곡 9번〉이 사회주의 리얼리즘이 아닌 서구의 형식주의적인 작품이라
는 당국의 비판 대상이 되며 인민의 적으로 간주되어 오랫동안 감시
와 통제를 받아야만 하였다. 그러나 그는 음악이라는 추상 언어를 도
구 삼아 자신의 순수한 음악적 의도를 은밀히 추구하는 백척간두의
끝에 선 것 같은 줄타기 속에서 자신의 음악 세계를 유지하며 기쁨의
날을 기다렸을 것이다.

PART **2**

영미·라틴아메리카

아일랜드 · 영국 · 미국 · 멕시코

존 필드

존 필드

아일랜드 더블린 출생인 존 필드는 유럽의 클래식 음악에 큰 영향을 끼친 최초의 아일랜드 음악가이다. 그의 삶에 대해서는 별로 알려진 것이 없지만, 19세기 서양 음악사에서 반드시 언급되는 작곡가 겸 피아니스트이다. 러시아 고전음악의 창시자라 할 수 있는 글린카가 그의 제자였으며, 슈만의 장인 프리드리히 비크 또한 필드를 존경해서 자신의 딸 클라라 슈만을 필드 스타일로 가르쳤다. 우리가 알고 있는 대부분의 음악가와 마찬가지로 필드도 어린 나이에 천재성을 보였으며, 열두 살에 웨일스 왕자가 런던에서 주최한 콘서트에서 데뷔하였다. 이듬해에는 무치오 클레멘티가 운영하는 피아노 제작소의 영업사원으로 취직하기도 하였다. 그의 일은 피아노를 구입하기 위하여 방문한 손님들에게 피아노 연주를 들려주며 피아노를 선택하도록 도움을 주는 것이었으며, 보수는 클레멘티로부터 피아노 레슨을 받는 것이었다.

흔히 녹턴 하면 프레데릭 쇼팽을 떠올리지만 녹턴이라는 장르는 필드가 창시하였다고 여겨지고 있다. 그가 보여준 독창적인 형식과 서정성의 조화는 멘델스존, 슈만, 쇼팽, 브람스를 비롯한 여러 후배 작곡가들에게 큰 영향을 주었다. 특히 쇼팽은 필드에 열광하였으며 그의 〈녹턴 모음곡집〉에서 큰 영감을 받았다. 피아니스트이자 작곡가인 프리드리히 칼크브레너는 쇼팽의 연주를 들은 후 "필드를 연상시킨다, 필드의 제자가 아닌가?"라고 묻기도 하였다. 심지어 러시아 언론은 "필드의 음악을 듣지 않는 것은 예술과 맛있는 음식에 죄를 짓는 것과 같다"고 논평하기도 하였다.

필드가 활동하던 당시에는 고도의 테크닉을 요구하는 피아노 연주를 우선시하였으나 그는 대범하게 이러한 경향을 탈피하여 감미롭고 서정적인 선율의 음악으로 나아갔다. 피아노의 대가인 프란츠 리스트는 이러한 필드의 음악을 가리켜 "모호한 하모니, 대기를 떠도는 희미한 한숨, 부드럽게 탄식하는 감미로운 우울감… 그 누구도 이러한 스타일은 꿈도 꾸지 못했다"라고 평하였다. 존 필드의 과감한 도전과 노래하는 듯한 서정적 선율이 현재에도 우리에게 편안하고 낭만적인 저녁 시간을 선물하고 있다.

녹턴(야상곡)

이처럼 감미롭고 편안한 음악이 있을까? 시끌벅적한 낮의 분주함을 뒤로하고 귀갓길의 차창을 스치는 풍경들을 무심히 바라본다. 지나치는 사람들, 스쳐 가는 풍경들, 멀리 저녁노을이 보이고 삶이란 이런 것인가 하며 집에 도착한다. 처지고 파김치가 되어 있는 몸을 이끌고 집에 들어서자 안도감이 밀려든다. 창밖에는 어둠이 깔려 있고 바람 소리마저 고요한 저녁 시간이다. 안락의자에 깊숙이 몸을 기대고 가만히 눈을 감으니, 어두운 밤하늘에 금모래 별빛이 쏟아져 내리고 산들바람이 스치듯이 불어온다.

비단결 같은 바람에 서정적이고 아름다운 음악이 흐른다. 끊어질 듯 이어지는 차분한 음악이 귀에 속삭이고 위로하며 마음속에 내려와 앉는다. 하루의 고단함은 어느새 사라지고 입가에는 빙그레 미소가 떠오르고 사랑스러운 마음이 자리한다. 몸이 편안해지고 팔과 다리가 툭 하고 늘어지며 마음은 매화 꽃잎처럼 바람에 흩날린다. 어둠은 한 뼘씩 깊어지고 나는 꿈속으로 빠져든다. 나는 녹턴의 솜사탕 속으로 녹아 스며든다. 특히 녹턴 〈1번〉과 〈5번〉이 인기가 높다.

◎ 미셸 오루르크, 1988
◎ 존 오코너, 1989 ◎ 엘리자베스 조이 로, 2016

나의 안식처

『검은색과 금색의 녹턴: 떨어지는 불꽃』. 미국 매사추세츠주 출신이지만 어린 시절을 러시아에서 보내고 파리에 유학하였으며 영국에서 활동하며 런던의 밤 풍경을 많이 그린 화가 제임스 맥닐 휘슬러James McNeill Whistler(1834~1903). "관객의 면전에 물감을 끼얹은 그림"이라고 혹평한 러스킨과의 법정 소송 이야기는 다음 기회

제임스 애벗 맥닐 휘슬러,
『검은색과 금색의 녹턴: 떨어지는 불꽃』

로 미뤄두자. 진초록의 짙은 어둠이 내리고 창 너머 보이는 검은색 키 큰 향나무 그림자가 있는 깊은 밤이 포근하게 느껴진다. 맑은 하늘에서는 금빛 불꽃이 점점이 무리 지어 떨어지고 땅에 닿은 불꽃은 모닥불처럼 빛을 발산한다. 어둠을 밝히기보다는 마음을 따뜻하게 데워주는 것 같다.

과거나 지금이나 무명의 화가들은 경제적 어려움을 등에 진 채 자신

의 작품이 인정받을 날만을 고대하며 그리고 또 그렸을 것이다. 더군다나 타국에서 무명 화가로서의 삶은 잠자리도 불편하고 먹을 것조차도 충분치 않을 뿐만 아니라, 지독한 외로움이 엄습하였을 것이다. 안식처라고는 보이지 않는 끝없는 어둠의 터널 같았을 것이다. 화가는 자신의 그림에서 안식처를 찾았을까? 자신의 화실 이젤 위에 그림 한 점이 세워져 있다. 어둠이 내려와 포근히 감싸고 하늘에서는 황금빛 희망이 쏟아지며 화가를 푸르고 빛나는 상상의 세계로 안내하며 평화와 안식처가 되어 준다. 감미로운 녹턴 속으로 걸어 들어가 물감처럼 녹아내린다.

제임스 애벗 맥닐 휘슬러, 『휘슬러의 어머니 안나 초상화』

에드워드 엘가

🎵 에드워드 엘가

독일이 유럽 음악을 주도하던 19세기에 영국 음악을 세계적으로 알린 작곡가. 그를 시작으로 딜리어스, 본 윌리엄스, 벤자민 브리튼 같은 세계적인 영국 작곡가가 등장하였다. 평범한 가정에서 태어나 가정형편으로 변호사 사무실에서 일하면서 피아노 레슨을 겸하고 있던 엘가는 제자로 들어온 8세 연상인 귀족의 딸 캐롤린 앨리스와 결혼한 후, 그녀의 권유에 의해 늦은 나이인 서른두 살에 작곡가의 길로 들어섰다. 결혼 선물로 작곡해 그녀에게 바친 〈사랑의 인사〉는 지금도 자주 연주되는 달콤한 사랑의 멜로디이다.

아내의 적극적인 지원과 충고는 그에게 작곡의 동기가 되었으며, 그녀가 좋아하는 선율을 변주하여 아내와 친구들의 특징을 묘사한 14곡으로 구성된 〈수수께끼 변주곡〉은 자신은 물론 영국 음악을 세계에 알리는 계기가 되었다. 또한 5곡으로 구성된 〈위풍당당 행진곡〉은 1901년 에드워드 7세의 대관식을 위한 작품이며, 제목으로 사용한 〈위풍당당〉이란 말은 셰익스피어의 희곡 「오셀로」의 3막 3장의 대사에서 따온 것이다. 이 〈행진곡 1번〉에 아서 벤슨의 시를 가사로 붙인 〈희망과 영광의 나라〉는 영국의 공식 모임에서 반드시 연주되는 제2의 국가 같은 곡이 되었다.

이외에도 제1차 세계대전이 끝난 지 얼마 지나지 않아 그의 아내가 병과 사투를 벌이던 1919년에 작곡한 〈가을의 매혹적인 슬픔〉이라는 평을 받고 있는 첼로 협주곡은 지금도 첼로 음악의 명곡으로 사랑받고 있다. 영국 음악의 발전에 기여한 공로로 1904년 기사 작위를 받았으며 이후에 남작의 작위도 받은 엘가는 아내이자 정신적 동반자였던 앨리스가 1920년 세상을 떠나자 실의에 빠져 14년 동안이나 작곡을 멈추었으며, 1934년 사랑하는 부인 곁으로 갔다.

첼로 협주곡

첼로의 두툼하고 비장한 울림이 마음을 파고들고 이어지는 애달픈 선율이 엎친 데 덮친 격으로 가슴을 갈가리 찢어 놓는다. 조각처럼 부서진 슬픔의 파편들이 가슴 속에 박힌다. 제1차 세계대전은 끝났으나 세상은 황량하며 혼란스럽고, 아내와는 마지막 여름을 보내고 있는 엘가의 마음이 느껴진다. 그토록 사랑하고 그의 음악에 있어서 정신적 지주였던 아내가 지금 병들어 사경을 헤매고 있다. 어찌해 볼 수도 없고, 하늘을 보며 원망하고 소리쳐 보아도 무심하기만 하며, 세상은 나와는 상관없이 무슨 일이 있느냐는 듯이 삶의 시간을 싣고 흘러만 간다. 나 이외에는 변한 것이 아무것도 없고 세상은 어제처럼 오늘을 지나 내일로 구름처럼 흘러갈 뿐이다.

한 시간만이라도 좋으니 되돌릴 수 없을까? 이 애절한 심정을 누구에게 호소할 수 있을까? 고통은 나눌수록 가벼워진다고 했지만 나누어지지가 않는 것을. 오롯이 혼자만이 감당해야 하는 것을. 그녀를 대신

할 수조차 없는 한스러움으로 숨조차도 쉴 수가 없다. 오르페우스가 에우리디케를 잃고 세상을 주유하며 퉁겼던 리라 소리가 이런 것이었으리라. 눈물마저 말라버리고 한숨마저 멎어버린 슬픔을 넘어 초월의 경지에서 울리는 음악이 신과 인간세계를 눈물의 이슬로 덮었을 그런 소리의 울림. 마이나스에게 찢겨 강물에 던져진 오르페우스가 오히려 더 나은 삶이런가! 사랑하는 아내 캐롤린 앨리스는 이 곡의 초연 5개월 후 눈을 감았으며 엘가의 남은 삶도 그녀의 죽음과 함께 상실되어 버리고 삶을 지탱해 주는 것은 오직 그녀와의 추억뿐이었을 것이다.

◎ 재클린 뒤 프레, 첼로, 존 바비롤리, 런던 심포니 오케스트라, 1965
◎ 미샤 마이스키, 첼로, 주세페 시노폴리, 필하모니아 오케스트라, 1990

위풍당당 행진곡 1번

행진곡 모음 음반 세트(2CD)를 구입했더니 43곡의 행진곡이 녹음되어 있다. 투우사의 행진곡, 기병대의 행진곡, 개선 행진곡 등 여러 행진곡 중에서 〈위풍당당 행진곡 1번〉은 그야말로 으뜸으로 당당하게 느껴지는 행진곡이다. "울부짖는 군마여, 드높은 나팔 소리여, 가슴을 뛰게 하는 북소리여, 귀를 뚫을 듯한 피리 소리여, 저 장엄한 군기여, 명예로운 전쟁의 자랑도, 당당한 위풍Pomp and Circumstance도 모두 마지막이다(오셀로 3막 3장 대사)". 매년 런던에서 열리는 유서 깊은 음악제인 BBC Proms에서 마지막 날 연주되는 영국 제2의 국가.

초등학교 시절 만국기가 운동장 위로 휘날리고 스피커에서는 힘찬 행진곡이 울려 퍼지는 추억이 소환된다. 어린 새싹들의 마음은 설레고 동네 어른들은 손에 주렁주렁 음식을 싸 들고 운동장으로 들어서고 온통 축제 분위기가 학교를 뒤덮고 있다. 청과 백 양편을 나눈 아이들이 줄 맞추어 서서 교장선생님의 훈시를 듣고 난 후, 오색 폭죽이 개회식을 알 린다. 청색 모자, 백색 모자로 나뉘어 무등을 타고 하는 기마전에 아이 들 어른들 할 것 없이 모두 함성을 지르며 실제 말을 타고 하는 전쟁보 다 더욱 열기를 띠고, 상대방의 대바구니 깨뜨리기와 이어달리기를 하 는 우리 아이들의 승리를 염원하는 함성이 하늘을 찌른다. 검정 곰가죽 모자Bearskin Hat에 빨간 상의와 검정 줄무늬 바지 제복을 입고 걷는 근위 병Beefeater보다 더더욱 당당하고 사랑스럽다. 전쟁의 승리가 아닌 평화의 웃음소리가 세상으로 퍼져나가는 운동회의 추억이다.

◎ 존 바비롤리, 필하모니아 & 뉴 필하모니아 오케스트라, 1963 & 1966
◎ 기분 좋아지는 행진곡 베스트 음반, MVK

사랑 찾아 스틱스 강을 건너다

음악의 신 아폴론과 예술의 여신인 아홉 무사이 자매 중 막내인 칼리오페 사이에 태어난 오르페우스. 그는 여신들의 처소인 올림포스산 근처 파르나소스에서 자라며, 아버지에게서 리라 연주를, 어머니에게서는 시와 노래를 배웠다. 그가 아버지에게서 선물 받은 황금 리라를 연주할 때면 초목이 감동을 받고, 맹수가 얌전해지며, 사나운 폭풍도 잠잠해졌다. 오르페우스는 에우리디케와 결혼하

귀스타브 모로, 『오르페우스』

였으나, 결혼식 직후 풀밭을 거닐던 아내 에우리디케가 독사에게 복사뼈를 물려 죽게 된다. 지상에서 아내를 마음껏 애도한 오르페우스는 저승의 강 스틱스를 건너고, 지옥문을 지키는 머리가 셋 달린 괴물 케르베로스를 잠재우고 지하의 신 하데스와 페르세포네를 만나 아내의 운명의 실을 다시 짜 줄 것은 간청하였다. 언젠가는 저승에 다시 와야 하는 것이 자신들의 운명이니 에우리디케를 선물이 아니라 단지 빌려달라고 애원하며, 거절한다면 자신도 단연코 돌아가지 않을 것이

카미유 코로, 『지하세계에서 에우리디케를 이끄는 오르페우스』

라고 맹세한다(신들도 스틱스강에 걸고 맹세하면 그 맹세를 바꿀 수 없다).

오르페우스가 이렇게 간청하며 노래하자 목마른 탄탈로스는 도망치는 물결을 잡지 않았고, 익시온이 묶여 있는 불타는 수레바퀴도 놀라 멈춰 섰으며, 독수리는 티티오스의 간을 쪼지 않았고, 바위를 산으로 끝없이 밀어 올리던 시시포스는 그 바위 위에 걸터앉아 있었고, 밑 빠진 독에 물을 채우던 다나오스의 딸들은 물동이를 내려놓고 눈물을 흘렸다. 지하의 신(하데스)도 그의 왕비(페르세포네)도 탄원자의 청을 거절할 수 없어 에우리디케를 불렀고, 그녀는 상처로 인해 절뚝거리며 천천히 앞으로 나왔다.

아내와 함께 이승으로 향하던 오르페우스는 아베르노스(저승의 입구)의 골짜기를 떠날 때까지 뒤돌아보지 않기로 한 약속에도 불구하고, 적막하고 가파르며 짙은 안개로 분간할 수 없는 길을 걷던 중 아내가 힘이 달리지 않을까 걱정이 되어 자신도 모르게 돌아보았고, 그 순간 아내의 손이 스르르 빠져 도로 미끄러졌다. 그들은 서로 팔을 잡으려 했으나 잡히는 것은 뒤로 물러나는 바람뿐이었다. 에우리디케는 두 번 죽으면서도 불평하지 않았고 남편의 귀에 들릴 듯 말 듯 마지막으로 '안녕'이라 말하고 자신이 떠나왔던 곳으로 다시 미끄러져 갔다.

근심과 마음의 괴로움과 눈물만이 오르페우스의 양식이었다. 오르페우스가 고향 트라키아로 돌아가 노래로 숲과 야수와 바위들을 인도하는 동안, 마이나스들이 던진 돌덩이에 땅이 피로 물들었고, 입술 사이로 목숨이 빠져나오더니 바람 속으로 흩어졌다. 슬퍼하는 새들도, 야수의 무리도, 단단한 바위도, 숲들도 울었고, 나무들은 잎을 벗고 삭발한 채 슬퍼했고, 강물도 제 눈물로 불어났고, 요정들도 검은 상복을 입고 머리를 풀어 헤쳤다. 사지는 사방에 흩어졌으나 머리와 리라가 강으로 떠내려가는 동안 리라가 슬픈 소리를 냈고 강둑은 이에 슬피 화답했다. 머리와 리라는 여류시인 사포의 고향인 레스보스섬에 닿아 장례가 치러졌으며, 황금 리라는 하늘의 거문고자리가 되었다. 오르페우스의 그림자는 전에 보았던 대지 아래로 내려가 에우리디케를 발견하고는 두 팔로 힘껏 껴안았으며 지금 그들은 그곳에서 나란히 함께 거닐고 있다.

안토니오 카노바, 『에우리디케』

Gustav Theodore Holst, 1874~1934

🎵 구스타브 홀스트

홀스트는 1874년 영국에서 태어나 1934년 타계하였다. 그가 〈행성〉을 작곡하게 된 계기는 친구 클리포드 백스가 점성술에 대해 소개했기 때문이라고 전해지기도 하며, 다른 한편으로 그의 딸 이모겐이 이 곡의 원고 사본판 서문에 쓴 내용에 따르면, 홀스트는 Alan Leo가 쓴 1913년판 「천궁도란 무엇인가?」를 읽고 영감을 받아 이 곡을 작곡하게 되었다고 적고 있다. 이유야 무엇이든 이 곡이 점성술에서 아이디어를 얻어 작곡된 것만은 분명해 보인다. 곡의 순서도 천문학적 순서가 아니고 점성술의 순서에 따랐으며 각 곡은 점성술적 의미를 내포하고 있다.

홀스트가 제1차 세계대전이 일어나기 직전에 첫 곡 〈화성*Mars*(전쟁의 신)〉을 완성하자, 사람들은 홀스트가 점성술에 빠지더니 세계대전을 예견한 것으로 짐작하였다. 물론 본인은 완강히 부인했지만. 이 곡에서 우리가 알고 있는 행성 중 9번째인 명왕성은 빠져 있는데 그것은 수성을 마지막으로 곡이 완성된 시기가 1916년이었으며, 명왕성은 1930년에 발견되었기 때문이기도 하다. 이후 2006년 명왕성은 행성의 지위를 잃고

왜소행성으로 분류되는데 이것도 점성
술의 예견일까?

「스타워즈」 포스터

    첫 곡 화성은 영화 「쥐라기 공원」의
음악을 작곡한 영화음악의 대가 존 윌리
엄스의 「스타워즈-제국의 역습」과 「라
이온 킹」의 작곡가 한스 짐머의 「글래디
에이터」에도 영감을 주었다. 한스 짐머
는 이로 인하여 2006년 홀스트 재단으
로부터 표절했다는 이유로 소송을 당하
기도 하였다. 7곡 중 가장 자주 듣게 되
는 웅장하고 유쾌한 목성은 1980년대
MBC 뉴스데스크 시그널 음악으로 사용되어 우리에게도 더 친숙하게
느껴진다.

행성 *The Planets*

1곡 화성 *Mars*(전쟁의 신)

    군악대의 음악에 맞추어 전쟁터로 향하고 있
는 로마군단의 행진 모습 같다. 붕. 붕. 붕. 붕.
두려움은 닥치기 직전에 가장 숨 막히게 하듯이.
그러나 다시 생각해 보면 어린아이들의 병정놀이
같은 순진한 생각이 들어 피식 웃음이 나기도 한다.
군기를 앞세우고 우락부락하고 난폭하게 생긴 군
신 마르스가 군마 적토마를 타고 늠름하게 행진하고 있
다. 방패를 앞에 들고 어깨를 맞대고 종과 횡으로 늘어
선 수많은 군사의 행진에 먼지가 자욱하다. 이제 적과

군신 마르스

의 전선이 형성되고 긴장된 순간을 지나 군악대는 둥둥둥 공격을 알리고 여기저기 함성과 고함, 신음과 환호 소리가 뒤섞인다. 곧 전쟁은 끝나고 전쟁터에는 적막감만이 남는다.

2곡 금성 *Venus* (평화의 신)

조용하고 부드럽게 호른 소리가 울리고 맑은 종소리가 들려온다. 산 너머 남촌에서 들려오는 소리다. 아마도 평화의 신 비너스는 조개껍데기가 아닌 바람을 타고 이렇게 찾아오나 보다. 아름다운 선율이 바람결처럼 펄럭이고 발이 보일 듯 말 듯 엷은 천으로 감싼 비너스가 미풍의 리듬에 몸을 맡기고 있다. 평화롭고 느릿한 시간이 이어지고 조용히 눈을 감고 음악에 기대어 본다.

산드로 보티첼리, 『비너스의 탄생』

3곡 수성 *Mercury* (우편배달부의 신)

종종걸음이다. 어디를 저리 급히 가고 있을까? 우편배달부가 알프스 하이디의 집에 편지를 배달하러 가는가 보다. 소식을 받고 즐거워할 하이디를 생각하니 발걸음이 가볍다. 꼭 생김새는 마네의 『피리를 부는 소년』같은 모습이다. 얼마나 급했는지 우편배달부의 신 헤르메스(영어로는 머큐리)는 그의 지팡이를 두드려 뒤꿈치에 달린 날개로 바람을 가르며 날아가고 있다. 하이디 집 초인종을 두드리고 소식을 전한 헤르메스는 두 팔을 활짝 펴고 하늘로 날아오른다.

모자, 신, 지팡이를 지닌 헤르메스

4곡 목성 *Jupiter* (쾌락의 신)

호쾌하다. 역시나 천둥과 벼락과 바람의 신답다. 돈 후안이나 카사노바가 그랬을까? 올림포스도 부족해 지상의 세계까지 욕정의 마수를 드러내는 제우스(영어로는 주피터). 호걸은 그런 것인가? 그래야만 하는 것인가? 그리스 로마 신화는 주피터의 바람기와 헤라의 감시와 보복이 반복되는 숨바꼭질 같다. 이 세상도 올림포스를 닮았나? 이번에는 누구의 집을 방문할까? 황금

제우스 동상

구스타프 클림트, 『다나에』

비로 다나에에게? 사람 모습으로 변장하고 세멜레에게? 황소 모습으로 에우로페에게? 구름으로 이오에게? 음악은 화려하고 들뜨

240

며 쾌락만이 가득하다. 주피터는 올림포스와 세상의 평화는 뒷전이다. 쾌락에 지쳤나? 올림포스의 궁전에서 햇빛 모션으로 손을 눈 위에 올리고 인간 세상을 휘이 둘러본 후, 잘못을 바로잡고 축복을 내리며 천신의 왕다운 역할을 수행한다. 그리고 스스로 "됐어!" 하고 만족스러운 미소를 짓더니, 멋진 폼으로 으스대며 행진한 후 바로 쾌락 속으로 몸을 던진다.

5곡 토성 *Saturn*(노년의 신)

프란시스코 고야, 『나는 아직 배우고 있다』

햇빛마저도 숨죽인 적막한 시간, 괘종시계의 시간을 알리는 종소리, 아니면 헤밍웨이의 죽음을 알리는 교회의 종소리 같다. 종소리가 노인의 귀에 선명하게 울린다. 쓸쓸한 음악이 흐르고 노인은 과거 속으로 들어간다. 지나온 세월을 걸음마다 새기듯 천천히 마음을 옮긴다. 회상의 파노라마가 느리게 그리고 빠르게 흘러간다. 그리고 다시 조용한 선율과 종소리가 긴 여운을 남기며 스러져 간다. 삶은 아름다웠노라고. 7개의 악장 중 가장 길다. 회상하는 삶처럼.

6곡 천왕성 *Uranus*(마법사의 신)

현란한 음악과 함께 마법사가 아라비안나이트에 나오는 알라딘의 모습으로 무대에 등장한다. 무슨 마술을 보여줄까? 궁금증이 커진다. 뒤

카의 〈마법사의 제자〉처럼 물
난리를 보여줄까? 리듬이 비
슷하다. 무슨 마법을 보여주
려고 이렇게 뜸을 들이시는 걸
까? 허당 같은 마법이면 안 되
는데. 웬만한 마법은 시시하잖
아. 마법사가 마술을 시작하
자, 소맷자락에서는 새가 퍼덕

디즈니 클래식 애니메이션 「환타지아」 중
'마법사의 제자'

거리며 나오고 무대의 허공 가득하게 알라딘의 요술램프에서 나오는 온
갖 희귀하고 진기한 세상이 펼쳐진다. 넋이 나가 보고 있는 중에 마법사
는 정중하게 인사하고 무대 뒤로 총총히 사라진다.

7곡 해왕성*Neptune*(신비의 신)

　우주의 음악이 들려온다. 우주의 소리가 있다면 이런 음악 아닐까?
행성과 별들의 움직이는 소리. 푸른 별인 지구의 소리도 그 안에 사는 우
리의 삶의 소리도 섞여 있을 것만 같다. 수만 배의 속도로 우주를 촬영
한 사진에서 울려나올 것 같은
그런 신비의 소리. 김환기의
『Universe』에서 나오는 화음.
기원전 5세기 그리스의 피타
고라스가 들었다는 이 신비한
소리에 아이들과 함께 귀 기울
이고 상상의 세계를 펼쳐보고
싶다. 세상 모든 철학의 궁금
증에 대한 답이 그 안에 있을

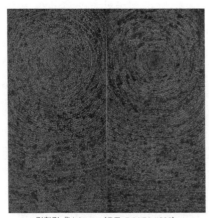

김환기, 『Universe (우주, 5-IV-71 #200)』

것만 같다. 우주의 질서 Cosmos가 신비하게 펼쳐진다.

퀸즈 홀에서 열린 〈행성〉 초연 모습

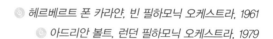

◎ 헤르베르트 폰 카라얀, 빈 필하모닉 오케스트라, 1961
◎ 아드리안 볼트, 런던 필하모닉 오케스트라, 1979

별자리

행성 하면 학창 시절 배웠던 '수금지화목토천해명'이 떠오른다. 그때
에는 단지 학습용이었지, 이 행성이 우리 삶과 얼마나 밀접한 관계인
지를 생각지 못했다. 기껏해야 밀물과 썰물이 달의 인력에 의해 발생
한다는 것 정도밖에는. 우리가 실생활에서 가끔 듣는 음양오행도 점
성술의 일종으로 고대 중국의 주나라 시대부터 내려온 역법이고, 유
교의 근간인 사서삼경의 경전에도 포함되어 있을 정도이니 얼마나 중
요하게 다루어졌으며, 우리 삶과 밀접하게 관련되어 있는지 알 수 있
다. 오죽하면 '이제 철들었다(농경시대 농사꾼이 씨 뿌릴 시기를 제대로 아는
것처럼 사람이 사리 분별할 수 있음을 이르는 말)'라는 관용 표현이 있을까.
역법은 해와 달의 음양과 목성(나무), 화성(불), 토성(흙), 금성(쇠), 수성
(물) 오행의 움직임으로 인간사와 세상사를 예측해 보는 것이다. 하늘
에 매달린 모든 별들이 고정되어 있으나 이 다섯 행성만이 불규칙하
게 움직이므로 우리의 삶에 큰 영향을 준다고 믿었던 것이다. 보름달
에 소원을 비는 것처럼. 청룡·백호·주작·현무의 방위와 색동옷의 오방
색, 봄·여름·가을·겨울의 사계절, 농사와 생활의 기준이 되는 절기, 그
리고 더 가까이는 사가나 궁궐의 건축 시기, 가람배치 등 역법은 우리
들의 거의 모든 생활 저변에 스며들어 있다. 동쪽에는 동궁의 처소를,
가운데에는 왕의 자리를, 왼쪽에는 종묘를 오른쪽에는 사직을. 별은

지금도 멀리가 아닌 우리 생활 가운데 있지 않은가!

물론 점성술의 시대는 가고 현대는 과학과 이성의 시대이다. 그러나 과학과 합리에 기반한 현대의 삭막한 삶 가운데 하늘의 별을 보며 소원을 빌고, 나의 별과 연인의 별을 찾고, 은하수를 보며 애달픈 견우직녀를 생각하고, 북극성의 통로를 통해 신들과 영웅들을 만나러 가고, 밤에는 은하수를 건너고, 낮에는 무지개 타고 천국을 꿈꾸어 보고, 별똥별을 보며 누구의 영혼일까 생각해 보는, 설렘이 가득한 상상의 세계는 얼마나 아름다운가!

　⋮

별 하나에 추억追憶과

별 하나에 사랑과

별 하나에 쓸쓸함과

별 하나에 동경憧憬과

별 하나에 시詩와

별 하나에 어머니, 어머니

　⋮

_윤동주, 「별 헤는 밤」 중에서

천궁도

앨버트 케텔비

♫ 앨버트 케텔비

　영국 버밍엄에서 태어난 케텔비는 작곡가이자, 지휘자이며 피아니스트였다. 열한 살에 작곡한 피아노 소나타가 에드워드 엘가의 칭찬을 받았으며, 열세 살에 빅토리아 여왕의 장학금을 받고 트리니티 칼리지에 1등으로 진학하였을 뿐만 아니라, 열여섯 살에는 세인트 존 교회의 오르가니스트가 되었다. 그는 여러 악단의 지휘자를 역임하기도 하였으며, 작곡가로서 누구에게나 쉽고 친근한 음악을 작곡하였다.

　그는 공부했던 정통 클래식 음악과는 조금 길을 달리하여 영화음악과 약간 가벼운 오케스트라 음악을 작곡하였다. 케텔비는 무성영화 시대에 영화음악 분야에서 왕성하게 활동하여 명성을 얻었으며, 그 시대를 대표할 만한 영화음악가이다. 또한 그는 오케스트라 음악 분야에서는 다채롭고 환상적인 음색의 선율과 리듬을 많이 사용함으로써, 이국적인 신비감과 동양적인 매력을 느낄 수 있는, 색채감이 풍부한 작품들을 많이 남겼다. 작품의 소재 역시 일상생활에서 만날 수 있는 것이나 동화를 주로 묘사하여 누구나 쉽게 다가설 수 있는 친밀함과 내가 그곳에 동화된 것 같은 야릇한 쾌감을 느끼게 한다.

페르시아 시장에서

행복해지고 싶으면 시장엘 가자. 괜히 지루하고 시무룩해질 때 북적거리고 활기 넘치는 시장에 가면 나도 덩달아 신나고 즐거워진다. 〈페르시아 시장에서*In a Perisian Market*〉를 듣노라면 우리의 생동감 넘치는 오일장 시장 풍경 속으로 들어가는 것 같다. 늘어선 가게와 통로, 식당에서 왁자지껄 한잔 걸치는 손님들, 여기저기 호객하는 소리, 고개를 맞대고 침 튀기며 흥정하는 상인과 손님, 옆에 목을 빼고 여기저기 기웃거리는 구경꾼. 서로 밀고 당기는 흥정을 끝내고 붉혔던 얼굴에 웃음꽃을 피우는 시장 사람들. 페르시아의 시장도 우리와 같은 삶의 냄새가 펼쳐질 것이다.

다양한 사람들이 페르시아 시장으로 들어선다. 아마 그곳에는 신드바드가 바다 건너에서 가져온 진귀한 물품도, 하늘을 나는 모자이크 문양의 양탄자도, 맛있는 케밥도 있을 것이다. 대상의 행렬이 말(낙타)발굽

알베르토 라씨, 『카울룽에 잇는 아라비안 마켓』

먼지를 일으키며 시장에 들어서고, 화려하게 차려입은 공주는 시종들을 거느리고 시장 이곳저곳을 걸으며 우아하게 곁눈질로 탐색하고, 공터에는 뱀을 부리는 마술사와 지저분한 돈통이 있고, 위엄 있는 칼리프는 사람들의 삶을 살핀다. 화려하게 진열된 물건들 사이로 여기저기 호객하는 외침 소리, 물건을 고르는 손님, 소란스럽게 흥정하는 소리, 구경꾼의 발소리, 허기진 배를 채우며 떠드는 소리 등, 시장터의 소란스러움이 버무려진 다채롭고 이국적인 색채의 선율과 리듬이 교차하며, 시장의 왁자지껄한 분위기와 각양각색 사람들의 움직임에서 생동감이 넘치고, 흥겨운 풍경이 펼쳐지는 난장을 연상케 한다.

ⓒ 존 랜치베리, 필하모니아 오케스트라, 1977

수도원의 정원에서

1915년 작곡한 〈수도원의 정원에서 *In a Monastery Garden*〉는 악보가 100만 장 이상 팔리는 대성공을 거두었으며 그에게 부와 명예를 안겨준 출세작이다. 그가 스카버러 남쪽 브리들링턴의 수도원에 방문하고 돌아와 그곳에서 받은 내면의 울림을 음악적 색채감으로 표현한 곡이다.

한 방문자가 조용한 수도원의 정원을 천천히 거닐고 있다. 고요하고 평화로운 분위기와 나뭇잎에 바람 스치는 소리가 정원에 내려앉는다. 숲속에

브리들링턴 수도원

클래식과 인문단상 2

서는 맑고 투명한 새소리 물소리가 성스럽게 들려오고, 세상에서 오염된 마음이 깨끗이 닦여 차분하게 가라앉는 것 같다. 지난 일들에 대한 상념이 밀려오며 슬픔과 후회의 감정이 올라온다. 예배당에서는 수사들의 경건한 찬송이 들려오며, 찬송 소리가 나의 죄를 사하고 다시 태어나게 하는 것 같다. 키리에 엘레이손(주여, 자비를 베푸소서) 하고 드리는 기도가 종소리와 함께 하늘로 퍼져간다. 마음에 평온이 성령처럼 깃든다.

◎ 존 랜치베리, 필하모니아 오케스트라, 1977
◎ 알렉산더 파리스, 런던 프롬나드 오케스트라, 암브로시안 합창단, 1982

종교와 전쟁

사막 냄새 또는 파라다이스 향기가 나는 이국적인 음악을 듣거나 세밀화 같은 그림, 스테인드글라스나 모자이크 무늬가 있는 건축, 조형화된 아랍 문자 등을 볼 때마다 항상 흑진주같이 검고 깊은 눈동자의 아랍인과 종교와 전쟁이 연상된다. 이러한 생각은 예술작품이 보여주는 아름다움이나 아랍인에게서 느껴지는 천진난만함과 반대로 전쟁으로 고통받는 그들의 모습과 겹치며 서글퍼지고 측은지심惻隱之心이 느껴진다. 약자 편에 서는 것이 인간의 자연스러운 인지상정 아니겠는가.

인류의 역사는 전쟁의 역사이다.
에티오피아에서 발견되어 "루시"라는 이름을 가진 400만 년 전에 살았던 우리의 선조 오스트랄로피테쿠스나 4만 년 전 현생 인류의 시조인 호모사피엔스(지혜 있는 자)가 먹을 것을 찾아 오대양 육대주를 이동하며 살육을 자행하였던 선사시대의 먹거리 전쟁, 람세스와 히타이트, 그리스와 트로이, 그리스와 페르시아, 아테네와 스파르타, 마케도니아의 왕 알렉산더와 로마의 침략으로 이어지는 고대의 정복 전쟁, 이슬람 세력의 북아프리카와 유럽 침략, 십자군의 예루살렘 탈환 같은 중세의 종교 전쟁, 신·구교 간의 갈등으로 마녀사냥에까지 치달은 위그노전쟁, 30년전쟁 같은 종교 전쟁, 백년전쟁과 나폴레옹의 침략 전쟁, 미국의 남북전쟁 등의 복잡다단한 근세의 전쟁, 두 차례의 세계 대전, 이스라엘과 아랍 사이의 중동전쟁, 미국의 이라크 침략 등 엄청 난 재앙을 수반한 현대의 전쟁, 이렇게 전쟁은 헤아릴 수 없이 치러졌고 지금도 지구촌 어딘가에서는 한시도 쉬지 않고 진행되고 있다.

유일신교의 종교전쟁(이슬람 제국과 십자군):

수많은 전쟁 중에서도 유독 기독교와 이슬람의 전쟁은 상처가 더 깊고, 지금도 현재진행형이다. 두 종교 모두 유일신을 숭배하며, "남에게 대접받고자 하는 대로 남을 대접하라"고 권면하는 황금률을 가르친다. 그러나 이탈리아의 작가 겸 기호학자인 움베르토 에코(『장미의 이름』의 저자)가 주장한 것처럼 지구촌 전쟁은 유일신 종교들이 문제다. 다신교 사회도 전쟁이 없는 건 아니나 대부분 종교와 무관한 침략 전쟁이었으며 그 후유증은 종교 전쟁처럼 길지는 않았다.

"이슬람"이라는 말은 "평화"를 의미하는 "샬람"이라는 아랍어에서 유래하였다. 즉 평화의 종교이다. 마호메트는 622년에 유일신을 신봉하는 이슬람교를 창시하였다. 622년은 마호메트가 메카를 떠나 메디나로 망명길에 오른 해로, 이것이 새로운 시대의 시작을 알리게 될 헤지라, 즉 이슬람교의 기원이다.

이후 이슬람 세력은 대정복 운동을 개시하여 예루살렘을 포함한 서아시아, 이집트 및 북아프리카, 이베리아반도까지 정복하여 대제국을 이루고 통치했다. 이슬람 제국의 팽창은 상대편인 기독교에는 큰 위협이었다. 당시 이슬람 제국인 셀주크튀르크의 위협을 받던 동로마 교회의 비잔틴 황제는 로마 교황에게 도움을 요청하였다. 성직자 임명권(서임권)을 놓고 1077년 이탈리아 북부 카노사성의 눈 쌓인 성문 앞에서 사흘 동안 맨발로 사죄하고서야 교황 그레고리우스 7세로부터 파문을 해제 받은 신성로마제국 황제 하인리히 4세는 훗날 교황을 로마에서 쫓아버리는 복수를 단행하였다.

프랑스에 머물던 야심만만한 후임 교황 우르바누스 2세는 비잔틴 황제의 요청을 기회로 로마 교황청으로의 귀환 및 교황권 강화와 동·서로마 교회의 통일을 추구할 기회로 삼았다. 당시에 예루살렘을 정복하고 있던 이슬람 세력은 기독교인들에게 성전 출입세를 받고 있었다. 말솜씨가 뛰어난 교황은 예루살렘에서 기독교인의 예배가 방해받고 있으므로 이슬람 세력으로부터 성지를 회복해야 함을 역설하고, 1096년 여름 십자군 원정의 개시를 선언하면서 "신께서 원하신다"라고 외쳤다.

클레르몽 공의회에서 십자군 원정을 호소하는 교황 우르바노 2세

십자군 전쟁은 1270년까지 200여 년 동안 9차에 걸쳐 진행되었으며 1차 원정을 제외하고는 모두 실패로 돌아갔다. 십자군 전쟁은 도저히 성전이라고는 할 수 없을 정도로 대학살과 약탈이 자행되었다.

1차 원정에서는 이슬람교도 40,000명이 살해되었으며, 1212년에는 소년 소녀 30,000명이 노예로 팔려 가는 사건도 발생하였고, 수천 명의 종군위안부가 따랐으며, 사람을 꼬챙이에 꿰어 살육하는 일까지 발생하였다. 어떠한 전쟁이든 선을 위장한 악일 뿐이다. 로마가 점령지를 폐허로 만들고 평화라고 부른 것처럼. 중세 이래 유일신교인 기독교와 이슬람교의 갈등과 전쟁은 계속되어 왔고 지금도 현재진행형이다.

에밀 시뇰, 『십자군의 예루살렘 정복』

강한 쪽이 약한 편을 핍박하기를 반복하며, 인류의 선의 가치와 발전
을 족쇄처럼 가로막고 있다.

인류의 진보:

종교는 인류에게 화해와 용서를 가르치며 선을 베풀어 더불어 사는
세상을 지향한다. 그러나 역사적으로 세계를 양분하고 있는 유일신교
인 기독교와 이슬람교는 사랑과 자비가 넘치는 역할을 증명하고 있지
않다. 그럼에도 인류는 진보해 왔으며 희망을 향해 전진하고 있다. 그
원동력은 무엇인가?

마이클 셔머는 그의 저서 「도덕의 궤적」에서 주장한다. "과거 몇 세기
의 도덕적 발전은 대부분 종교적 힘이 아니라 세속적 힘의 결과였으
며, 이성과 계몽의 시대에 출현한 많은 것 가운데 가장 중요한 것은 과
학과 이성이라고 생각한다"

이제 종교가 너와 나, 이것과 저것을 구별하지 않고 포용하여 인류의
평화에 기여하기를 희망해 본다. 시장, 바자르에서는 누구나 흥겹고

반가운 하나가 되는 것처럼.

남에게 친절하고 도움 주기를 흐르는 물처럼 하라

연민과 사랑을 태양처럼 하라

남의 허물을 덮는 것을 밤처럼 하라

분노와 원망을 죽음처럼 하라

자신을 낮추고 겸허하기를 땅처럼 하라

너그러움과 용서를 바다처럼 하라

있는 대로 보고 보는 대로 행하라

_이슬람 수피즘 지도자 루미가 남긴 교훈

Benjamin Britten, 1913~1976

♫ 벤자민 브리튼

현대 영국의 대표적 작곡가인 브리튼은 서픽주 로스토프트라는 항구 마을 치과의사 가정에서 태어났으나, 런던 왕립 음악학교 재학 중 아버지를 잃고 졸업 후에는 영화음악 창작에 종사하였다. 이 일을 통해 알게 된 시인 오든Wystan Hugh Auden과는 평생 훌륭한 예술적 파트너 관계를 지속하였다. 브리튼은 오든과 협력하여 신경향의 음악을 작곡함으로써 차츰 이름을 알리게 되었으며, 1937년 잘츠부르크 음악제에서 그가 존경하는 스승 프랭크 브리지의 주제를 사용한 〈F.브리지의 주제에 의한 변주곡〉을 초연하여 대호평을 받고 작곡가로서 명성을 얻게 되었다.

브리튼은 자신과 동향인 18세기 시인 조지 크래브의 시집 「버러 사람들The Borough」을 읽고 감명을 받아, 그 시에 나오는 어부의 이름을 사용한 오페라 〈피터 그라임스(1945)〉를 써서 큰 성공을 거두었다. 〈피터 그라임스〉는 주변과 잘 어울리지 못하는 어부 그라임스가 고용한 소년 조수들이 차례로 죽자 마을 사람들은 그가 동성애자이며 조수들을 강간하고 죽였다는 오해를 한다. 이로 인하여 고통받던 그라임스는 배를 바다 가

운데로 저어나가 침
몰시키고 자신도 자
살한다는 내용이다.
브리튼의 거의 모든
성악곡에서 그랬던
것처럼 이 오페라에
서도 중심인물인 피
터 그라임스 역에는

벤자민 브리튼과 피터 피어스

그의 동성애 상대인 테너 가수 피터 피어스Peter Pears를 염두에 두고 있었
던 것으로 짐작된다.

반전주의자인 그는 제2차 세계대전 중에 잠시 미국으로 이주하였으
며, 전쟁 희생자들을 추모하는 그의 대작인 〈전쟁 레퀴엠(1962)〉을 작곡
하여 그들의 영전에 바쳤다. 이 외에도 엘리자베스 2세의 대관식을 위해
〈글로리아나(1953)〉를, 자신과 돈독한 관계인 러시아의 첼리스트 므스티
슬라프 로스트로포비치(장한나의 스승)를 위해 다섯 개의 첼로곡을 작곡
하기도 하였다. 첼로곡 중 첫 번째 곡인 〈첼로 소나타〉는 올드버러 축제
에서 자신의 반주로 로스트로포비치와 함께 초연하기도 하였다.

청소년을 위한 관현악 입문

이 곡은 영국 정부가 1945년 청소년을 위해 「오케스트라의 악기」라
는 교육용 영화에 사용하기 위하여 브리튼에게 작곡을 요청하여 만들어
진 곡이다. 브리튼은 바로크 시대 영국 작곡가 헨리 퍼셀의 오페라 〈무
어인의 복수〉의 주제 선율을 모티브로 하여 작곡하였으며, 곡에는 '퍼셀
의 주제에 의한 변주곡과 푸가'라는 부제가 붙었다. 곡의 구성은 합주-
변주-푸가 형식으로, 처음 주제 선율의 합주에 이어 악기별로 13개의 변

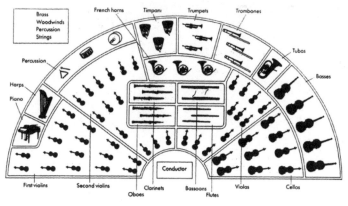

French horns　Timpani　Trumpets　Trombones

Brass
Woodwinds
Percussion
Strings

Percussion

Tubas

Harps

Basses

Piano

Conductor

First violins　　Second violins　　　Clarinets　　Bassoons　　Violas　　Cellos
　　　　　　　　　　　　　Oboes　　　　　Flutes

교향악단의 악기 배치도

주가 이어진 후, 마지막은 푸가의 형식을 띠고 있다.

변주마다 악기의 특성을 강조하여 표현함으로써, 곡명처럼 청소년이 관현악을 쉽게 이해하고 친숙해지도록 안내 역할을 하는 음악이다. 모든 악기가 헨리 퍼셀의 주제를 웅장하게 합주하며 시작한 후 목관악기가 순서에 따라 4회의 변주(피콜로/플루트, 오보에, 클라리넷, 바순)를 연주하고, 이어 현악기 4회(2대의 바이올린, 비올라, 첼로, 콘트라베이스), 하프, 타악기 3회(호른, 트럼펫, 트롬본)에 이어 마지막으로 팀파니, 심벌즈, 트라이앵글, 실로폰, 채찍 등 여러 타악기가 돌아가며 13회째 변주를 연주한 후 경쾌하고 신나고 점차 웅장한 리듬의 푸가 형식으로 마무리된다.

◎ *벤자민 브리튼, 런던 심포니 오케스트라, 1964*

저 그림은 뭐예요?

언젠가 인사동길을 걷다가 화
랑에 들렀다. 여러 작가의 그
림이 걸려있는 가운데 「내재
율Internal Rhythm」이라는 김태
호 작가의 그림이 눈에 들어왔
다. 아무리 봐도 무엇을 상징
하는지 이해가 되지 않아 고개
만 갸우뚱거리고 있는데 마침
화랑 사장님이 다가왔다. 궁금
해하며 서성이는 모습이 재미
있게 보였는지 뒤에 서서 말을
걸어왔다.

김태호, 『내재율』

　"뭐 같으세요?"
　"모르겠는데요. 어려워요. 사장님은 어떠신데요?"
　"구멍으로 바람이 뿡뿡 나오는 것 같네요. 꼭 음악을 표현한 것 같
　아요."

그때서야 아하! 하며 〈청소년을 위한 관현악 입문〉이 떠올랐다. 각각의 크고 작은 구멍들, 생김새도 다양한 구멍 하나하나가 소리를 뿜어내며 조율한다. 이것은 플루트, 저것은 바이올린, 조오것은 북 등등등. 그러더니 그림에서 음악이 흘러나온다.

내재율의 운율에 따라 독주와 합주가 번갈아 가며 멋들어지게 진행된다. 〈청소년을 위한 관현악 입문〉이.

퍼디 그로페

🎵 퍼디 그로페

    뉴욕에 거주하는 독일계 음악가 집안에서 태어난 그로페는 첼리스트였던 어머니에게서 피아노, 바이올린, 작곡과 편곡을 배웠다. 바리톤 가수였던 아버지가 돌아가신 후 어머니가 재혼한 뒤에는 집을 뛰쳐나와 혼자 살아가기 위해 트럭 운전사, 인쇄소 직공, 철공소 직원, 신문팔이 등의 생활을 전전하며 고생하였으나, 이 시기의 경험은 그의 음악적 자산이 되었다. 그는 이같이 미국 구석구석을 돌아다니며 유랑하는 동안에도 음악에 대한 열정은 버릴 수 없어 술집에서 피아노 연주 기회를 가지며 음악에 대한 끈을 이어 갔다. 열일곱 살이 되던 해에 로스앤젤레스 교향악단의 비올라 연주자로 입단하여 10년간 단원 생활을 하였으며, 그동안에도 작곡과 편곡에 열중하여 본격적으로 음악가의 길에 접어들었다.

    그로페가 스물일곱 살이 되던 해, '재즈의 왕'이라 불리며 재즈와 순음악의 조화를 탐색하며 호평을 받고 있던 폴 화이트먼Paul Whiteman과 조우하였다. 화이트먼은 그로페가 참여한 재즈밴드의 연주를 듣고 감동하였으며, 즉각 그로페를 자기 악단의 작·편곡 및 연주자로 초청하였다. 그로페는 1924년 화이트먼이 뉴욕의 에올리언 홀Aeolian Hall에서 주최한 "현대 음악의 시도를 위한 저녁 모임"에서 연주할 음악인 거슈윈의 〈랩소디 인 블루〉 원곡을 편곡하기도 하였다. 이 연주회에는 라흐마니노프나 하이페츠 등 미국에서 유명한 음악가가 많이 참석하였으며 대성공으로 막을 내렸다. 그야말로 자고 나니 유명

'폴 화이트먼과 오케스트라'
오른쪽 피아노(그로페) 옆에 서있는 폴 화이트먼

해졌다는 말처럼 하룻밤 사이에 그로페와 거슈윈은 유명 인사가 되었으며 미국을 대표하는 음악가의 반열에 올라섰다.

이후 그로페는 화이트먼과 결별하고 작곡과 편곡에 전념하였다. 그의 작품은 젊은 시절 방랑하며 체험한 영감을 바탕으로 미국의 대자연이나 생활, 땅을 소재로 하여 그려낸 곡이 많으며, 관현악곡, 영화음악, 협주곡, 실내악 등 여러 장르의 다양한 작품을 통하여 미국적인 아름다움과 위대함을 드러냈다.

그랜드 캐니언 조곡

그로페가 10대 시절 미국을 떠돌며 경험했던 애리조나주 북부에 위치한 그랜드 캐니언 즉 대협곡의 아름다움과 장엄함을 묘사한 음악이다. 그는 그랜드 캐니언을 알고 난 후 줄곧 그 장관을 음악으로 만들어야겠다는 생각을 품어 왔고 1931년에 〈그랜드 캐니언 조곡Grand Canyon Suite〉을 완성했다. 이 작품은 그랜드 캐니언의 장엄함을 묘사한 풍경화 같은 대작으로, 폴 화이트먼이 시카고에서 초연하여 큰 성공을 거두었다.

토머스 모란, 『옐로스톤 그랜드 캐니언』

해돋이*Sunrise*

산 능선을 따라 태양 빛이 부챗살처럼 퍼지고 숲에서는 여명을 알리는 새소리가 들려온다. 태양은 서서히 이곳저곳 산봉우리 그림자를 만들며 떠오르고 계곡의 암벽은 붉은 색채를 반사한다. 서서히 해가 얼굴을 비추기 시작하자 오색의 명주실 같은 눈 부신 햇살에 대협곡의 장엄한 명암이 나타난다. 이윽고 산 위로 불끈 떠오른 태양에 대협곡의 숨 막힐 듯한 찬란한 위용이 드러난다.

붉은 사막*Painted Desert*

신비로움이 가득하다. 사막의 열기가 태양빛을 반사해 내며 형형색색 다양한 색채로 물들인다. 시시각각 변하는 모습이 마치 사막이 아

조지아 오키프, 『붉은 언덕과 조지 호수』

클래식과 인문단상 2

니라 꿈속에서 색채의 세계를 유영하는 기분이다.

산길에서 *On the Trail*

강렬한 화음이 협곡 아래 긴 강을 펼쳐 보이고 이어지는 바이올린의 카덴차는 앞으로 가야 할 멀고 긴 오솔길과 마지못해 걷는 나귀의 유머러스한 머뭇거림을 펼쳐 놓는 듯하다. 이어 나귀의 딸깍딸깍 경쾌한 발걸음 소리와 함께 길을 나선다. 낭떠러지 앞에서 나귀는 망설이기도 하고 위험한 길을 주저하지만 경쾌하게 오르고 내리기를 반복한다. 즐거운 산행답게 길 가까이에서 맑은 물소리가 들려오자 잠시 쉬어 가기로 한다. 그러나 해지기 전에 갈 길을 재촉해야만 한다.

해질녘 *Sunset*

붉은 노을이 내리며 멀리서 부드러운 뿔피리 소리가 들려오고 골짜기마다 메아리가 층층이 대답하는 사이 해는 차츰 산 너머로 기울어간다. 대협곡에 어둠이 내려앉자 신비롭고 강렬하

토머스 모란, 『그랜드 캐니언 근처의 애리조나 일몰』

던 색채가 빛을 잃고 어둠의 빛깔로 옷을 갈아입으며 협곡과 봉우리가 하나둘씩 어둠에 잠겨간다. 어둠이 짙어지며 교회의 종소리가 멀리서 들려오고 평화로운 저녁이 내려앉는다.

집중호우 *Cloudburst*

이제 짐을 내리고 쉬며 하루의 여정을 회상해 본다. 갑자기 폭풍전
야처럼 바람 소리가 불길하다. 점차 바람 소리가 커지더니 폭풍으로 변
해간다. 퍼붓는 폭우와 천둥·번개가 하늘을 가르며 대협곡을 휩쓸고 강
물은 넘쳐 급물살을 이루며 천지가 요동한다. 이윽고 휘몰아치던 폭풍
우가 잠잠해지고 카우보이의 선율과 함께 박진감 넘치는 대미를 장식
한다.

이 작품을 들을 때면 알프스의 장엄함과 아름다움을 노래한 마지막
낭만주의 작곡가 리하르트 슈트라우스의 〈알프스 교향곡〉이 떠오른다.

◎ *아르투로 토스카니니, NBC 심포니 오케스트라, 1943*
◎ *안탈 도라티, 디트로이트 심포니 오케스트라, 1982*

국립공원

국립공원제도는 언제, 어디에서, 왜 시작되었을까? 1872년에 미국의 옐로스톤이 세계 최초로 "국립공원"이라는 이름을 얻었다. 미국은 자신들의 정수인 자연의 아름다움이 유럽의 역사·문화유산에 결코 뒤지지 않는다는 자신감을 표현함으로써 문화적 열등감에서 벗어나기 위해 국립공원제도를 만든 것이다.

1800년대 초반 미국은 문화적으로는 유럽에 내세울 것이 별로 없었다. 文史哲詩書畵 외에도 건축, 문화, 유적 등 인간의 삶이 스며 있는 인문학적 유산들이 부족했던 미국으로서는 항상 유럽과 비교하며 문화적 열등감을 느꼈으며, 유럽인 또한 미국을 하류 취급하였다. 미국의 링컨기념관이나 많은 건물들이 그리스 신전이나 로마의 건축물을 모방한 것이나 신시내티가 로마의 정치인 루키우스 큉크티우스 킨킨나투스에서 유래한 것 등이 이를 증명해 준다. 1620년 메이플라워호를 타고 이주한 청교도로부터 시작된 짧은 역사의 미국으로서는 유구한 역사의 유럽과의 문화유산 비교는 애당초 불가능하였으니, 대적할 만한 다른 것을 찾던 중 인간의 손길이 닿지 않고 잘 보존된 서부의 자연이 눈에 띄었을 것이다.

그러나 당시에는 서부에 골드러시가 시작되어 포티나이너스(49ers)라고 불릴 정도로 많은 사람들이 몰려들고 있었으며, 1862년 시행된 홈스테드 법_{Homestead Act}(5년 동안 일정한 토지에 거주하며 개척하는 경우에 160에이커(약 20만 평)의 공유지를 무상으로 급여하고, 6개월이 경과하면 1에이커당 1달러 25센트의 낮은 가격에 구입할 수 있도록 규정)의 시행으로 서부 개척 시대가 시작되어 서둘러 자연을 보호할 필요가 발생하였다. 이러한 문제의

엘로스톤 국립공원

식 속에서 남북전쟁 당시 북군 승리의 주역이었던 그랜트_{Ulysses S. Grant} 대통령은 옐로스톤을 1872년 3월 1일 자로 국립공원으로 지정하였으며, 이것이 세계 국립공원 역사의 시작이다. 이어 신생국들인 호주가 1879년에, 캐나다가 1885년에 국립공원을 지정하였으며, 우리나라는 1967년에 도입하였다.

지리산

우리의 최초의 국립공원은 지리산이다. 전라남도 구례와 전라북도 남원, 경상남도 산청, 하동에 걸쳐있는 지리산은 진신사리와 국보를 보유한 화엄사와 천은사, 쌍계사 등이 자리하고 있으며 주봉인 천왕봉이 1,915m로 한라산(1,950m)에 이어 대한

민국에서 두 번째로 높으며, 한반도 5대 명산(오악五嶽: 백두산, 금강산, 묘향산, 지리산, 삼각산) 중 하나이다. 미국의 그랜드 캐니언이나 유럽의 알프스가 그랬듯이, 우리의 명산들도 오르는 길에서 만나는 야생화, 고즈넉한 사찰, 산새와 계곡의 물소리, 행락객의 얼굴마저 취한듯이 보이게 하는 붉은 단풍, 능선 위로 떠오르는 일출, 발아래 펼쳐진 운해의 바다 등을 그려낸 우리 산에 어울리는 명곡들이 탄생하기를 기대해 본다.

조지 거슈윈

🎵 조지 거슈윈

　음악의 불모지나 다름없던 미국에 심포닉 재즈라는 장르를 창조해내어 세계에 알리고 미국의 자존심을 세운 가장 미국적인 작곡가 조지 거슈윈. 항상 유럽 문화를 부러운 시선으로 바라보며 고심한 끝에 천혜의 자연이 그에 뒤지지 않음을 알고 국립공원이란 시스템을 처음으로 도입하여 대항할 만큼 문화적 열등감에 놓여있던 미국에 거슈윈의 등장은 가뭄에 단비 같았을 것이다. 거슈윈(본명: Jacob Gershwine, 제이콥 거슈윈)은 러시아에서 건너온 러시아계 유대인 가정에서 1898년에 태어났다. 그의 부모는 음악과는 전혀 무관하였으며 생활고로 인하여 아버지는 잡역부나 막노동으로 어려움을 헤쳐나가는 것이 급선무였다. 4남매(형 아이라, 동생 아서, 여동생 프랜시스)의 우애는 좋았고, 작사가인 형 아이라는 필명을 두 동생의 이름을 사용하여 아서 프랜시스라고 할 정도로 동생들을 사랑하였다.

　거슈윈이 열두 살 때 어머니가 아이라를 위해 중고 피아노를 사 왔는

데, 이미 친구의 바이올린 연주를 듣고 음악에 흥미를 느낀 거슈윈의 차지가 되었다. 열다섯 살 되던 해에 거슈윈은 "양철 냄비 골목Tin Pan Alley"이라 불리는, 출판업자들이 모여 있는 골목에 위치한 악보 판매점인 "레믹스Remick's"에 취업하였다. 그 당시는 손님에게 직접 피아노를 연주해 주고 악보를 선택하게 했던 시절이었다. 그러나 그는 자신의 곡만을 연주하여 얼마 지나지 않아 쫓겨나고 말았다. 열여덟 살에는 처음으로 자기 곡을 판매하였으나 작사료가 작곡료보다 비쌌기 때문에 그는 가사만을 쓰기로 마음먹기도 하였었다. 차츰 인기가 올라가던 그는 1917년 〈스와니 Swanee〉를 작곡하여 공전의 히트를 기록하면서 브로드웨이로 진출할 수 있는 길이 열렸다. 이 곡은 포스터의 〈스와니강〉에 영감을 받아 어빙 시저의 시에 곡을 붙인 것으로, 같은 러시아 유대계 이민자인 알 졸슨Al Jolson이 노래를 불러 악보 100만 부, 레코드 250만 장 이상이 판매되었다.

1922년에는 브로드웨이로 진출하여 과거 해군 음악대를 지휘하였으며 당시에 캘리포니아의 호텔 "산타 바바라"에서 대규모 재즈밴드를 지휘하며 "킹 오브 재즈"로 불리는 폴 화이트먼Paul Whiteman을 만났다. 의기투합한 그들은 1924년 뉴욕 에올리언 홀Aeolian Hall에서 "현대 음악의 시도를 위한 저녁 모임"을 갖기로 계획하였다. 이때 탄생한 곡이 〈랩소디 인 블루〉이다. 이 음악회는 대성공을 거두었으며 평론가들의 호평이 이어졌다. 또한 초대되어 참석한 청중 역시 라흐마니노프, 스트라빈스키, 스토코프스키, 멩엘베르흐, 크라이슬러, 하이페츠, 엘먼 등 당대 최고의 작곡가, 지휘자, 연주자들이었다.

이처럼 재즈 클래식의 창조로 명성이 높아져 가고 있었지만, 거슈윈은 항상 음악 기초 지식의 부족함을 느꼈다. 당시 미국을 방문 중이던 라벨을 찾아가 배울 것을 자청했으나 라벨은 "이미 당신은 당신의 음악으

로 성공하였습니다. 왜 라벨이 되려고
하십니까? 그대로 밀고가십시오"라고 충
고해 주었다고 한다. 이후 스트라빈스키
에게도 방문하여 똑같은 요청을 하였다.
자본주의의 맛을 누리고 있던 스트라빈
스키는 "당신의 1년 수입이 얼마나 됩니
까?" 하고 물었고 거슈윈이 100,000달러
쯤 된다고 하자 "내가 당신의 제자가 되
고 싶다"고 말했다고 전해진다. 미국의
자존심을 드높이고, 우리 귀에 익숙한 많

1925 타임지 표지에 실린 조지 거슈윈

은 영화음악으로 세계인의 사랑을 받고, 항상 머릿속에 100곡이 있다던
그는 자신의 협주곡을 연습하던 중 음표를 건너뛰고 머릿속이 시끄러워
병원을 찾았으나 뇌종양 판정을 받고 1937년 7월 9일 서른아홉 살 젊은
나이에 세상을 떠났다.

랩소디 인 블루

약간은 장난스럽게 위아래로 출렁이는 클라리넷 소리가 뭔가 이상야
릇하게 유혹하고, 눈은 반짝반짝, 귀는 쫑긋하게 만든다. 무슨 일이 벌어
지려고 그러나? 에라 모르겠다. 한번 뛰어 내려가보자. 한 걸음 한 걸음
조심스럽게 옮겨 바람에 비닐봉지가 날리는 거리를 지나자, 온갖 소음
이 들려온다. 어디에선가 새어 나오는 피아노 소리에, 고개를 옆으로 하
고 귀를 쫑긋 세우고 소리를 따라가 본다. 와, 여기는 뭐야? 완전 제멋대
로네. 여기저기 낡은 자동차는 뒤엉켜 서로 클랙슨을 눌러대고, 어디선
가는 성가가 들려오고, 아이들이 뛰며 놀이하는 소리, 멀리 구슬픈 노랫
소리, 사람 사는 세상같이 시끌벅적하고 온갖 것들이 다 얽히고설켜 소

음을 내고 와자지껄하다. 미국 브루클린의 소음 같다.

그러나 소음이 사라지고 난 자리에는 빈 공간만 남는다. 삶의 전쟁 뒤안에 남겨진 쓸쓸함이 느껴진다. 애잔한 블루스가 흐르고 애수가 심금을 울적하게 한다. 무심한 바람만이 뒤에 남은 삶의 소음을 들려주고 나는 발걸음을 크게 하며 집을 향하고 뒷모습만 남는다. 뉴욕 브루클린 뒷골목의 소음을 연상케 한다.

이 곡의 처음 제목은 '아메리칸 랩소디'였으나 형 아이라 거슈윈은 휘슬러의 전시회 관람 중 『검은색과 금색의 녹턴: 떨어지는 불꽃』과 『회색과 검은색의 구성(일명 화가의 어머니)』에서 영감을 얻어 〈랩소디 인 블루〉를 제안했다고 한다. 거슈윈은 이 곡을 뉴욕에서 보스턴으로 향하는 기차 안에서 열차 바퀴가 철로 이음새 부분에서 덜컹거리는 소리를 들으며 스케치하였으며 〈그랜드 캐니언 조곡〉을 작곡한 그로페가 오케스트레이션 하였다. 고유한 문화와 음악이 부재했던 미국에서 거슈윈이 남부의 음악 재즈와 클래식을 결합하여 창조해낸 심포닉재즈의 등장은 그야말로 미국인들의 자부심을 높이는 계기가 되었으며 미국 음악이 세계에 알려지는 계기가 되었다.

◎ 어빙 래퍼 지휘, 유튜브(Warner Archive)
◎ 레너드 번스타인, 컬럼비아 심포니 오케스트라, 1959
◎ 틸슨 토머스, 컬럼비아 재즈 밴드, 1976

파리의 뉴욕인

영화 「파리의 미국인」을 보는 것 같다. 진 켈리가 큰 걸음으로 파리의 거리를 걷는 모습이 떠오른다. 얼굴에는 기쁨 가득한 미소 웃음을 짓고 꽃가게며 앤틱 가구점도 기웃거리며. 지나는 사람에게 인사도 하고 꽃집 아가씨에게 미소도 지어주며. 〈파리의 뉴욕인An American in Paris〉의 아름다운 선율이 나를 환상의 세계로 안내한다. 앞에는 아름다운 루미나르의 세상이 꿈을 꾸듯이 펼쳐진다. 예쁜 피겨스케이터가 우아하고 자유롭게 스케이트를 타며 손을 내민다. 함께

영화 「파리의 미국인」 포스터

팅커벨처럼 하늘을 날며 스윙하듯이 자유자재로 스케이트를 타고 난 후 팔짱을 끼고 멜랑콜리한 음악이 들려오는 가운데 센 강변도 천천히 걸어보고, 파리 거리도 서로 마주 보며 발맞추어 걸어본다.

해는 지고 저녁이 내려오며 가로등이 하나둘 켜지고 낭만적인 파리의 밤이 찾아든다. 향수에 젖어 보기도 하지만 가슴이 벅차도록 행복감이 밀려든다. 벤치에 앉아 부드러운 마음의 선율에 맞추어 팔도 저어 본다. 밤이 깊어지며 여기저기 바에서 음악 소리가 흘러나오고 휘황한 네온사인이 눈을 깜박이며 유혹한다. 초록빛의 압생트 한 잔을 앞에 두고 리듬에 맞추어 몸을 흔들어본다. 피곤함과 나른함이 밀려오며 기분 좋은 파리의 하루가 지나간다.

◉ 제임스 레바인, 시카고 심포니 오케스트라, 1990
◉ 틸슨 토머스, 뉴욕 필하모닉 오케스트라, 1974

떨어지는 불꽃

예술은 이렇게 다양한 해석을 낳는다. 나는 도무지 휘슬러의『검은색과 금색의 녹턴: 떨어지는 불꽃』이나『회색과 검은색의 구성: 화가의 어머니』를 봐도 소음이 떠오르지를 않는다. "작품이 작가의 손을 떠나면 다음은 감상자의 상상에 맡겨진다"는 말이 가슴에 와닿는다. 이렇게 다르게 해석되면서 작품은 재생산되고 생명력을 유지하는 것 같다. 특히『검은색과 금색의 녹턴: 떨어지는 불꽃』은 작가와 감상자 사이에 큰 차이를 낳으며 영국에서 사회적으로 엄청난 논쟁을 불러일으키고 재판까지 갔던 작품이다.

제임스 애벗 맥닐 휘슬러James Abbott McNeill Whistler(1834~1903)는 미국 태생이나 영국에서 작품 활동을 한 화가이다. 이 작품은 그가 1870년대에 그린「야상곡Nocturne」연작 중 하나로 공원에서의 불꽃축제

제임스 애벗 맥닐 휘슬러,
『검은색과 금색의 녹턴: 떨어지는 불꽃』

장면이다. 당시 영국 문화계를 주름잡던 평론가 존 러스킨John Ruskin (1819~1900)이 갤러리에 전시된 이 작품을 보고 난 후, 그는 "컬렉터 보호를 위해 이런 작품은 전시해서는 안 된다. 물감통 하나를 관객의 얼굴에 던져두고 200기니를 부르는 사기꾼"이라며 언론에 혹평을 공개한다. 아마도 러스킨은 빅토리아 시대의 보수주의적 관점에서 그림을 이해하고 해석하였기에, 실험적이고 과감한 이 작품을 이해하지 못하였을 것이다.

이에 격분한 휘슬러는 러스킨을 명예훼손으로 고발하였으며, 재판은 원고의 승리로 끝난다. 이 재판으로 휘슬러는 승소했으나 소송 비용 때문에 파산하였고, 러스킨은 그의 명예가 땅에 떨어지는 충격으로 세상을 떠났다. 2000년 크리스마스 뉴욕 경매에서 286만 달러였으며 휘슬러 작품 중 최고가 기록으로 남아 있다.

아론 코플랜드

Aaron Copland, 1900~1990

🎵 아론 코플랜드

코플랜드는 뉴욕의 브루클린에 살던 리투아니아계 유대인 가정에서 태어났다. 아버지는 음악에 관심이 없었으며 어머니는 자녀에게 피아노를 가르쳐 주는 수준이었다고 전해진다. 그러나 큰형 랄프는 바이올린 연주에 능했고, 메트로폴리탄 오페라 학교 학생이던 누이 로린은 그에게 피아노를 가르쳐주며 그의 음악 인생에 큰 영향을 주었다. 어려서부터 작곡에 재능이 있었던 코플랜드는 레오폴드 울프슨에게서 피아노를 배우던 중 폴란드의 작곡가이자 피아니스트인 파데레프스키의 음악회에 다녀온 후 작곡가의 길을 걷기로 결심한다. 당대의 저명한 교육자인 루빈 골드마크에게서 작곡을 배우던 코플랜드는 부모의 반대를 무릅쓰고 독일이나 빈이 아닌 좀 자유로운 분위기의 파리로 떠나서 공부하였지만 종전과 별반 다르지 않은 보수적인 교수법에 고민하던 중에 친구의 권유로 나디아 불랑제 교수를 만났다.

그는 그녀의 교수법에 만족하여 1년 예정이던 유학 기간을 3년으로 연장하며 소르본 대학에서 프랑스어와 역사까지 공부하였다. 이 기간에 그는 파리에서 많은 문화계 인사들과 교류하게 되었는데, 어니스트 헤밍웨이, 에즈라 파운드, 피카소, 모딜리아니, 샤갈, 프루스트, 사르트르, 앙드레 지드 등과 교류하며 견문을 넓혀 갔다. 미국으로 돌아온 그는 불랑제 교수가 소개해 준 보스턴 심포니의 음악감독 쿠세비츠키를 만나 많은 지원을 받았다. 이후 그는 클래식과 재즈의 접목 등 여러 가지 실험을 시도하였으며, 대중과의 소통의 중요함을 깨닫고 단순하고 전달력이 강한, 보다 쉽고 보다 대중적인 음악을 작곡하기로 결심하였다.

코플랜드는 멕시코 방문 중에 살롱에서 연주되던 민속 댄스음악을 소재로 한 〈엘 살롱 멕시코〉, 그의 3대 발레음악으로 포타나이너스The Forty-niners의 애환을 담은 노래 〈클레멘타인〉 시대의 서부 개척 스토리를 소재로 한 〈빌리 더 키드〉, 길들이지 않은 소를 타고 오래 버티기 시합을 하는 카우보이들의 사랑을 그린 〈로데오〉, 퀘이커 교도들의 아름다운 삶을 노래한 〈애팔래치아의 봄〉이 있으며 이 이외도 많은 작품을 남겼다.

오늘날에는 미국인들에게 음악적 정체성을 심어준 가장 미국적인 작곡가로 인정받고 있을 뿐만 아니라 현재 뉴욕시립대 Queens College에 아론 코플랜드 음악원이 있다. 특히 〈애팔래치아의 봄〉으로 대통령 자유훈장(1964), 국가 문화훈장(1986), 의회 공로훈장(1987)까지 수상하며 최고의 영광을 안은 그

아론 코플랜드가 1960년대부터 살았던 'Rock Hill'

는 뉴욕주의 코틀랜드 매너 지역에 'Rock Hill'이라는 집을 짓고 살다가 1990년 12월 2일 사망하였다.

애팔래치아의 봄

발레음악 〈애팔래치아의 봄*Appalachian Spring*〉을 들을 때마다 마음이 훈훈해지고 따뜻해진다. 아름답고 평화로운 삶이 이런 것이겠구나 싶으니 말이다. 필그림 파더스(순례자)들이 메이플라워호를 타고 매사추세츠주 플리머스에 도착하고 퀘이커 교도들이 펜실베이니아 애팔래치아 산자락에 자리 잡는다. 1970년대 미국 드라마 「초원의 빛」이 떠오르는 배경이다. 춥고 눈 쌓인 겨울이 지나고 조그만 어느 마을의 산록에 봄이 찾아온다. 따뜻한 봄기운 아래 농부들이 농사 준비에 분주한 가운데 마을 총각과 처녀의 결혼식이 열린다. 따사로운 봄빛이 온 마을을 감싸는

드라마 「초원의 빛」 포스터

가운데 마을 사람들이 하나둘 모여들고 목사님의 설교와 축복의 기도가 진행된다.

신부의 마음에는 기쁨과 불안이 교차한다. 마을 사람들이 악사의 연주에 맞추어 추는 흥겨운 춤이 이어지고, 어른들은 신랑신부를 격려하고 축하해 준다. 신부는 그래도 불안을 떨치지 못하지만 한편으로 희망찬 미래를 위한 굳은 다짐을 하며 힘주어 두 손을 맞잡는다. 불그스레한 얼굴의 신부 마음에 평화가 깃들며, 퀘이커 교도의 찬송가 〈Simple Gift〉가 밝고 경건하게 울리고 사람들은 신랑신부를 위한 찬송을 노래한다. 모두 돌아가고 남겨진 신랑신부는 손을 맞잡고 희망찬 미래를 다짐하며

사랑의 미소를 짓는다. 한 폭의 그림을 노래한 듯한 아름답고 부드러운 음악이 귓가에 여운으로 맴돈다. 애팔래치아산맥은 캐나다 퀘벡주에서 부터 미국 앨라배마주까지 미국 동부를 따라 2,600㎞가량 뻗어 있으며 서부의 로키산맥과 더불어 미국의 대표적인 산맥이다.

◎ 레너드 슬래트킨, 세인트루이스 심포니 오케스트라, 1985
◎ 레너드 번스타인, LA 필하모닉 오케스트라, 1982

보통사람을 위한 팡파르

이 곡은 1942년 신시내티 심포니의 지휘자 유진 굿센스가 제2차 세계대전에 참전한 용사와 그들의 영혼을 추모할 목적으로 작곡을 의뢰하여 탄생한 곡이다. 그해 코플랜드는 보통사람들의 가치를 역설한 당시 부통령 헨리 월리스Henry A. Wallace의 "보통사람들의 세기"라는 연설을 듣고 느낀 감동을 표현했다고 한다. 원래 제목은 '병사들의 음악'이었으나 월리스 부통령의 제안으로 〈보통사람들을 위한 팡파르fanfare for the Common Man〉로 바뀌었다. 지금도 이 곡은 대통령 취임식 등 미국의 국가적 행사에 자주 쓰이곤 한다. 악기의 구성도 군악대처럼 금관악기와 타악기가 주를 이루고 있으므로 군악대의 연주로 들으면 더 분위기가 어울릴 것 같다.

미국 제33대 부통령 '헨리 A. 월리스'

콩~~ 콰콰. 웅장한 북소리와 나팔소리가 개선장군을 축하하는 듯하며 한편으로는 죽은 영령들을 추모하는 것 같기도 하다. 이 세상은 평범한 사람들이 만들어 가는 모양이다. 아무리 예쁜 꽃이라도 이름 모를 들꽃이 있어야 드러나듯이 세상의 영웅호걸도 말없이 꾸준한 삶을 일구어 가고 보이지 않는 곳에서 의무를 다하는 사람들에 의해 드러나는 것 아닐까? 요란한 장미보다 이름 없는 풀꽃이 아름다워 보인다. 민초들이여, 그대들에게 팡파르를!

◎ 엔리케 바티스, 멕시코시티 필하모닉 오케스트라, 1985
◎ 제임스 레바인, 뉴욕 필하모닉 오케스트라, 유튜브

마음의 빛

퀘이커교는 영국의 조지 폭스George Fox(1624~1691)가 1647년 몸이 떨리는Quake 영적 경험을 한 후 창시한 개신교의 한 분파이다. 모든 개인은 마음속에 '내면의 빛'이 있으며 누구나 내 안의 빛, 즉 하느님의 증거를 직접 체험함으로써 깨달음에 이르기 위해 힘써야 한다. 빛은 내 마음속에 있으며(수피의 금언), 남이 나를 구원해 줄 수 없는 것처럼(법구경). 이런 영적 체험을 통해 정의, 평화, 평등과 같은 하느님의 무한한 사랑을 깨닫고 실천함으로써 세상 곳곳에서 고통받는 하느님의 씨앗들을 구원으로 이끄는 전도와 봉사에 헌신하고 있는 종교이다.

1947년에는 영국의 퀘이커 봉사협회와 미국 퀘이커 봉사위원회가 종교 단체 최초로 노벨평화상을 수상하였다. 알베르트 아인슈타인도 "내가 유대인이 아니었다면 퀘이커교도가 되었을 것"이라고 말하였다. 퀘이커교도들 역시 청교도혁명 당시 영국 정부의 박해를 피해 다른 종파들과 마찬가지로 미국으로 건너오기 시작하였다. 1681년 윌리엄 펜William Penn(1644~1718)이 영국 찰스 2세로부터 북아메리카 땅을 매입하여 펜실베이니아(펜실베이니아주의 별명은 Quaker State이다)라 이름 짓고 평화와 관용이라는 퀘이커교의 이상을 실현하기 위하여 퀘이커교도들이 거주할 수 있는 지역을 만들었다.

이들은 인디언과의 우호적인 관계 형성, 전쟁 반대, 여성 참정권뿐만

페데리코 바로치,『성 프란체스코의 거룩한 상처』　　　산티 디 티토,『성 토마스 아퀴나스의 환시』

이 아니라 노예제도를 반대하며 남부의 노예를 북부나 캐나다로 탈출시키던 노예 탈출 비밀 조직 '지하철도'에도 적극적으로 가담하였다. 이러한 실화를 바탕으로 콜슨 화이트헤드Colson Whitehead는 「언더그라운드 레일로드Underground Railroad(2016)」라는 소설을 써서 퓰리처상을 받기도 하였다. 우리나라에는 1955년 전파되었으며 함석헌 선생이 대표적인 인물이다.

　　그대 그런 사람 가졌는가

　　　　　　　　　　　함석헌

　　만리 길 나서는 길

　　처자를 내 맡기며

맘 놓고 갈 만한 사람

그 사람을 그대는 가졌는가.

- 중략 -

온 세상의 찬성보다도

'아니' 하며 가만히 머리 흔들 그 한 얼굴 생각에

알뜰한 유혹을 물리치게 되는

그 사람을 그대는 가졌는가.

프란시스코 고야, 『회개하는 성 베드로』

클래식과 인문단상 2

아르투로 마르케스

🎵 아르투로 마르케스

단존 2번 *Danzon No.2*

이 곡은 1950년 출생한 멕시코의 작곡가 마르케스의 작품으로, 현재 LA 필하모닉 오케스트라 음악감독인 베네수엘라 출신 구스타보 두다멜이 말러 지휘 콩쿠르에서 우승할 때 연주한 곡이며, 시몬 볼리바르 유스 오케스트라와 함께 미국과 유럽 투어에서 연주하면서 널리 알려지게 되었다. 클라리넷과 타악기의 시작이 인상적인데, 마리아치였던 아버지의 영향을 받은 마르케스가 멕시코의 베라크루스 지역을 여행하던 중 어느 무도장에서 들은 리듬과 선율에서 영감을 얻었다고 한다. 음반매장에서 헤드폰을 쓰면 귀보다는 몸이 먼저 반응하는 남아메리카인들의 특징이 잘 나타나 있다.

마르케스는 1994년부터 2017년까지 9곡의 단존 시리즈를 발표하였으며, 그중 2번은 멕시코 제2의 국가로 불릴 만큼 인기 있고 자주 연주되는 곡이다. 클라리넷과 타악기의 우아하고 느린 시작에 이어 오보에, 현악기가 리듬을 이어받으며 본격적으로 몸을 흔들게 하는 다이나믹하고 리드미컬한 음악이 이어진다. 지휘자도 흥에 겨워 단상에서 몸을 비틀며 춤을 추고 연주자도 신이 나서 조금씩 어깨와 엉덩이가 들썩이기 시작하더니 마침내는 자리에서 일어서서 연주하는 춤판으로 변한다. 꼬리에 꼬리를 물고 이어지는 경쾌한 리듬에 맞추어 관객석의 신사와 숙녀도 어른과 아이도 유주와 유하도 몸을 흔들며 흥을 발산한다. 라틴아메리카의 모든 선율이 용광로에 녹아 불을 뿜어내는 듯한 열정의 도가니이다. 한바탕 춤판에서 온몸에 땀을 흘리고 나면 쌓여 있던 스트레스가 완전히 사라져 버린다.

◉ 구스타보 두다멜, 베네수엘라 시몬 볼리바르 유스 오케스트라,
2008 카라카스 Live

엘 시스테마

엘 시스테마El Sistema는 시스템이라는 뜻의
스페인어이지만 베네수엘라에서 일어난
기적 같은 일을 고려하면 그 자체로 고유명
사라고 할 수 있다. 베네수엘라의 경제학자
이자 음악가인 호세 안토니오 아브레우Jose
Antonio Abreu 박사는 베네수엘라 사회에 만
연한 빈곤과 폭력으로 인하여 마약과 범죄
에 노출되기 쉬운 불우한 청소년들에게 무

호세 안토니오 아브레우

료로 악기를 나누어 주고 음악을 가르침으로써 이들을 보호하고 사회
적 책임감을 길러주어 건강한 시민으로 성장시켜야겠다는 계획을 세
웠다.

처음에는 자신의 뜻에 동감하는 후원자를 찾으며 전과 5범의 소년을
포함한 11명의 청소년을 모았고, 허름한 차고에서 1975년의 어느 날
첫 연습을 한 것이 엘 시스테마의 시작이었다. 이들과 함께 청소년 관
현악단을 만들어 보자는 목적으로 이 연주자들이 다음의 후배를 가르
치고 돌보는 교사로서 성장할 수 있도록 주력하였다. 이러한 노력이
어느 정도 결실을 거두어 1977년에는 청소년 관현악단을 만들었으며,

스코틀랜드 공연의 성공으로 국가사업으로 확장할 수 있었다.

국가의 보조가 가능해지자 아브레우는 수도 카라카스 이외의 지역으로도 확장하기 위하여 베네수엘라 전역에 청소년 악단을 양성할 교사와 교재를 보급하기 시작하였다. 이 공로로 아브레우는 1979년 베네수엘라 국가음악상을, 1995년에는 유네스코 국제 청소년 음악 특별대사의 직함을 받았으며, 2010년에는 서울평화상도 받았다. 이러한 아브레우의 엘 시스테마 성공 사례가 세계에 알려지자 거의 모든 중남미와 카리브해 국가가 이 제도를 도입하였으며, 미국에서는 "엘 시스테마 USA", 우리나라에서는 "꿈의 오케스트라" 사업이 시행되었다.

2010년 6월 발표된 엘 시스테마 본부의 공식 통계에 따르면 베네수엘라에는 220여 개의 음악 교육센터에서 6,000명 이상의 음악교사가 활동 중이며, 유아/어린이/청소년 관현악단의 수가 400여 개에 29,000명의 학생이 소속되어 있고, 실내악단도 360여 개에 달한다고 한다. 현재 엘 시스테마의 간판인 시몬 볼리바르* 유스 오케스트라는 세계적으로 인정을 받으며 활발한 연주 활동을 펼치고 있다. 엘 시스테마에서 배출된 수많은 음악가 중에서 구스타보 두다멜은 열일곱 살에 시몬 볼리바르 유스 오케스트라의 음악감독에 발탁되었으며, 베를린 필하모닉 오케스트라와 빈 필하모닉 오케스트라를 객원 지휘 하였다. 한때는 사이먼 래틀의 뒤를 이을 베를린 필하모닉 오케스트라의 상임 지휘자 후보에 오르기도 하였으며, 현재는 LA 필하모닉 오케스트라

....
* 시몬 볼리바르: 라틴아메리카의 해방자이자 국부로 칭송받는 볼리바르는 19세기 초에 활약한 베네수엘라 출신의 독립운동가로서 베네수엘라, 콜롬비아, 에콰도르, 페루, 볼리비아를 스페인 치하에서 해방시켰으며 위의 다섯 국가를 통합한 대콜롬비아를 구상하고 1819년에 각국의 지도자들에 의해 대통령에 선출되기도 한 인물이다.

다큐멘터리 영화 「연주하고 싸워라」 포스터

다큐멘터리 영화 「엘 시스테마」 포스터

구스타보 두다멜 지휘 모습

의 음악감독을 맡고 있다. 또 다른 인물로는 10대에 베를린 필하모닉 오케스트라의 더블베이스 정단원으로 발탁된 에딕손 루이스가 있다. 기적의 오케스트라로 불리는 엘 시스테마의 이야기는 다큐멘터리 영화 「연주하고 싸워라」와 「엘 시스테마」 등으로 제작되기도 하였다. 한 사람의 생각과 예술이라는 영역이 개인과 사회를 어떻게 변화·발전시킬 수 있는지 보여주는 모범 사례라 하겠다. (나무위키 참조).

아프로-큐반: 부에나 비스타 소셜 클럽Buena Vista Social Club

프랑스 나폴레옹 3세는 아메리카 대륙을 영국이 지배한 미국과 캐나다의 앵글로아메리카와 스페인, 포르투갈 등의 라틴족이 지배한 중남미의 라틴아메리카로 구분하였다. 특히 라틴아메리카는 텍스코코 호수와 신전, 궁전, 천문대 등의 문화를 보유한 테노치티틀란의 아즈텍 문명, 유카탄(현지어로 "뭐라고요?"의 뜻)반도의 마야 문명, 나스카와 마추픽추로 유명한 쿠스코의 잉카 문명이 꽃피던 지역이었다.

하지만 근대의 시발점이 되는 1492년, 라틴아메리카는 콜럼버스가 지팡구(일본)라고 착각한, 현재의 아이티에 상륙한 이후 엘도라도(황금의 나라)로 인식되며 코르테스와 피사로에 의해 점령되고 파괴되었다. 유럽인들은 라틴아메리카에서 금과 은을 약탈하였을 뿐만 아니라 몬테수마 왕을 돌로 쳐 죽이고 문명을 철저히 파괴하고 멸망시켰으며, 천연두와 파상풍이라는 전염병까지 옮겨줬다. 이로 인해 16세기 7,000만 명으로 추정되던 아즈텍·마야·잉카 문명의 인구가 100년 후인 17세기에는 겨우 350만 명만이 생존하였다.

17세기에는 아시엔다라고 불리는 제도로 인해 이민자의 후손들에게 넓은 토지 소유가 인정되어 대규모 설탕 플랜테이션이 경영되기 시작했다. 그러나 인디언은 거의 사멸하다시피 하여 노동력이 부족해지자 아프리카에서 3,000만 명에서 6,000만 명에 이르는 흑인이 강제로 라틴아메리카행에 처해졌으나 그중 3분의 2가 항해 도중에 목숨을 잃고 바다에 던져졌다고 한다. 이러한 과정에서 인적 이동뿐만이 아니라 아프리카의 문화도 함께 이동하였으며 각 지역의 문화와 결합하며 새로운 문화를 탄생시켰다. 이때 쿠바 지역에 들어온 아프리카의 리듬과 라틴, 특히 스페인 계통의 음악이 결합하여 탄생한 음악이 아프로-큐반이다.

1930~1940년대 쿠바의 수도 아바나에서는 '환영받는 사교클럽'이라는 뜻의 고급 사교클럽이 운영 중이었다. 그러나 1959년 쿠바혁명으로 카스트로 정권이 들어서고 아바나의 향락적인 문화생활을 통제하기 시작하였다. 이들 전통음악은 사회주의 이념을 담은 음악인 포크송에 자리를 내주고 오랜 기간 침체기에 빠져들었으며 기존의 클럽은 문을 닫고 악단들은 해체되어 뿔뿔이 흩어지게 되었다.

1995년 미국의 음악 프로듀서인 닉 골드는 프로듀서 라이 쿠더Ry Cooder에게 쿠바 뮤지션들과 함께 퓨전음악을 만들어 보자는 제안을 하였다. 라이는 흔쾌히 동의하고 쿠바 곳곳을 돌아다니며 신·구 쿠바 음악의

〈부에나 비스타 소셜 클럽〉 음반

거장들, 이브라힘 페레르(보컬), 루벤 곤살레스(피아노), 콤파이 세군도(기타, 콩가), 오마라 포르투온도(보컬), 엘리아데스 오초아(기타) 등 올드 뮤지션을 찾아내어 프로젝트에 참여시켰다. 이들은 6일 만에 녹음을 완성하고 1997년 「부에나 비스타 소셜 클럽」이라는 음반을 세상에 내놓았다. 음반은 발매되자마자 음반시장을 강타하였으며 전 세계 음악 팬들은 큐반 재즈 열풍에 휩싸이게 되었다. 40여 년간 눌렸던, 노인이 된 쿠바의 거장들이 뿜어내는 열정은 가득한 감동으로 가슴을 뭉클하게 하였다.

이후 빔 벤더스 감독은 이들 쿠바 음악 거장들을 집중 조명하는 동명의 다큐멘터리 영화를 제작하였다. 이 영화는 그들의 생활, 인터뷰, 녹음 과정 및 카네기 홀에서의 공연 실황, 뉴욕의 거리를 걸으며 감탄하는 모습 등을 진솔하게 담고 있어 관람자에게 진한 여운을 남기며 감동을 전해 준다.

영화 「부에나 비스타 소셜 클럽」 포스터, 감독 빔 벤더스

참고문헌

보라기네의 야코부스 지음/윤기향 옮김, 「황금 전설」, CH북스

제임스 조지 프레이저 지음/박규태 옮김, 「황금 가지 1, 2권」, 을유문화사

보에티우스 지음/박문재 옮김, 「철학의 위안」, 현대지성

제프리 초서 지음/송병선 옮김, 「캔터베리 이야기」, 현대지성

루키우스 아폴레이우스 지음/장 드 보쉐르 그림/송병선 옮김, 「황금 당나귀」, 현대지성

아민 말루프 지음/김미선 옮김, 「아랍인의 눈으로 본 십자군 전쟁」, 아침이슬

미카 왈타리 지음/이순희 옮김, 「시누헤」, 동녘

키아라 데카포아 지음/김숙 옮김, 「구약성서, 명화를 만나다」, 예경

스테파노추피 지음/정은진 옮김, 「신약성서, 명화를 만나다」, 예경

G.F.영 지음/이길상 옮김, 「메디치 가문 이야기」, 현대지성

최진석, 「탁월한 사유의 시선」, 21세기북스

도올 김용옥, 「노자와 21세기 전3권」, 통나무

도올 김용옥, 「중용 인간의 맛」, 통나무

한나 아렌트 지음/긴선욱 옮김/정화열 해제, 「예루살렘의 아이히만」, 한길사

마이클 셔머 지음/김명주 옮김, 「도덕의 궤적」, 바다출판사

로버트 그린 지음/이지연 옮김, 「인간 본성의 법칙」, 위즈덤하우스

장자 지음/오강남 풀이, 「장자」, 현암사

노자 지음/오강남 풀이, 「도덕경」, 현암사

신영복, 「강의」, 돌베개

마르쿠스 아우렐리우스 지음/김구종 옮김, 「명상록」, 청목사

칼릴 지브란 지음/유제하 옮김, 「예언자」, 범우사

존 스튜어트 밀 지음/서병훈 옮김, 「자유론」, 책세상

왕보 지음/김갑수 옮김, 「왕보의 장자 강의」, 바다출판사

최진석, 「생각하는 힘, 노자 인문학」, 위즈덤하우스

김태완, 「율곡문답」, 역사비평사

프리드리히 A. 하이에크 지음/김이석 옮김, 「노예의 길」, 자유기업원

리처드 니스벳 지음/최인철 옮김, 「생각의 지도」, 김영사

켄 윌버 지음/김철수 옮김, 「무경계」, 정신세계사

고쿠분 고이치로 지음/최재혁 옮김, 「인간은 언제부터 지루해했을까?」, 한권의 책

에릭 와이너 지음/김하현 옮김, 「소크라테스 익스프레스」, 어크로스

올더스 헉슬리 지음/조옥경 옮김/오강남 해제, 「영원의 철학」, 김영사

볼프람 아일렌베르거 지음/배명자 옮김, 「철학, 마법사의 시대」, 파우제

존 밀턴 지음/박문재 옮김, 「실낙원」, CH북스

시라토리 하루히코 지음/김윤경 옮김, 「니체와 함께 산책을」, 다산초당

라이언 홀리데이 지음/조율리 옮김, 「스토아수업」, 다산초당

정창영 편역, 「우파니샤드」, 무지개다리넘어

페르난두 페소아 지음/김한민 옮김, 「시는 내가 홀로 있는 방식」, 민음사

법정 옮김, 「숫타니파타」, 이레

오마르 하이염 지음/최인화 옮김, 「로버이여트」, 필요한책

빅토르 E. 프랑클 지음/이시형 옮김, 「죽음의 수용소에서」, 청아출판사

애덤 스미스 원저/러셀 로버츠 지음/이현주 옮김, 「내 안에서 나를 만드는 것들」, 세계사

크리스티앙 자크 지음/김정란 옮김, 「람세스 전5권」, 문학동네

마르셀 프루스트 지음/김희영 옮김, 「잃어버린 시간을 찾아서 전7편」, 민음사

장 그르니에 지음/김화영 옮김, 「섬」, 민음사

비스와바 쉼보르스카 지음/최성은 옮김, 「충분하다」, 문학과지성사

아지즈 네신 지음/이난아 옮김, 「생사불명 야샤르」, 푸른숲

LS네트웍스 사보, 「보보담」, LS네트웍스

유홍준, 「문화유산 답사기」, 창비

김민철, 「문학 속에 핀 꽃들」, 샘터

김영갑 사진·글, 「그 섬에 내가 있었네」, 휴먼앤북스

애나 메리 로버트슨 모지스 지음/류승경 편역, 「인생에서 너무 늦은 때란 없습니다」, 수오서재

손태호, 「나를 세우는 옛 그림」, 아트북스

성해응 지음/손혜리·지금완 옮김, 「서화잡지」, 휴머니스트

김정애, 「우리 옛 그림의 마음」, 아트북스

윤동주, 「하늘과 바람과 별과 시」, 도서출판 쿵

세이쇼나곤 지음/정순분 옮김, 「마쿠라노소시」, 지식을만드는지식

무라사키 시키부 지음/세토우치 자쿠초·김난주 옮김, 「겐지이야기」, 한길사

양광모, 「반은 슬픔이 마셨다」, 푸른길

안 마리 델캉브르 지음/은위영 옮김, 「마호메트 알라의 메신저」, 시공사

질 베갱·도미니크 모렐 지음/김주경 옮김, 「자금성 금지된 도시」, 시공사

정성호, 「유대인」, 살림

칼 세이건 지음/홍승수 옮김, 「코스모스」, 사이언스북스

재레드 다이아몬드 지음/김진준 옮김, 「총, 균, 쇠」, 문학사상

유발 하라리 지음/조현욱 옮김/이태수 감수, 「사피엔스」, 김영사

홍익희, 「문명으로 읽는 종교 이야기」, 행성B

카렌 암스트롱 지음/정영목 옮김, 「축의 시대」, 교양인

오주석, 「한국의 미 특강」, 솔

오주석, 「그림속에 노닐다」, 솔

허균, 「옛그림을 보는 법」, 돌베개

윤용이, 「우리 옛 도자기의 아름다움」, 돌베개

김영수, 「사마천 인간의 길을 묻다」, 위즈덤하우스

유선경, 「문득, 묻다 1, 2권」, 지식너머

토머스 모어 지음/전경자 옮김, 「유토피아」, 열린책들

에라스무스 지음/김남우 옮김, 「우신예찬」, 열린책들
플라톤 지음/강윤철 옮김, 「소크라테스의 변명·파이돈·크리톤·향연」, 스타북스
헤시오도스 지음/김원익 옮김, 「신통기」, 민음사
오비디우스 지음/천병희 옮김, 「변신이야기」, 숲
베르길리우스 지음/천병희 옮김, 「아이네이스」, 숲
메리 비어드 지음/김지혜 옮김, 「로마는 왜 위대해졌는가」, 다른
조반니 보카치오 지음/권오현 옮김, 「데카메론」, 하서
단테 알리기에리 지음/신승희 옮김, 「신곡」, 청목
미구엘 드 세르반테스 지음/박철 옮김, 「돈키호테」, 시공사
윌리엄 셰익스피어 지음/셰익스피어연구회 옮김, 「셰익스피어 4대 비극 5대 희극」, 아름다운날
호메로스 지음/천병희 옮김, 「일리아스」, 숲
호메로스 지음/천병희 옮김, 「오뒷세이아」, 숲
양정무, 「난처한 미술이야기 1, 2, 3, 4 」, 사회평론
이명옥, 「인생, 그림앞에 서다」, 21세기북스
유경희, 「아트살롱」, 아트북스
다카시나 슈지 지음/신미원 옮김, 「명화를 보는 눈」, 눌와
이소영, 「출근 길 명화 한 점」, 슬로래빗
로이 볼턴 지음/강주헌 옮김, 「150장의 명화로 읽는 그림의 역사」, 도서출판 성우
스테파노 추피 지음/서현주·이화진·주은정 옮김, 「천년의 그림여행」, 예경
루시아 임펠루소 지음/이종인 옮김, 「그리스 로마 신화」, 예경
개빈 프레터피니 지음/김성훈 옮김, 「날마다 구름 한 점」, 김영사
클레먼시 버턴힐 지음/김재용 옮김, 「1일 1클래식 1기쁨」, 월북
금난새, 「금난새의 클래식 여행」, 아트북스
안동림, 「이 한장의 명반 클래식」, 현암사
정준호, 「이젠하임 가는 길」, 삼우반
안광복, 「처음 읽는 서양 철학사」, 웅진지식하우스
토마스 아키나리 지음/오근영 옮김, 「하룻밤에 읽는 서양철학」, 알에이치코리아
미야자키 마사카츠 지음/이영주 옮김, 「하룻밤에 읽는 세계사」, 랜덤하우스
플로리안 일리스 지음/한경희 옮김, 「1913년 세기의 여름」, 문학동네
김혼비·박태하, 「전국 축제 자랑」, 민음사
박웅현, 「책은 도끼다」, 북하우스
요아힘 카이저 지음/홍은정 옮김, 「그가 사랑한 클래식」, 문예중앙
장 피에르 베르데 지음/장동현 옮김, 「하늘의 신화와 별자리의 전설」, 시공사
한국야생화연구회, 「한국의 산야초」, 아니템북스
문학수, 「아다지오 소스테누토」, 돌베개
김미라, 「예술가의 지도」, 서해문집
김희은, 「미술관보다 풍부한 러시아 그림 이야기」, 자유문고
손철주·이주은, 「다, 그림이다」, 이봄

294   ▬클래식과 인문단상 2

미야자키 마사카츠 지음/정세환 옮김, 「처음 읽는 술의 세계사」, 탐나는책

마쓰오 바쇼·요사 부손·고바야시 잇사 지음/김향 옮김, 「하이쿠와 우키요에, 그리고 에도 시절」, 다빈치

황경신, 「그림 같은 세상」, 아트북스

이케가미 히데히로 지음/송태욱 옮김/전한호 감수, 「관능 미술사」, 현암사

김용희, 「빨강」, 시공사

이명옥, 「팜므파탈」, 다빈치

파드마삼바바 지음/장순용 옮김, 「티베트 사자의 서」, 김영사

이정록, 「정말」, 창비

백석 지음/김용택 엮음, 「머리맡에 두고 읽는 시」, 마음산책

이용악 지음/김용택 엮음, 「머리맡에 두고 읽는 시」, 마음산책

권나현, 「입술」, 도서출판 들뫼

정민 지음/김점선 그림, 「꽃들의 웃음판」, 사계절

이주헌, 「내 마음속의 그림」, 학고재

조송식, 「중국 옛 그림 산책」, 현실문화

이연식, 「유혹하는 그림 우키요에」, 아트북스

이성희, 「꼭 한번 보고싶은 중국 옛 그림」, 로고폴리스

나카노 교코 지음/이지수 옮김, 「내 생애 마지막 그림」, 다산초당

조정육, 「옛 그림, 불법에 빠지다」, 아트북스

조정육, 「옛 그림, 스님에 빠지다」, 아트북스

조정육, 「옛 그림, 불교에 빠지다」, 아트북스

레프 니콜라예비치 톨스토이 지음/채수동 옮김, 「인생이란 무엇인가」, 동서문화사

두산 백과사전 외에 다수의 도록

온라인 백과사전 및 블로그

클래식과 인문단상 2

초판 1쇄 인쇄   2022년 12월 20일
초판 1쇄 발행   2022년 12월 30일
지은이   고지수

펴낸이   김양수
책임편집   이정은
교정교열   장하나

펴낸곳   휴앤스토리
      출판등록 제2016-000014
      주소 경기도 고양시 일산서구 중앙로 1456 서현프라자 604호
      전화 031) 906-5006
      팩스 031) 906-5079
      홈페이지 www.booksam.kr
      이메일 okbook1234@naver.com
      블로그 blog.naver.com/okbook1234
      포스트 post.naver.com/okbook1234
      인스타그램 instagram.com/okbook_
      페이스북 facebook.com/booksam.kr

ISBN   979-11-89254-80-3 (04810)
      979-11-89254-78-0 (SET)

휴앤스토리, 맑은샘 브랜드와 함께하는 출판사입니다.